異色作家短篇集
12

夜の旅その他の旅

Night Ride and Other Journeys／Charles Beaumont

チャールズ・ボーモント
小笠原豊樹／訳

早川書房

夜の旅その他の旅

NIGHT RIDE AND OTHER JOURNEYS
by
Charles Beaumont

Translated by
Toyoki Ogasawara
Published 2006 in Japan by
Hayakawa Publishing, Inc.
This book is published in Japan by
arrangement with
Harold Matson Company Inc.
through Tuttle-Mori Agency, Inc., Tokyo.

ドン・コンドンに

目　次

装幀／石川絢士（the GARDEN）

黄色い金管楽器の調べ

The Music of the Yellow Brass

あまり突然のことなので、いまだに信じられない。ここ数年来、思いもかけぬことである。何年？　ファニートは指折りかぞえた。三年。いや、四年だ。四年間というもの、うすよごれた貨車のなかで、公園のベンチで、時には埃まみれのマントにくるまって、腹立たしげな風から身をまもり、地べたにさえ寝たのだった。盗みもしたし、それが不可能なときは、物乞いもした。興行師《インプレサリオ》の家にお百度を踏み（「来年こそは！」）、夜な夜な夢を見た。それが、今。今！

「おれ、見苦しくないか」と、ファニートは訊ねた。

「大丈夫だ」と、エンリケ・コルドバは肩をすくめた。

「大丈夫だ、だけかい。それだけしか言ってくれないのかい」

年上の男は言った。

「しつこいな、ファニート。お前はやせっぽちだ。案《か》山子《かし》みたいだ」

「それで？」少年はほほえんだ。「トラーヘ・デ・ルーセス（闘牛士が着る金ぴかの服）を着れば、ちがうさ。牛を殺すのに、贅肉は要らないからね。そうだろ？」

「そりゃそうだ」

「怒ってるのかい、エンリケ」

「いいや」

「怒ってるみたいに見えるよ」

「つまらんことを言うな！」

「おれ、よろこんじゃ、いけないのか。嬉しくても、嬉しくないような顔をすればいいのか」

二人はしばらく無言で歩きつづけた。

「分かってるよ。おれがヘマをしないかと思って心配なんだろう。そうだろう？　せっかく苦労をして、闘《ブ》牛場《ラーサ》に出してやるのに、しくじったら――」

「うるさい」

さらに二街区《ブロック》ほど、二人は無言で歩いた。やがてファニートは、おおきな白い看板を、ホテルのガラスのドアを、その奥に葡萄酒いろの豪華な敷物を、水晶のシャンデリアを、見た。たちまち心臓の鼓動が速くなった。

「あがるなよ」と、エンリケがささやいた。

二人はホテルに入った。厚い象牙のドアの前で、年上の男はすこしためらった。それから意を決したように、硬い指の関節でドアを叩いた。一度、二度。

「どうぞ！」

ドアをあけると、大きな、華やかな部屋だった。壁には、派手な色の綴《つづ》れ織《おり》が掛けてある。いたるところに、短剣《プンティリヤ》や、肩マントや、古めかしい銀の剣《つるぎ》が、飾ってある。酒場《バー》の上には牛の頭の剝製がある。

ファニートは、ごくりと唾を呑んだ。部屋のなかを右往左往し大声で喋り合っている人々を眺め、茫然たる視線をエンリケに移した。

声がきこえた。

「やあ！」

エンリケは、にこりともしなかった。軽くあたまを下げ、額に手をあてた。

「どうも、おそくなりまして、ドン・アルフレド」

ファニートは、有名な興行師が近づいてくるのを感じた。重々しい手が、ファニートの肩に触れた。

「やあ、闘牛士《マタドール》。どうした。わしを見るのがおそろしいか」

「いいえ、セニョール」

ドン・アルフレド、ことアルフレド・カマーラは、まるで油虫《ゴキブリ》の生まれ変わりのように、ファニートのまわりをぐるりと廻り、相好を崩した。その顔は汗に光り、濡れたような大きな目の下は、袋になっていた。

「じゃあ、どうした。大丈夫か」と、興行師は訊ねた。

「あしたの用意はできたか」

「はい、セニョール」

手がファニートの背中を叩いた。

「よし！」

それから、ドン・アルフレドは廻れ右して、甲高い声で叫んだ。

「みんな聴け！　みんな聴け！」

部屋中の人々が話をやめた。ファニートは、見馴れた顔をみつけた。つい先週、牛の耳と尻尾を切りとったフランセスコ・ペレス。今《こん》シーズンの花形、マノロ・ロンバルディニ。決して笑顔を見せぬ名人ガルシア。この人が闘牛場から引き揚げるときは、いつも足が血まみれで……「さっき新人の話をしたが」と、ドン・アルフレドは言った。「これがそれだ。ファアン（ファニートはファアンの愛称）・ガルベス！」

拍手が起こった。ファニートが生まれて初めて聞く拍手である。わくわくするようなその音！

「遂にあらわれた、これが本人だ。しかし、牛と一対一になったところを見なけりゃ、この若者をほんとに見たとは言えん。ひとたび闘牛場に出れば、見ちがえるほど勇猛果敢になり、美しくなる男だ。そうだな、セニョール・コルドバ？」

エンリケはふたたびうなずいた。

「それならば、そばへ寄って見てくれ、諸君！　これぞ正しく奇蹟的な新人。さもなきゃ、わしが闘牛場《プラーサ》へ出すはずがなかろう？」

何人かが笑った。ほかの人たちは笑わなかった。

ドン・アルフレドは、黒いドレスを着た娘に向かって、パチンと指をはじいた。娘は二つのグラスにテキーラを注ぎ、エンリケとファニートに渡した。

「もう一人の男は、マネジャー、兼、世話係《モソ・デ・エスパーダ》だ。エンリケ・コルドバ。実は、この男が一カ月ばかり前に、わしの家へ来て、この坊やを売りこんだんだ。『もう闘牛士は要らん！』と、わしは言った。『また来年でも来てみてくれたまえ——』」

ガルシアがくすりと笑って、あたまを振った。

「ところが、この御仁はねばった。ねばりにねばった。『ドン・アルフレド、まあ一度でいいから、この子の演技を見て下さい。闘牛場で。いっぺんごらん下さりゃ、この子の実力はわかります』なあに、みんな言うセリフだ。けれども、たまたまペレスが闘牛場へ行くついでがあった――二日酔いをさましにな。そうだったね、フランセスキート？」

有名な闘牛士《マタドール》は、両手で独特のしぐさをした。

「いや、そうじゃない。あんたはウソつきだ、悪党だ」

「ほう、こりゃ手きびしいな！」

むっちりした手に肩を摑まれ、このやりとりを聞きながら、ファニートは視線をペレスから部屋の隅へ移した。

そこに一人の女がいた。若い女である。まっかなビロードのドレスの胸元に、きれいな肌が露出している。ボリュームのある乳房が盛りあがっている。

女はこちらを見つめていた。

「やっぱり闘牛士《トレロ》の血筋は争えんな！」と、ドン・アルフレドが大声で言った。「女に目が早い。おおい、こっちへ来んかい！」

女はゆっくり歩み寄って来た。ビロードのドレスの下で、尻の肉が動いた。

「これはアンドレだ」と、興行師は言った。「ガルベス、きみはこの女のおめがねにかなったらしいぞ！」

エンリケは、何やらぶつくさ呟いて、その場から遠ざかった。

「どうした、きみは、このレディに紹介は要らんというのか」

女はにっこり笑った。ふたたびファニートは唾を呑みこんだ。そして、差し出された女の手を握った。

興行師は大げさに甲高い声をあげた。

「恥ずかしがりやの闘牛士《トレロ》か！　こりゃ異《い》なものだな！」

女はファニートに体を寄せた。

「お目にかかれて嬉しいわ、セニョール・ガルベス」

「ふん、あすの晩は、もっと嬉しいだろうよ！　この坊やはな、あすの晩までには、メキシコ一の名士になるんだから！」

　ファニートは、女がグラスを飲み干すのを見て、そのとおり真似した。テキーラは、火のように喉を焼いた。目に涙が溢れた。

「感涙にむせんどるよ」と、ガルシアがふとい声で叫んだ。

「それだけ感じやすい性質なんだ」と、興行師はやりかえした。「みんな静かにしろ！　まだ話はすんでおらん！　どこまで喋ったっけ」

「目の見えない婆さんのへそくりを盗もうとして」とペレスが言った。「あんたが婆さんを蹴とばしたところまでだ――」

「うるさい！　それでだ、闘牛場には若牛《ノビリヨ》がいた。体は小さいが、いたって凶暴なやつだ。そうだね、フランセスキート？」

「決まり文句だ」と、ペレス。

「で、ペレスが一汗かいてから、ひょいっと見ると、このコルドバがいる。どうやって、守衛の目をごまかしたか、それは知らん。とにかく、『この子の演技を見てやって下さい！』と言う。『二、三分でいいから、見てやって下さい！』わしは困って、『自殺するようなもんだぞ！』と言ってやった。ところが、さっきも言ったとおり、コルドバはねばりにねばる。わしも面倒になって、願いをかなえてやった」

　カマーラは女のほうに向き直った。

「アンドレ、それからどうなったと思う」

「分からないわ。教えて」

「この坊や、ファン・ガルベスはだ、さすがのわしも生まれて初めて見たような小汚ない半カーパを持って、ひらりとリングに下り立った。と見るまに――相手は凶暴な若牛《ノビリヨ》だよ！――みごとな肩透かし《チクエリーナ》を一発やりおった！」

「ウソでしょう」

「ほんとだとも！　つづけてもう一発、次には待受け《ベロニカ》――いや、全く、わしは単なる見物人にかえって口をぽかんとあけて、心底からエキサイトしたわ！」

ロンバルディニのそばにいた娘が、くすくす笑った。

「静かにしろ。十分間も、ガルベスはこの若牛《ノビリョ》をあやつった。それから――」

「それから？」

「牛に投げ飛ばされた。残念ながらな」ドン・アルフレドは肩をすくめた。「しかし、それはガルベスの落度じゃない。牛もようやく相手の手ごわさを悟ったんだ。ところがだ、ここでガルベスがひるんだと思うか。とんでもない！　いち早く立ち直ったこの若者は、みごとな突きを入れた。エル・ガロの全盛時代からこの方、わしが初めて見た完璧な突きだ！」

ビロードのドレスを着た女は、くるりと一廻転して、小声で「オレ！」と言った。

「どうだ、みんなわかったか。そういうわけだから、わしは躊躇なくこの坊やの名前をペレスやロンバルディニとおなじポスターに入れたのだ」大男は鼻を鳴らした。「きみら二人も気をつけろよ。この坊やに人気をさらわれても知らんぞ！」


ファニートの体がふるえた。今まで神様とばかり思っていた名闘牛士たちと、おなじ部屋にいるだけでも大したことなのに、こうまで言われるとは……

「充分に注意したまえ、ガルベス君」と、指を鳴らしながら、ガルシアが言った。「きみも耳をなくすといけないからな」

一同は笑い出した。すると興行師は、ファニートの肩から手を放した。

「これでいいな」と、興行師は言った。「きみとアンドレはもう友だちだ。ゆっくり遊んでいきなさい」

「はい、セニョール」

「よし」カマーラはファニートの腕を強くたたくと、人ごみをかきわけ、遠ざかって行った。ふと気がついてみると、おどろいたことに、エンリケは酒を飲んでいた。ぐいぐい飲んでいる。飲んでは注ぎ、注いでは飲んでいる。

「あなたのこと、なんて呼んだらいい？」と、アンドレという女が訊ねた。

「なんとでも」

「ファニート？」

「どうぞ」

レコードがテンポの速い曲に変わった。幾組もの男女が踊り始めた。

「あなたはおみごとなんですってね。ドン・アルフレドが言ってたわ」

「一生懸命やるつもりです。あなたは——闘牛はお好きですか」

「もちろん」と、女は言った。「もう夢中よ」

ことばが途切れ、二人は互いの顔を見つめ合った。するとファニートが、「ちょっと失礼」と言い、部屋の隅へつかつか歩いて行った。

「エンリケ、もう帰ろう」と、ファニートは言った。

「なに？　なぜ？」

「疲れたよ」

エンリケはかぶりをふった。

「ドン・アルフレドに失礼だよ」と、エンリケは言った。「お前、せっかく出場のチャンスを作ってくれた人を、怒らせてもいいのか」

「そりゃ、いけないさ。でも——」

「じゃあ、あわてるなよ。まだ早い。九時だ。すこし酒でも飲んで、あの女と話でもしてろよ」

「女はよくないって言ってたくせに」

「あばずれはいかんさ。あの人は大丈夫だ。ちゃんとしたレディだ。お前、ああいう人はきらいか」

女がしきりにこちらを眺めているのを、ファニートは意識していた。

「好きだよ」と、ファニートは言った。「きれいなひとだ」

「じゃあ、文句はないじゃないか」

「でも、なんとなく」

「ああ！　その間抜けた面《つら》を見てると、くさくさしてくらあ。あっちへ行ってろよ！」

ファニートは思わずうしろへさがった。この男と知り合ってから、もう永いことになるが、こんな調子になったのは初めて見る。たぶん、エンリケも興奮しているんだ、とファニートは思った。そう、きっとそのせいなんだ！

「踊って下さる？」

アンドレという女は、音楽にあわせて軽く体をゆすっていた。まだ若い、とファニートは観察した。ファニート自身は十九だが、それほど若くはないだろう。でも、そんなに年上でもない。肉がしまっている。どこもかしこも、すべすべしている。信じられぬほど、すべすべしている！

「踊って下さらないと」と、女は言った。「ドン・アルフレドに言いつけるわよ。さ、わたくしの手を取って」

「ごめんなさい、ぼくは踊りは――」

「だめ、だめ！　大丈夫よ。はい、こっちへわたくしの体をまわして。今度は、うしろへさがって。そう、そう。お上手じゃない！」

音楽が強まり、テンポがいっそう速くなり、やがてファニートは思い出した。これは、いつか、ティファナの売春婦が教えてくれたステップだ。女がそばにいるのは、やはり恐ろしかったが、その気持ちも徐々にうすらいできた。女は手拍子を打って、あたまをのけぞらせ、自分の尻をファニートの尻にぶつけた。ファニートは、そんなとき、女を美しいと思った。

「いいぞ、いいぞ！」と、だれかが叫んだ。ドン・アルフレドの声だ。

「そうよ！」と、アンドレが言った。「とてもかるいのよ、この人。ときどき、足を踏まれるけど！」

ファニートは笑った。横目で見ると、ほかの男たち、名闘牛士たちも、それぞれの女をかかえて踊っている。

おれは仲間入りしたのだ、とファニートは思った。そして、すぎ去った日々の悩ましい夢を思い出した。この人たちは、おれを受け入れてくれた。おれはもう仲間なのだ！

アンドレは汗をかいていた。その豊かな黒髪は、何かの金属の剥片のように、顔のまわりに垂れていた。

目はさまざまな色の光が泳ぐ池だった。いつも半びらきのくちびるは、ファニートには、この世で一番やわらかい、一番ふっくらしたもののように思われた。くちびるの隙間から、まっしろな歯が見える。そして、ときどきちらりと姿を見せ、ふたたび女の口のあたたかい夜のなかへ隠れる小さな舌……

「テキーラをもう一ぱい召しあがる、闘牛士《トレロ》さん？」

もう結構と言いかけたが、あっというまに女は姿を消し、あっというまに戻って来た。

「わたくしたちのために乾杯」と、女は言った。

ファニートは飲んだ。手足から力がぬけてゆくにつれ、音楽のテンポがおそくなった。女はファニートに体をぴったりと押しつけ、頬を寄せてきた。

「アンドレ」と、ファニートは言った。

女は喉を猫のように鳴らした。

「アンドレ、きみはだれのものなんだ」

女はぼんやりと頭をもたげて、つぶやいた。

「あなたのものよ」

「いや。そういう意味じゃない。きみはだれの……情婦《おんな》なんだ」

また女の喉が鳴った。

「ガルシアか？」

「心配しなくてもいいのよ」と、女は言った。「こうして堂々と付き合ってるのに」

「ペレスか？」

「わたくしはドン・アルフレドに呼ばれて来ただけよ。親戚よ」

「なんだ」

「なんだ？　がっかりしたみたいね、セニョール・ガルベス。盗んだ果実は一番おいしいって言うけど、それ、ほんと？」

ファニートは赤くなった。

「そんなことはない」と、ファニートは言った。「そんなことはない」

「じゃあ、こわがらないで、ひとくち召しあがったら、いかが」

ファニートの頬と密着した女の頬は、燃えるように熱かった。ファニートの心は渦を巻き始めた。牛の頭の剥製が見える。その死んだ目がじっと見おろしている……「待ってくれ」と、ファニートは言い、さっきエンリケが飲んでいたあたりを眺めた。ほかの客は、ほとんど姿を消してしまった。闘牛士の一人、ロンバルディニが、床の上にのびて、ぐうぐう眠っている。

ファニートはふらふら歩き出した。

大時計は十二時十分前を指している。

「おい、闘牛士《トレロ》！　迷子になったか？」

ドン・アルフレドが、ふとった手を突き出した。近寄ると、ぷらんと酒とコロンの匂いがする。

「こんなにおそい時間だとは知りませんでした」と、汗に濡れた大男の顔から目をそらして、ファニートは言った。「エンリケを見ませんでしたか」

「きみのマネジャーか？　あのみっともない野郎か？」

「世話係《モツ》のエンリケです」

「帰ったよ」と、ドン・アルフレド・カマーラは、にやりと笑った。「テキーラの飲みすぎだ」

ファニートは、胸のあたりが痛くなるのを感じた。こんな大切な夜に、エンリケは、おれを置き去りにしたのか！　ことばもかけずに帰ってしまうなんて！

「何時頃、帰りましたか」

「一時間、いや、二時間ばかり前だ。どうして？」

ファニートはことばにつまった。

「きみを連れて帰ると言ったんだが」と、大男は吸いかけのタバコからあたらしい一本に火を移して、言った。「そりゃひどいと、わしが止めたんだ。きみのことは、まあ、わしらに任せろとな。どうだ……楽しんだか」

「はい、セニョール」

「そうか、じゃあ万事オーケーだ」大男の指がファニートの腕をつついた。「勝負の前の晩は、充分に心を落ち着けて、のんびりしなくちゃいかん。それはだれでも言うことだ。わし一人の言い草じゃない」

「はい、セニョール」

「早く家に帰れなんぞというのは、古女房のセリフだ。何の役にも立たん。いくら眠ろうとしても、あしたの午後の夢を見る。その夢がきみの心のなかで、だんだんふくれてゆく。見物人のどよめきがきこえる、牛小《トリ》屋《ル》の門があく……な？　ぜんぜん眠れん。翌朝はもうぐったりだ。どうだい、道理だろう、ファン・ガルベス？　わしの言うとおりだろう？」

　ファニートはうなずいた。それは、今までに幾度となく聞かされたエンリケの忠告とは正反対だったが、ふしぎなことに、筋の通った話なのである。すくなくとも、夢を見ることはまちがいない……

「あやまります、ドン・アルフレド」

「なにをあやまるんだ。さあ、いいから、もっと遊ぶんだ。思うぞんぶんだ。それから、ぐっすり眠るんだ！」

　ファニートが見守るうちに、興行師はむこうを向き、よたよた歩いて行って、長椅子にどしんと腰をおろし、黒いドレスの女にたわむれ始めた。

「付添いがいなくなったの？」

　そのことばには、あざけりがこもっていた。ファニートはくるりと振り向いた。アンドレが、音楽にあわせて体をゆすりながら、微笑している。

「エンリケはおれの付添いじゃない」と、低いこもった声で、ファニートは言った。

「ちがうの？　じゃあ付添いはだれ？」

　ファニートは女のほうへ一歩近づいた。

「付添いなんか、いない」

　ファニートは女を引き寄せ、力いっぱい抱きしめた。

「付添いなんか、いないぞ」と、ファニートは怒ったように繰り返した。「いないんだ。分かったか」

　女の目は大きかった。身をふりほどこうとする女を、ファニートはいっそう強く抱き寄せた。

「分かったわ」と、女は言った。

　ファニートの手が女の髪を撫で、二人のくちびるがゆっくり重なった。ふしぎに新鮮な感覚の波が、少年の体に打ち寄せた。ファニートは女を放した。

女はファニートを見つめていた。その目にはふしぎな色が浮かんでいた。やがて、女は象牙の衣裳簞笥に近寄り、ふりむいた。

「手伝って」と、女は言った。

ファニートは、黒い毛皮のコートを着せかけてやった。

「車、ある？」

「ない」と、ファニートは言った。

「わたくしの車があるわ」女は、ファニートと腕を組んだ。「行きましょう」

ファニートは、背後の部屋に一瞥をくれた。霞のように棚引くタバコの煙のむこうから、ドン・アルフレドがこちらを眺めている。その顔には、なんの表情もなかった。全くの無表情。

ドアがしまった。

おなじ町の別の場所で、別の部屋の別のドアがしまった。

「お酒を注いで」と、女は言い、大きな黄色いベッドの脇のナイト・テーブルをゆびさした。

ファニートは、引き出しから銀色の酒壜を取り出し、ほそい鉄の鎖でつながった栓をぬいた。いつか、真夜中に牧場へしのびこみ、星の光を頼りに闘牛の練習をした。そのときのように、心臓の鼓動が速い。ファニートはこわかった。こわいからこそ、逃げられはしない、後戻りはできない、と思った。

ファニートは頭をのけぞらせて、火のような液体を喉に流しこんだ。それから酒壜を女に渡した。

女は飲んだ。その頸の筋肉が動くのを、ファニートは見守った。

数分間で、銀色の酒壜はからになった。

すると女はコートをぬぎすて、部屋の隅にほうり投げた。シェイドをかけたスタンドの淡い光に、まっかなドレスがファニートの目を射た。

ファニートは女に迫った。女はすばやく体をかわし、笑い声を立てた。

ファニートはあたまをふり、もういちど手を伸ばした。またもや女は逃げた。

「そうれ！　トロ！」と、女は小声で言った。

ファニートは息を弾ませて跳びかかり、壁にぶつかった。

「トロ！　トロ！」

とつぜんファニートの手がビロードのドレスをつかんだ。光のようにやわらかく、傷口のように熱いビロード！　その熱さ！

「待って、セニョール・ガルベス！」

ファニートは手を放した。アンドレは、まず喉のまわりの細い黒のリボンをほどき、ドレスをぬいだ。それから靴を、絹のストッキングを……

「さあ、闘牛士《トレロ》さん」と、ちかづきながら女はささやいた。「ドン・アルフレドの折紙つきの、おみごとな腕前を見せて！」

まことの眠りの闇はなかった。ファニートの心のなかでは、昼さがりの太陽がかがやいていた。華やかな群集の色、風が爪先に吹きつける砂、ギィとひらく牛《ト》小屋《リル》の門、そのなかから恐ろしい音……アンドレ……

「ちがう！」

見おぼえのある手が、ファニートの腕をしっかりと摑んだ。

「うるさいな、エンリケ。くたびれたんだ。もうすこし寝かしておくれよ！」

「馬鹿野郎！」エンリケの声は破鐘《われがね》のようにひびいた。

「起きろ！」

顔に水を浴びせられて、ファニートは跳び起きた。その動作で、あたまや、ほうぼうの筋肉がずきずき痛んだ。胃が痙攣した。

「なんてえざまだ！」

ファニートはそうっと目をあけ、またとじた。

「いま何時だろう」

「とっくに起きてもいい時間だ」

「おれ――エンリケ、エンリケ、水を一ぱい持ってきてくれ」

「自分で飲んで来い！」

痛む体をひきずり、ファニートは台所へ行って、腹いっぱい水を飲んだ。それから、振り向いて言った。

「ごめんな」

年上の男は唸った。窓ぎわに立って、永いこと外を眺めた。何分か経ってから、ようやく言った。

「あやまらなくてもいいよ」

「怒ってるのかい？」

「いいや」と、エンリケ・コルドバは言った。その表情が変化した。やさしい顔になった。「お前はまだ若いからな。よくあるこった。一度や二度、こんなことがあったって、毒にはならないさ。どうだい、気分は」

「よくなった」と、ファニートはウソをついた。

マネジャーは、葉巻に火をつけ、煙を吐き出した。

「お前、しろうとの女と寝たのは初めてだろう」と、エンリケは言った。「具合はどうだった」

「おぼえてない」

「おぼえてないんなら、具合はわるくなかった証拠だ」

ファニートはにっこりした。胃の痛みははげしかったが、エンリケが怒っていないと分かった安堵の気持ちは、それよりも強かった。

「おれを見捨てないでくれよな、小父さん」と、ファニートは言った。

エンリケの顔が曇った。

「小父さんなんて言うな」

「冗談だよ」

「馬鹿、冗談を言ってる場合じゃない。こういうときは、頭を使うもんだ」

「頭を使うのは苦手だからなあ。だから、あんたがおれの頭になって――」

「ちがう！　おれはお前の頭なんかじゃない。お前の小父さんじゃない！おれはただのエンリケだ、それだけだ。分かったか？」

「分かったよ！」と、ファニートは、呆気にとられるのと同時に、すこしむっとして言った。「そんなおっかない顔をするなよ」

ファニートは口笛で流行歌を吹き始めたが、いかにも下手くそにきこえたので、すぐ口をつぐんだ。それから訊ねた。

「ねえ——牛小屋へ行ってみないか。相手の若牛《ノビリヨ》を見てみたいよ」

「いや、やめとこう。おれは見たがね、大した牛じゃない。角のある、でっかい牛というだけだ」

「でっかい？」

エンリケは肩をすくめた。

「大丈夫だよ」と、エンリケは繰返した。「心配することあない」

「おれはまだ信じられないんだ」と、水で髪の毛を撫でつけながら、ファニートは言った。「きのうまで、おれたちはいつも腹ペコだっただろう。ノンブレ・デ・ディオスの村にいた男をおぼえてるかい——ほら、あのディアスって男。奴は種牛を大事がっちゃってさ、おれにはさわらせもしなかった。それが今日は——」

エンリケは両手をパチンと打ちあわせた。

「昔のことを思い出してるひまはない。新聞記者が来るぜ。この辺をすこし片付けておこう」

二時間後に、どやどやと新聞記者たちがやって来た。口髭をたくわえた、やせぎすの一人の記者は、終始にやにやしていた。しかし、それは新人闘牛士《ノビリエロ》に大して期待をかけていないからだろう、とファニートは解釈した。新人は、初めて闘牛場へ出ると、大抵うつ伏せに倒れてしまうものだ。

でも、おれはそんなことはないぞ、とファニートは思った。

その考えは、出場の一時間半前までは変わらなかった。すでに観客はスタンドを埋めつくし、くちぐちに予想を語り合っている。エンリケはおもむろに高価な衣裳を取り出した。

まるで貴重な彫像の寸法でも取るように、エンリケは慎重な手つきで、ファニートに衣裳を着せた。初めは、タレギーリャ、つまり一種のタイツをはかせる。次は、膝に飾り紐。それから、シャツ、ジャケツ、上衣、最後に真紅の細いネクタイ。

「これでよし、と。どうだい、先生《ディエストロ》」と、エンリケは一歩さがって言った。

ファニートは鏡をのぞいた。生まれて初めて身につけたトラーヘ・デ・ルーセスである。興奮と誇りが湧きあがってくる。

「先生《ディエストロ》か」と、ファニートは、そのことばをいつくしむように、つぶやいた。「なんともいえないいい気分だよ、エンリケ。豪華な衣裳じゃないか。こんな衣裳を着たら、だれだって勇気がもりもり出てくるね」

マネジャーは葉巻をとりあげ、火をつけ直した。

「いい服だ」と、それだけ言った。

「もったいないくらいだね」と、ファニートはにやりとした。「おれをここに置いて、衣裳だけ闘牛場へやりたいよ」

エンリケは笑わなかった。元結《モーニャ》を拾いあげ、ファニートのあたまに結びつけた。

「さあ、出発だ」

二人は、待たせてあった車に乗り、雑踏の街を通りぬけ、闘牛場《プラーサ》に着くまで、何も言わなかった。

車がとまると、エンリケが言った。

「気分はどうだ。ほんとうのことを言ってくれ」

「快調だよ」

「ウソをつけ！」

ファニートはかぶりをふった。

「いいや。ほんとだよ。生まれて初めての、こんなすばらしい日に、快調でないわけがないじゃないか。何年も何年も、夢にまで見た、幾度も語り合った、この日じゃないか、エンリケ！　おぼえてるだろ。思い出してごらんよ」

マネジャーは車から降りようとした。顔じゅう汗だらけで、指がぶるぶるふるえている。闘牛場から群集のどよめきがきこえた。それから、とつぜん音楽が鳴りひびいた。エンリケは、ぐったりとシートに身を投げ、目をとじた。

「神様、おゆるし下さい！」と、エンリケは言った。

「どうしたんだ」と、ファニートがたずねた。「病気かい」

「そうだ」と、エンリケ・コルドバは言った。「そうなんだ！　病気なんだ！」

「ファン」と、押しころしたような声で、エンリケは喋り始めた。「聴いてくれ。聴いてくれ。おれは馬鹿だ。どんな馬鹿な牛よりも数層倍、馬鹿だ。自分の喉にナイフを当てる覚悟で言うよ——」

　エンリケは顔から手を離した。その目はブドウの実のように黒く、冷たかった。きょろきょろと、せわしなく動いていた。

「おれは人殺しじゃないぞ！」と、エンリケは言った。

「何を言ってるんだ。さっぱり分からない」

「じゃあ、よく聴いてくれ！　お前だって、それほど間抜けでなきゃあ、とっくの昔に気がついたはずなんだ！　この契約はな、ペテンなんだよ。ペテンなんだ、ファニート！　まやかしなんだ。分かるか？」

「分からない」

「ドン・アルフレドが、なぜお前を出場させると思う？」

「そりゃあ、おれの演技を見て、おれの腕前が気に入ったからだろう」

「腕前だって！　冗談じゃない。お前に腕前なんか、ありゃしないよ、ファニート、まるっきり、ありゃしない！　お前、気をわるくするだろうが、もうヤケだ、洗いざらい白状するから、聴いてくれ」

　年上の男はちょっとことばを切った。それから、ことばは滝のようにひきもきらず出てきた。

「お前は下手くそだ。ぜんぜん見こみなしだ。素人闘《エスポンター》牛士《ネオス》で、お前より百倍もうまい奴は、掃いて捨てるほどいる。それでも、おれがお前にくっついていたのは、お前が盗みがうまかったからだ。それに一人ぼっちは淋しいからな。それでも、なんとか教えこんで、一人前の闘牛士に仕立てようと思ったこともあったが、駄目だ、見こみなしだ、絶望的だ。お前は屑なんだよ。屑だとも」

またことばが途切れた。

「この町へ来て、食うものもなくて、ほっつき歩いていたある晩、おれはロス・ニーニョスという喫茶店《カフェ》に行った。金を借りに行ったのさ。そこで、ドン・アルフレドの下働きをしているペペーテという男の子に逢った。その子が、おもしろい話をしてくれた——」

「つづけてくれ、エンリケ」

「つづけるとも！　そいつが言うには、このごろ、闘牛場の景気がわるいんだそうだ。だいぶ前から、闘牛士《トレロ》が一人も死なない。それが永くつづきすぎた。お客が沸かなくなった。退屈してきたんだ」

ファニートの指は、華やかな衣裳の金色の布地《ラメ》を握りしめていた。

「おれはその晩、酔っぱらった」とエンリケは話をつづけた。「そのペペーテという子が、興行師《インプレサリオ》のホテルへ連れて行ってくれた。あのふとっちょ野郎、おれに千ペソやると言ったんだ、ファニート。千ペソだよ！　もう一週間もロクにめしを食っていなかったおれにだよ！」

「千ペソくれて、その代わりに何をしろっていうんだい、エンリケ」

「すこしは頭をつかえよ！　きまりきったことじゃないか。その金と引き換えに、おれはしろうと闘牛士《トレロ》を提供すると言ったのさ。二、三日あとで、カマーラは、お前があのペレスの牛とたたかうのを見て、しろうとだってことを確かめた。これで取引は成立さ。分かったかい？」

ファニートは数分間、身動きもせずに、じっと坐ったまま、闘牛場の人声と音楽に耳をかたむけていた。やがて、まだ信じられないといったおももちで、口をひらいた。「でも、相手は若牛《ノビリヨ》だろ。それでも、おれは負けるだろうか」

「若牛《ノビリヨ》だって！」エンリケはハンカチで額の汗をぬぐ

った。「とんでもない。お前の相手になる牛は、海千山千の古つわものだ。何度、人間を倒したか数えきれないほどの荒牛だ。あの牛にかなう闘牛士《トレロ》はいやしないんだ」

「じゃあ――ゆうべの、あの女、アンドレは……?」

「そうさ! それも筋書の一部だ。女も、酒も!」

「何もかも、そうだったのか」

「何もかもだ」

エンリケは声を低めた。

「逃げよう。約束の金の三分の一は、もうもらったんだ。それだけありゃ、かなり遠くまで逃げられる。あとはひと月かそこら、どっかに隠れていれば……」

ファニートは、どっと溢れてきた涙を拭った。さまざまな考えが、あたまのなかで跳びはねていた。車の窓から外をのぞくと、闘牛場《プラーサ》の壁に貼ってある、けばけばしいポスターが見えた。

闘牛大会! 闘牛大会!

前代未聞の三試合!

フランセスコ・ペレス

マノロ・ロンバルディニ

ファン・ガルベス

「いやだ」と、ファニートは振り向いて言った。

年上の男は、顔を拭く手を止めた。

「お前、気がくるったか」

「くるったのかもしれない」

「ファニート、こりゃまじめな話なんだぜ。おれはこの商売を三十年もやってきたが、お前にはぜんぜん勝味がない。すべてはお前の負けを指しているんだ。三分間もちこたえれば、いいところさ。あとは一秒だって、つづかない」

闘牛大会……ファン・ガルベス……ファニートは車のドアをあけた。ガルベス……

「馬鹿なことはやめろってば! ほんとに、冗談じゃないんだぞ!」

「分かったよ。あんたの話を信じてないわけじゃないよ」

「じゃあ、どうする気だ。さあ、逃げよう、まだ時間はあるから！」

「時間？　何をする時間だい。また腹をぺこぺこに減らして、盗みをして、逃げまわる時間かい。え、エンリケ？」

「おっかないけだものに、腹を裂かれるよりは、そのほうがまだましだ」

「そうかな」

　ファニートは、友人の顔をじっと見た。

「行こう」と、少年は言った。「早く行かないと、おそくなる。ドン・アルフレドが気をもむぜ。せっかく金を出したのに、って！」

　エンリケ・コルドバはためらった。

「自分だけは別だと思ってるんだろう」と、エンリケは言った。「そうだろう。リングの中央に堂々とすすみ出て、マノロのように闘ってやるなんて、夢みたいなことを考えてるんだろう。みごとに牛を殺して、ドン・アルフレドに、唾をひっかけてやろうとでも思ってるんだろう。ファニート、おれはお前を裏切った。それはまちがいないことだ。でも、今おれが言うことだけは、頼むから信じてくれよな。お前が考えてるようなことは、小説のなかでしか起こらないんだ。現実には、待避場《ブルラデーロ》から一足外へ出た途端に、お前のいのちは失くなったも同然なんだ。一度、二度、そう、三度くらいは、体をかわせるだろうよ。そこでお前が、いい気になって、次にはもうすこし近くへ寄る。肩透か《チクエリ》し《ーナ》でいこうか。ところが、牛はもうカーパなんぞ見向きもしない。ふっと気がついたときは、なんと、お前のほうへ、まっすぐ走ってくるんだ。お前は逃げようと思うが、それも体裁がわるい。一か八かやってみろ、と思う。でも、神様はこういうとき、そっぽを向くもんだ、ファニート。時すでにおそい。もう取り返しがつかない！　お前の腹に、カミソリみたいに鋭い角が、ずぶりと突き刺さって、それから──」

「道具は持って来たかい」と、ファニートが訊ねた。

エンリケ・コルドバは目をみはった。それから溜息をついた。

「持って来たよ」と、エンリケは言った。

「支度してくれ」

年上の男は、かすかに背をのばした。そのまなざしの色が変わった。何か全く新しい表情が、その目に宿った。「よし」と、エンリケは静かに言った。

ファニートは闘牛場《プラーサ》へ入った。子供たちが歓声をあげた。ファニートはその声に耳をかたむけた。金切り声と、古い木材のかすかな匂い、それに鼻を刺すような牛の匂い。悲しみと、愛情と、敬意をこめて、いっせいに注がれる群集の視線。それらすべてのものを、ファニートは、むりやり自分の内部へ押しこんだ。過去と未来は押し出された。現在、黄金色の現在だけが残った。

小さな礼拝堂で、ファニートは白いレースに触れ、ひざまずき、しきたりどおり、十字を切った。

それから定刻となり、少年はフランセスコ・ペレスの左側に立った。ペレスは少年に挨拶した。黄色い金管楽器の調べにあわせて、三人はリングに進み出た。

ファニートの内部では、現在の瞬間瞬間が脈打っていた。昼さがりの日ざしの中で、少年は身じろぎもせず、ペレスが牛を仕留めるのを見守った。次に、ロンバルディニも獲物を倒した。

「代わり《アルテルナティバ》はいるんだ」と、エンリケ・コルドバがささやいた。「やめるなら今のうちだぞ」

だが、そのことばは、ファニートにはきこえなかった。

待っているあいだに、柵《バレラ》のむこうの日蔭の席に、ファニートは一つの顔をさがした。それはまもなく見つかった。

「きみのために行くぜ、アンドレ」と、ファニートはつぶやいた。「おれの死体をきみにあげよう」

そのとき、トランペットの音が、高々と鳴りわたった。ファニートは視線を転じた。

牛小屋《トリル》の門がひらき始めた。ゆっくりと。ゆっくりと、くらやみのまんなかから、ひとつのかたちが姿を見せた。

ファニート・ガルベスは微笑した。あたたかい、はげますような砂の上へ、進み出た。そして、何の因果でおれはこんな好運に恵まれたのだろう、と思った。

古典的な事件

A Classic Affair

本筋に入るまでにだいぶ時間がかかった。ルースは、いつでもこうなのだ。こちらとしては、じっと待つよりほか打つ手がない。単刀直入は駄目だ。一度それをやったら、ルースはハリーと結婚してしまった。だからいまも、わたしは辛抱づよく、ルースのウォーミング・アップを眺めていた。それにしても、相手が美人であるということは、はなはだ具合がよろしくない。わたしは親切な友人という役を演じなければならないのだが、ルースの顔を見ていると、その決心も鈍ってくる。

やがて、わたしはさすがに我慢しきれなくなった。そこで、コーヒーを飲み干し、立ち上がって、帰ろうとした。すると、ルースはわたしの腕に手をかけ、まじまじとわたしを見つめて、「デイブ、実はぜひとも御相談したいことがあるのよ」と言った。わたしは黙っていた。ルースは重ねて、「ハンクのことで御相談したいの」と言った。

むろん、からかわれているのだと、初めは思った。ルースも、昔は、よくそういう冗談を言ったことがある。しかし、わたしは思い直した。いま目の前にいるのは、わたしのルースではない。これはハンクの妻であり、わたしにとっては赤の他人も同様なのだ。しっかりと地に足の着いた女、家計簿から目を放さぬ一家の主婦が、こんな冗談を言うとは考えられない。

しかし、いずれにせよ、わたしはルースの話を信じられなかった。約一年近くヨーロッパを旅行して、帰って来たばかりのわたしである。この旅行は、半分は、わたし自身の傷ついた心を癒すことが目的であり、あとの半分は、いわば一種の自虐趣味のなせるわざだった。つまり、もともとこのヨーロッパ旅行は、ルースとわたしの二人で計画したことだったのである。けれども、一年というのは必ずしも永い期間ではない。すくなくとも人間ひとりの性格を変えるのに充分な期間とはいえないだろう。にもかかわらず、どうやら一人の男の性格が変化したらしいのである。なぜといって、ルースが語るには、彼女とハンクのあいだがうまくいっていない。それというのも、ハンクがもうルースを愛していないからだという。要するに、そういう話なのである。

もちろん、ハンクという男を知らなければ、これは珍しくもない話だろう。わたしはハンクが好きだったわけでもないし、ハンクの無二の親友というわけでもないが、まあ、ハンク・オスターマンという男については、ほかのだれよりもよく知っているつもりだ。そして、わたしの性格判断でいちばん肝心なところは、ハンクが見かけどおりの男だということである。すなわち、裏がない。実にまっとうな一市民である。あらゆる点で、平均的な人物。ただ、ルースを愛したということが、多少、桁をはずれている程度だ。その愛情にかんする限り、わたしとおっつかっつだろう。そしてルースにそこまで惚れこんだ男が、妙な課外活動をするはずはない。そんなことはあり得ない。

「いつ分かったんですか」と、わたしは訊ねた。ルースは今にも泣き出しそうな様子だったが、この質問はやむを得ないだろう。

「三月《みつき》ほど前なの」と、ルースは言い、一部始終を話し始めた。それは古典的な事件だった。ある晩、ハンクがいつもの時刻に帰ってこなかった。それ以来、どうも何か隠し事をしているらしく……うんぬんというわけである。遂にルースがハンクのあとをつけたくだりまで来ると、ルースは顔をそむけて、黙りこんだ。

構わないから、話をつづけて下さい、とわたしは言った。

「でも……」ルースは掛時計を眺めた。三時半である。まだ時間はたっぷりある。

「さあ、お話しなさい」と、わたしは言った。

独り言のように、ルースは喋り出した。

「あれは、十時すぎだったかしら。その前から、あの人はもじもじして、雑誌を読むふりをしていたけど、こっちにしてみれば分かるのよ、ね。ほんとに。どうも変だなって感じるのよ。だって、それまでは、十時すぎになると、いつもハンクは眠いって言い出したんですもの。ところが、その日は、ぜんぜん眠くないらしいの。雑誌のページをめくって、しばらく読んでから、ふっと目を上げるの。べつに何かを見るわけじゃないのよ。それを幾度となく繰り返すでしょう。わたくし、気がくるいそうになるわ。そのうちに、散歩に行くって言うのよ。わたくしも一緒に行っていいって訊くと、いいや、ちょっと神経が疲れて、あたまが痛いから、一人で散歩すれば治ると思う。そう言って出て行くでしょう。それが、もう七度目か八度目なのよ。あんまり様子が変だから――」

「あとをつけてみようと決心したわけですね？」

「そうなのよ」ルースはもうわたしを正面から見つめていた。

「それで、どうしました」

「七街区《ブロック》ほど、つけて行ったかしら」と、ルースは言った。「リバーサイドと、アラミーダがぶつかる角ね、御存知でしょ。あそこで立ちどまったの」

話をつづけるのが辛そうなので、わたしは助け舟を出してやった。

「そこまでは、とりたてて騒ぐほどの事件でもないようですね」

「そうかしら？　じゃあ、そのあとのことを聞いてちょうだい。あの人は、そこの角の駐車場に入って行って、きょろきょろあたりを見まわすのよ。まるで――何かの犯人みたいに。それから、薄暗いところに置いてある車のなかに、乗りこんだの。外からは見えないような薄暗い場所なのよ」

「それから？」

「それからのことなんか、知りゃしないわ」と、ルースはふくれっ面をした。「そのままそこに立って、けがらわしいことを見物すればよかったとおっしゃるの」

「どうして見物しなかったんです」

「まあ、デイブ、ひどいわ！　わたくしだって子供じゃないのよ。それだけ見とどければ充分じゃないかしら」

わたしはストーブに近づき——これはどうもあまり話がうますぎると思いながら——ポットを取って、もう一ぱいコーヒーを注いだ。

「というと、彼がだれかと逢うのを、実際に見たわけじゃないんですね」

「ええ、そうよ」と、ルースは言った。「見なかったわ。見る必要もなかったわ。だって、ほんとに、それだけ見とどければ沢山《たくさん》じゃなくって？　写真でも撮って、それをお見せしないと、納得していただけないの？」

「まあ、そう興奮しないで」

「確かに、女がいるのよ」と、ルースは言った。「女でないはずはないわ。思いあたるふしは山ほどあるのよ。ほんとよ」ここでルースは視線を上げた。「たとえば、何カ月も前から、あのひとはわたくしに近寄らないわ」

ルースはことばを切って、その意味がわたしに伝わるのを待った。その意味は確実に伝わってきた。

わたしはあわてて話題を変えた。

「あとをつけたのは、何回くらいですか」

「五回か、六回」

「いつもおなじですか」

「ええ、いつも判で押したようなの」

わたしはコーヒー茶碗を下に置いた。何やら危険な雰囲気である。用心するにこしたことはない。

「できるだけのことをしてみましょう」と、わたしは言った。

「あの人におっしゃらないで——」ルースはそばに寄って来た。「分かるでしょう、わたくしの考えていること」

「ぼくは慎重な男だから大丈夫です」と、わたしは言い、ドアのほうへ歩き出した。「今晩も、彼はそこへ行くでしょうか」

ルースは、さらに寄って来た。

「毎晩、行ってるわ」

わたしは突然この女の髪の匂いや、腕の肉のやわらかみを思い出して、この場にいたたまれなくなった。

「デイブ」と、ルースはわたしの腕に手をかけた。「おねがいよ。わたくし、ハンクと喧嘩をしたくないの。あなたはハンクの幼友達でしょう。だから、ハンクだって、あなたには告白するかもしれないわ。お願い、わたくしたちの仲をとりもって」

「できるだけのことをしましょう」

すると、ルースは当たらずさわらずのキスをしようとしたが、わたしは知らんふりをして、ドアの外へ出た。

うちに帰ると、シャワーを浴びてから、わたしはいろんなことを考えた。その一つは、ルースがほんとうは何をわたしに言わんとしていたかということだ。デイブ、なんとかして。もし、どうにもならないようだったら、またあらためてお話ししましょう。あの女はそう言っていたのではあるまいか。

ハンクの情事らしきものの話は、考えてみればずいぶん訳の分からぬところがある。しかし、そんな相談をもちかけられて、わたしは決してわるい気持ちではなかった。わるい気持ちどころか。

四街区《ブロック》ほど離れた場所に車をとめて、腕時計をながめた。十時前である。ルースの話が事実だとすれば、まだ時間の余裕はある。そこで車を降り、リバーサイドとアラミーダの交差点へむかって歩き出した。街はひっそりとしていた。わたしは歩きながら、いろいろ想像をたくましくしてみたが、どうもピンとこなかった。ほかの人間ならともかく、ハンクの情事というのは、どうも似つかわしくない。

一つだけ、わたしは決心していた。つまり、あくまでもフェアに振る舞おうということ。ルースはハンクを愛しているのだから、わたしとしては、二人のヨリをもどすために、できるだけのことをしてやろう。そう、神に誓って、そうしよう。ルースのためにも、それが一番なのだ。事がうまく片付いたら、わたしはまた今までどおり、この夫婦の親友として、つかず離れずの態度に戻ればいいのだ。

糞おもしろくもない。

要するに、ハンクとその女を別れさせればいいのじゃないか。もちろん、相手は女にちがいあるまい。たぶん秘書か何か、お定まりのケースだろう。ハンクが女と手を切ったら、わたしもおさらばだ。もうこの夫婦には、かかりあうまい。

道路をへだてて、ハンクの姿が見えた。まちがいない。安物の背広、前かがみの肩、じじむさい歩き方。あいつは子供の頃から、あんな歩き方だった。

「おおい、ハンク！」

くるりと振り向いて、まばたきしたハンクは、わたしが近づいて行くと、にっこり笑って、手を突き出した。先週、わたしの帰国歓迎会をやってくれたときは、あまり冴えない顔色だったが、今夜のハンクは一段と元気がなさそうに見える。

「こんな所で何をしてたんだい」と、ハンクは訊ねた。

わたしは言った。

「きみを探していたんだ」それから有無を言わさぬ口調で付け足した。「ハンク、話があるんだ。一ぱい飲みに行こう」

ハンクはかぶりをふった。

「いや、すまないが、都合わるいんだ。もう時間もおそいしさ」そう言いながらも、しきりにうしろをふりかえり、角の駐車場をながめている。これでは歴然たるものだ。

わたしはずばりと言ってやった。

「今日の午後、ルースと逢ったよ」

「そうかい」相手は関心がなさそうである。

「ルースに呼ばれたんだ。だから、きみの留守中にお邪魔した」

ハンクはうなずいたが、依然として、どうでもいいような顔をしている。

「なあ、ハンク」と、わたしは言った。「おれたちは十五年来の友だちだ。お互いに、ざっくばらんに話そうじゃないか。どうだい」

「そりゃそうだ」と、ハンクは言った。「いや、もちろん、そうだ。しかし――あしたにしてもらえないかな、デイブ。あしたの昼休みはどうだい」

ハンクはもう、あからさまに角の駐車場をながめている。わたしはハンクの袖をつかまえた。

「なぜ。急ぎの用事でもあるのか」

「まあ、そんなところだ。そう。ちょっと用があってね」

わたしはハンクの前に立ちふさがった。

「ルースから話を聞いたよ」と、わたしは言った。

「今度は、きみの弁明を聞きたいんだ」

「なんだって？」ハンクは初めて不安そうな表情になった。「それは何のことだい」

「こんな、道のまんなかで喋ってもかまわないのか」

「かまわないよ」とハンクは言った。「なんのことか分からないが、早く話してくれないか」

わたしはルースの話を逐一話した。ハンクは、一度も口をはさまずに、じっと聞いていた。

話が終わると、ハンクはにっこり笑った。

「どうだい」わたしはすこし腹を立てて言った。

「残念ながら、ほんとうなんだ」と、ハンクは言った。「ぼくはルースに隠し事をしていたんだ」

ぶんなぐりたいという衝動が過ぎ去ると、わたしは妙に照れくさくなった。

「その女性は今きみを待っているのか」

ハンクはうなずいた。

「毎晩ぼくを待っているんだ」

「どんな女性だい」としか、わたしは言えなかった。

「よし」と、ハンクは言った。「紹介しよう」

わたしはむろん、よしてくれと言ったが、ハンクがあくまで紹介しようと言い張るので、仕方なく街角の駐車場までハンクについて行った。それにしても、どうもまだよく事情がのみこめない。

ハンクは平気で駐車場に入って行った。そこは暗かった。飾り電燈もなければ、派手な装飾もない。まっくらな、がらんとした空地に、たくさんの車が置いてあるだけである。

「考えてみると」と、ハンクは小声で言った。「妙じゃないか、ほんとに。ぼくらはここを毎日通るだろう。今までに何百回通ったか知れやしない。それなのに、あらためて眺めようという気が、全然起こらないとはね」

わたしは、くらやみを透かすようにして、ひとみをこらした。たいていは、古い型の車ばかりである。チャプリンの映画に出て来るような、大きな箱型の車が多い。そのほかには、リオや、オーバンや、旧式のリンカンなど。事務所らしい小さなボロ屋には、〈スプリングフィールド骨董自動車即売所〉と書いてある。

こういう所であいびきをするとは、新手ではないか。

ハンクは先に立って、古めかしい自動車の群れのあいだを進んで行った。二、三十年前の車だろうか、一面オレンジ色の錆《さび》におおわれ、どう見ても金屑《ジャンク》の山といったしろものもある。ほかのも、大部分は、骸骨のような有様のものばかりだ。

ハンクは、一台の車のそばで立ちどまり、にやっと笑った。そして車の側面に寄りかかった。

「まだ紹介して欲しいかい」

わたしはうなずいた。もう、どうとでも、なるようになれ。ここまで、ついて来たのだもの。どんな不愉快な結果になったところで、毒をくらわば皿までだ。

ハンクは一歩しりぞいた。すでにわたしの目は、かなりくらやみに馴れていた。

「よし」と、ハンクは言った。「こっちへ来いよ」

わたしはハンクのことばにしたがった。ハンクは、車のむこう側にまわって、車のドアをあけた。

「デイビッド、ミス・デューゼンバーグ、ミス・デューゼンバーグを紹介します。これはぼくの親友、デイビッド・ジェンキンスンです」

わたしは車をのぞきこんだ。からっぽである。

「分かったかい」と、ハンクが言った。

わたしは「分からん」と言った。まったく、狐につままれたような気持ちである。

ハンクは、その車をまじまじと見つめている。わたしはタバコに火をつけようとしたが、警官に見つかるとまずいよと、ハンクにタバコを叩き落とされた。わたしたち二人は、しばらく黙って立っていた。

「女なんていなかったのか」と、わたしが言った。

ハンクはあたまをふった。

「女なんていないんだ」

ハンクは車に触れもしなければ、寄りかかってもいなかった。ただ、ひたすらに凝視している。それは大きな車だった。色はダーク・ブルーか、さもなければ黒で、ロールスロイスに似た型だが、それよりすこしスポーティである。二人か、せいぜい三人しか乗れない。その程度のことしか、わたしには分からなかった。二十年ほど昔の大型コンバーティブル。

「どこかへ行って、話をしよう」と、ほとんど囁き声で、わたしは言った。

「駄目だ」と、ハンクは言った。「ぼくはここにいなきゃならないんだ、デイブ。見てごらん、この革を。匂いをかいでごらん。こりゃ最高級品だ。これ以上のものは、ちょっと手に入らない。さわってごらん、やわらかいから。まあ、さわってごらん」

わたしは車のシートに手をすべらせた。それは確かに上等な革だった。

「ポケットナイフを持った子供が、これを見つけたら大変だ」と、ハンクは言った。「子供ってやつは、ひどいからね。劇場やドラッグ・ストアのシートを、どんどん切り取って持ってっちまう。なぜそんなことをするんだろうな。とにかく、それが現実だから仕方がない。そういう子供らが、これを見つけたとしてごらんよ……」

ハンクの声は腹立たしげだった。

「しかもあの馬鹿どもは、鍵もかけておかないんだから！」ハンクは事務所のほうをにらみつけ、唾をごくりと呑んだ。「そう、そりゃ、ぼくがそこの事務所に、気をつけろと言ってやればいいのさ。実は、そうしようかとも思ったんだ。しかし、車に鍵をかけられると、今度はぼくが中に入れなくなるだろう。痛し痒《かゆ》しだね」

「ハンク」と、わたしは言った。「どっかへ行こう。そのほうがいいと思うよ」

「だから、今言ったとおり、駄目なんだ。話があるなら、ここでしてくれ」

わたしは、しかしと言いかけたが、この調子では言い張っても無駄だと悟った。

「オーケー」

「でも、外じゃいかんよ」と、ハンクは言った。「ここでだ」

わたしは車のなかへ入った。ハンクは、わたしの脇に入りこみ、ドアをしめた。

「それはそうと、このハンドルをごらんよ」と、ハンクは言った。「革カバーがついている。クラクションのボタンにもだ。それから、この非常ブレーキを握ってごらん」

それは変速レバーより長く、クロームめっきがしてあった。まるで汽船の運転室のような感じである。

ハンクはにこにこしていた。ダッシュボードにある無数の小さなレバーの一つを指さした。

「これはね、ブレーキ調整装置なんだ」と、ハンクはつぶやいた。「わかるだろう？　どんなコンディションの道路でも、ブレーキを調整しちまうんだ。ここの、これは、高度計。海抜何メートルの高さか、ちゃんと分かる。それから、この小さなのは――」

「ちょっと待てよ」

ハンクは口をつぐんだ。それから溜息をつき、わたしのほうに向き直った。

「デイブ、うまく説明できない」と、ハンクは言った。「要するに、ぼくは車に恋をしたんだ。どうもうまく説明できないけど」

「なんとか説明してくれよ」

「まずいなあ。とにかく、こうなっちまったんだから。そりゃ、事の次第は話せば話せるさ。でも、理由といわれると、どうもうまく言えない」

「事の次第だけでいいよ」

ハンクはシートの背に寄りかかり、目をとじた。

「そう――ある日、勤めから帰る途中だった。もう三カ月も前になるかなあ。バスは、いつものとおり、リバーサイドの通りを走っていた。ぼくは窓から外をながめていた。そして、このスプリングフィールド即売所の前を通るとき、なにげなく年代ものの車に目をやった。そうして――見初《みそ》めちまったんだ」

「この車を見たわけだね」

「そのとおり。まだ陽がかなり高かったので、塗料がキラキラ輝いていた。ああ、なんてみごとな車だろう、とぼくは思った。そのときはそれだけのことだったんだが、妙なんだなあ、バスがここを通りすぎちまったのに、まだこの車がぼくの目には見えているんだ。うちに帰っても、まだ見える。ダーク・ブルーの色がちらついている……」

ハンクは思い出に浸り始めたが、わたしは口をはさもうともしなかった。

「デイブ、そのまぼろしが、いつまで経っても消えないんだ。翌日、おなじバスに乗ったぼくは、すこし先で降りて、歩いて逆戻りした。そうして駐車場の外に永いこと立って、この車を眺めていた。ほんとに、この車がなんという種類なのか、それさえ知らなかったんだよ！　ぼくの身内に、ある変化が起こった。ほら、きみも昔よく言ってただろう。きれいな女の子を見たときそっくりの、どこか胸のあたりがシクシク痛むような感じさ。きみの場合は、絵とか、芝居とか、そういったものなんだろうが、ぼくは、なにしろ、今回が初めてだろう。わけが分からなくてさ！」

「話をつづけてくれ」

「あとは、大した話はない」と、ハンクは言った。

「次の日、またここにやって来て、事務所の奴に、あれはなんという車ですかと訊いた。デューゼンバーグだと教えてくれた。その晩、ぼくはもういちど、今度はなかのエンジンをのぞいてみようと決心した。事務所の奴は、すなおに見せてくれないんでね。駐車場はしまっていた。この車は、二台のでかいメルセデス・ベンツにはさまれて、ぽつんととまっていた。ぼくははじめて詳しく観察した。さわってもみた。そして、すばらしい車だと分かった」

ハンクは夢中で喋りつづけた。ハンクがこれほど熱心に喋るのを聞いたのは、初めてである。その夜、ドアをあけるのが、どんなに恐ろしかったか。あけようか、あけまいかと、汗をかいて思案したこと。そして、図書館や本屋に行って、自動車の本を片っぱしから読みあさったこと。


「おどろくべき車なんだ」と、ハンクは言った。「まったく、実際、すごい車なんだ」

ハンクの目は光っていた。体がふるえていると見えたのは、わたしの思いすごしだろうか。

「ほんとのことをいえば——デイブ、よく聴いてくれ。この車、きみが今乗っているこの車は、どのくらいのスピードが出ると思う？」

「さあ」と、わたしは言った。「ぼくは車のことは知らんよ」

「じゃあ当ててごらん」

「七十マイルか？」

「七十？」

ハンクは笑い出した。

「デイブ、この車はね、百三十マイルは出るんだ。時速百三十マイル。しかし、この車のよさはそこじゃない」とハンクはあわてて言い添えた。「その程度のスピードを出す車なら、ほかにいくらもある」

「じゃあ、何がそんなにすばらしいんだ」

「なにもかもだよ」と、ハンクは困ったような声を出した。「この堂々とした、それでいて能率的で、しかも豪華な外見や――そういうもろもろの何もかもだよ。これを造ったオージー・デューゼンバーグは、大した奴だったんだなあ。つまり、この車は、今日この頃の大量生産される自動車とはちがう。ぜんぜん品格がちがうんだ。たとえば――そうだ、いつかきみと二人でベネディクト峡谷へ行ったとき、大きな石造りの家があっただろう。まるで地面に根を生やしてるみたいだって、きみが言ったっけ。おぼえてるかい」

「うん」

「この車がそれとおなじなんだ。まさに、おんなじ。つまり、完璧な芸術品なんだよ、デイブ。いや、まったく！」ハンクの声が高くなった。「ブリッグズ・カニンガムって男が、ル・マンの自動車競走《カー・レース》へアメリカからはじめて出場して、優勝したなんてホラを吹いてるだろ？　あいつは馬鹿だよ。アメリカの車はすでにル・マンで優勝したことがあるんだ。フランスのグランプリを取ったんだ。それがきみ、デューゼンバーグなんだよ。そう。この車のエンジンは、ヨーロッパのメーカーのものとくらべて、なんら遜色がない。インディアナポリスにあるデューゼンバーグ工業所で造った部品しか使っていないのにね！　それが、どんな工場だと思う？　この工場には、技術者が一人しかいなかった。これがまるで芸術家だ。エンジン全体について責任を負う男だ。まず車が一台完成すると、試運転場へ持ち出して、フル・スピードで二十四時間ぶっつづけに走らせる。それから、今言った技術者が、車を分解して、部品の消耗度を検査する。もし不完全なところが、そのとき発見されれば、ぜんぶ最初から作り直しだ。こういうやり方は、現代では絶対に見られないね。そうじゃないか。それから――まるでデューゼンバーグのセールスマンみたいな口調になってきたな」

「なんとなくね」

「気にしないでくれ。今喋ったことは、ぜんぶ事実なんだから」ハンクはドアをあけた。「ここを見てごらん。蝶番《ちょうつがい》が三つあるだろう。それから、このランニング・ボード。ちょっと外へ出てみないか」

ハンクは、フェンダーを叩いてみろと言った。それはきわめて堅牢だった。つづいて、ハンクは、いろいろな部分をわたしに見せた。テールライト、特別のタイヤをつけた大きな車輪、後部の無蓋席《ランブル・シート》。わたしは、それを一々眺め、相槌を打つよりほかに、どうしようもなかった。

「エンジンをのぞいてみようか」

わたしたちは、のぞいた。

「四百馬力なんだ、デイブ。一九二九年型だよ」

そうやって、車の細部に至るまで、一々詳しく説明しながら、数時間も喋りつづけていただろうか。実に奇妙なことだが、これは夢でもなんでもなかった。風采のあがらぬこのハンクという男は、まさしく自動車にぞっこん惚れこんでしまったのである。ハンクのような人物は、何かに惚れこむということが滅多にないから、症状はきわめて重態だった。

「ぼくは気がへんになったのかもしれない」と、ハンクは言った。「しかし、それだとしても、もう手おくれだ。だって、ちょっとでもこの車から離れていると、まるで——地獄の苦しみだからね。鍵もかけずに、ここにこうしてほうっておくと思うと、ぼくは辛くてたまらない。だれかに買われちまう日のことは、しょっちゅう夢に見る。どこかの猿みたいな野郎が、葉巻をふかしたふとっちょが、この車の真価も分からずに……ああ、これは古今未曾有《ここんみぞう》の自動車なんだ。ベスト中のベストだ。理想だ」

ハンクは拳を固く握りしめていた。

「ほんとに、どこかの馬鹿野郎が、この車を買ったりしたら、ぼくはそいつを殺す。誓って殺す」

わたしは、まあ落ち着けと言い、それから喋り出した。「ハンク、いいかね。きみがこの車にそれほど惚れてるんなら、そこまで打ちこんでるのなら、さっさと自分で買ったらどうだい。なんで、夜な夜な、駐車場に忍びこんだりするんだ」

　ハンクは笑い出した。それは、わたしが初めて聞く冷たい笑いだった。

「いやあ、これはおどろいた」と、ハンクは笑いながら言った。「どうしてそれを考えなかったんだろう。さっさと買え、か……」

「そうさ、買いたくないのかい」

「もちろん買いたい。しかしね、まじめな話、ぼくには七千五百ドルという金がないんだ。それが値段なんだよ。ぼくには五百ドルもない」

　わたしたちは、しばらく黙っていた。考えるまいと努力していた一つのアイデアが、わたしの意識を突き破って、表面に浮かびあがった。わたしは車のドアをあけ、外に出た。

「分かってくれたかい」と、ハンクが言った。

　分かった、とわたしは答えた。

「じゃあ、ぼくがルースに隠している理由も分かってくれたね。車に恋をしたなんて——ルースに言えるものか」

「そう、それはそうだ」

「それに」とハンクは言った。「ルースは女だからな」

　そう、女だ、とわたしは心のなかで言った。美しい、好ましい女だ。わたしが惚れている相手は、ルースだ。つまらん器械なんかじゃない……

　わたしは駐車場の出口へ歩いて行った。それから、急におびえて、あともどりした。これはしてはいけないことだろうか。しかし、これが最後のチャンスではないのか。

「これからどうする気だ」と、わたしはハンクにたずねた。

「さっぱり分からない」と、ハンクは言った。

「今にその気分は収まるかな」

「収まるだろう。いや、どうかな。なにしろこんな気持ちは生まれて初めてだからね。いちど医者に診《み》てもらったほうがいいかな」

「その必要はない」と、わたしは言った。「二百ドルもふんだくられて、あなたには車にたいする固着観念があります、なんて言われるのがオチだ。ぼくにだって固着観念はあるさ。だれにだって、ある」

わたしは大きく息を吸いこんだ。

「ハンク、きみがこの車を欲しいという気持ちは、どの程度だ」

ハンクは答えない。

「まじめに訊いてるんだ。その気持ちがどの程度なのか、教えてくれ」

「車を欲しいと思う気持ちか」

「そうだ」

ハンクの指は、ハンドルを握りしめていた。わたしの質問を、まともには受けとっていないらしい。この男には大きすぎる問題なのだ。

「つまり、この車が完全にきみのものになったときのことを、想像してみるんだ。ハンク・オスターマンの所有になったときのことをさ。きみはまずガレージに入れるだろうな。しじゅう手入れをして、ピカピカに光らせるだろう」

わたしは意地わるく、ことばをつづけた。

「気がむいたときには、いつでもこの車でドライブできる。そう、朝早くがいいな……」ハンクの早起きを、わたしは思い出した。「車をガレージから出して、きみが乗りこむ。ドライブの途中で、だれか散歩中の知人に逢う。きみは車の自慢話をする」

「やめてくれ」

「さもなければ、下町へ行って、適当な場所に車をとめて、だれかれなしに見せびらかす」

「デイブ、頼む、黙っててくれ。ぼくは世界中の何物よりも、この車が欲しいんだ。さっき言ったとおりだ」

「世界中の何物よりも？」

「そうだってば！」

「それをきみに言わせたかった」と、わたしは言い、車のなかに坐ったきりのハンクを残して、その場を立ち去った。

金を借りるのはむずかしいが、手はいろいろある。ハンクのような連中が知らないだけの話だ。たとえば五百ドル貸してくれと切り出せば、おとといおいで、とツマミ出されるだろうが、八千となると話はおのずから別だ。

準備がととのったところで、ルースに電話をかけ、もうすこしの辛抱だ、何もかも丸くおさまるから、と言った。まだ事態はすこしも変わっていない、とルースが言うので、そんなことはない、もうじきガラリと変わるよ、と安心させてやった。

ほんとうに、あとすこしの辛抱である。

わたしは、ハンクが勤めに出ているあいだに、あの車を買うのだ。そして、その車を乗りつけて、ハンクをひるめしに誘い出す。そのとき、何街区《ブロック》か、ハンドルを握らせてやろう。

気分を味わわせてやるのだ。残酷に。

それから、交換条件を持ち出す。

「ハンク、この車をきみにあげよう。ウソじゃない、ほんとにあげよう。ただし、お返しに欲しいものがある——大したものじゃない。この車、きみが世界中の何物よりも欲しいと言ったこの車とひきかえに、ぼくはルースをもらいたい。まともな交換条件だろう。どうだい」

そう、きっとうまくいく。それは確実だ。うまくいくぞ。むろん、ハンクだって、あとでしまったと思うかもしれないが、時すでにおそし、さ。ルースとわたしは、とうの昔に、どこか遠くへ行ってしまう……

先週の月曜日、つまり一週間前に、銀行から金が届いた。ルースには適当なことを言って、ごまかしておいたから、夫婦のあいだはまだ波静からしい。今こそ機が熟したのだ。

スプリングフィールド即売所には、朝一番に行った。セールスマンは、背の低い男で、口髭を生やし、ことばに訛りがあったが、早朝の客に仰天したらしい。

「デューゼンバーグでございますか。はい、はい。さようでございます。これこそ、クラシック中のクラシックでございまして。タイロン・パワー様も、これとそっくりの車をお持ちでしたが、コンディションの点では、とても比較になりませんです。エンジンは徹底的にオーバーホールしてございますし、まだ五百マイルしか走っておりません。タイヤは新品でございます。ペイントは塗りかえましたので、はい……」

わたしが六千ドル出すと、セールスマンはあわてて札をひっつかんだ。それから、ギヤの入れ方を教えてくれ、あなた様はぜひともデューゼンバーグ愛好者クラブへお入りにならないといけません、ほんとに結構な御趣味で、などとペラペラ喋るのを、わたしはしばらく聴いていた。

その間、わたしは車をとくと眺めた。ペイントは朝の光にキラキラかがやいている。深いダーク・ブルーである。なるほど、美しい車だ。わたしもこんな車は見たことがない。ぜんたいが鉄製のようにがっしりしている。実際はクローム・メッキの部分もあるのだろうが、けばけばしい安っぽい感じはちっともしない。

ふいに、わたしはハンクのことを思い出した。夜な夜な、ここにしのんで来ては、この車に傷をつけられないようにと番をしていたハンク。奴はこの骨董品を心底から愛していたのだ。してみると、わたしのしていることは、案外、笑い事ではない。ハンクは大喜びするかもしれない！

ようやく説明が終わり、わたしは車に乗りこんだ。車は快適だった。エンジンはスムースに動き、しかもその強い馬力ははっきりと感じられた。セールスマンはにこにこ笑っていた。

「充分気をつけておいで下さい。その車はサラブレッドでございますから」

わたしはセールスマンに手を振り、ギヤを入れ、アクセルを踏んだ。

車は狂ったように走り出した。わたしはシートの上で小さくなって――車が大型なので自分がひどく小さくなったような気がする――あわててブレーキを踏んだ。「お分かりになりましたか」と、セールスマンが言った。

わたしは首を縦にふり、今度は、そっと車を出発させた。運転にかけては自信があるはずのわたしが、まるで初心者のように、車のコントロールを気にしたのである。

やがて街道へ出たわたしは、面白半分に、ガソリンをすこし余分に入れてみた。すると、エンジンは俄然ピッチを上げ、車は大波に揺られるような動き方を始めた。速度計を見ると、スピードは、時速七十マイルに近い！　とすると、この車を乗りこなすには、まだまだ時間がかかりそうである。

可哀相なハンク、とわたしは思った。あんなに惚れていたのに、まだ運転もできないなんて。もうすこし待ってくれ。このハンドルを握らせてやるからな。

峡谷の手前で、二台の改造車《ホット・ロッド》がうしろから追って来た。フォードを改造したスピード車らしい。クラクションを鳴らして、得意そうに追い越して行った。わたしはデューゼンバーグのアクセルを踏んだ。と、おどろくなかれ、あっというまもなく、わたしの車はフォードを追い越した。みるみるうちに、二台の車は後方に小さくなった。

なんという気分だろう。

もちろん、その日の午後、わたしはこの車をハンクの勤め先へ乗りつける予定だった。もう幾度となく練り直し、すっかり出来上がっていた計画である。

しかし、わたしはすでに街道に出て、町からはだいぶ遠ざかっていた。セールスマンは、サスペンションがどうとかと言っていたから、どこかカーブになった道を通って、試してみよう、とわたしは思った。これは気紛れでもなんでもない。それに、ハンクに見せに行くのは、夕方でも構わないだろう。なにも急ぐことはない。ほんのすこし、カーブを走ってみて、テストするだけだ。

その日から一週間経った。その間、わたしはデューゼンバーグに乗って、山道を走り、第一国道を走りビバリー・ヒルズへ上った。ロマノフ・レストランの向かい側に駐車して、安っぽい新車しか持っていない連中に見せびらかしてやった。それから、ダービーにも行った。それから、毎日二時間もかけて、ピカピカに磨きあげ、ゆったりとシートにおさまっては、王侯貴族の気分を味わった。

ハンクは、ひょっとすると、発狂するかもしれない。即売所のセールスマンには、わたしの名は伏せておいてくれと、釘をさしておいた。しかし、いずれはハンクにも知れるだろう。

けれども、わたしが、しばらくこの車をエンジョイして、どこがいけない？　これはほんとうに一個の芸術品だ。詳しく調べるたびに、隠されたコンパートメントとか、特別のレバーや、スイッチや、ボタンとか、いろいろな面白い部分があらわれる。一体なんに使うのか、見当がつかないような装置もある。しかし、何かの役に立つことは確かだろう。これはそういう車なんだ。

ハンクに見せるのは、来週にしよう。それまでは、発狂もするまい。ルースと手をとり合って、駆け落ちするのは、それからでもおそくない。

でも、その前に、ほんとに時速百三十マイル出るかどうか、それを確かめなくちゃあ。

出たとしても、別段おどろきはしないだろうが。

いや、まったく、大した車なんだ。

越して来た夫婦

The New People

この家は気にくわないと初めに言ってしまえば、問題はなかったのだ。水道の具合がよくないとか、土台がしっかりしていないとか、なにか、なんらかの理由をもっともらしく言ってきかせれば、そのまま二人は帰ってしまっただろう。むろん、言い争いにはなったかもしれない。車をとめたときの細君の表情を、彼はよく憶えていた。それにしても、納得させることはできたはずである。今となってはもう手おくれだ。

なにが手おくれなのだ、と彼は思った。今晩のパーティのことや、そのわずらわしさのことは、言うまい。手おくれとは、どういうわけだ。これは立派な家ではないか。建て方もがっしりしているし、手入れもゆきとどいているし、部屋数も多い。ただ、困るのは、あの血痕。まともな人間なら、とうてい……

「あなた、おヒゲは剃らないの？」

彼は新聞をそっと下げて、「剃るよ」と言った。だがアンは、いつもの痛々しい、責めるような目つきで、彼を見つめている。ああ、なんということだろう。ハンク、どうしたの。それが次のセリフだ。彼はバスルームにむかって歩き出した。

「ハンク」と、アンが言った。

彼は立ちどまったが、振り向かない。「なんだい」

「どうしたの」

「どうもしない」と、ハンクは言った。

「あなた。こっちを向いて」

ハンクは細君に面とむかった。アンは桃色のシフォン・ドレスを着ている。その体つきには、まだ娘時代の線が残っていた。顔は一点非のうちどころない。口紅も、白粉《おしろい》も、ほとんど完璧である。長い髪は、やわらかく白い肩を覆っていた。この七年間で、アンはすこしも変わっていない。

プレンティスは腹立たしげに顔をそむけた。そして心のなかでは恥じていた。もう、いい加減、馴れてもいい時分ではないのか。アンは馴れている。畜生！

「教えて」と、アンが言った。

「何を？　べつに教えることはないがね」と、彼は言った。

アンは近寄って来た。香水のかおりがただよって来る。白い肌をいろどる小さなそばかすの点々が見える。この女と寝る気分はどんなだろう、と彼は思った。たぶん、すてきな気分にちがいあるまい。

「デイビーのことなのね」と、声をひそめてアンは言った。そこは息子の部屋から、ほんの数フィートしか離れていない。

「いや」と、プレンティスは言ったが、それは図星だった。デイビーも心配の一部である。一週間ほど前なら、電気機関車を修繕してやれば、万事は解決するものと思っていた。電気機関車を持っていない子供は、妙な行動に走るものだ。ところが、せっかく電気機関車を修繕させ、わざわざ家まで持って来てやったのに、デイビーは線路を組み立てようともしないのである。

「でも、デイビーはよろこんでいたわ」と、アンは言った。「あなたにお礼を言わなかった？」

「言ったよ、確かに」

「じゃあ、なんなの」と、アンは言った。「デイビーはまだこの家に馴染《なじ》めないのよ。それだけのことよ。今に馴染めると思うわ。大丈夫」

「そりゃそうだ」

「それに、学校がお休みになってから、もうひと月にもなるし」

「うん」と、プレンティスは言い、考えた。『遊び友だちのいない場所へ引っ越して来たことも、原因の一つかもしれない！』

「じゃあ」と、アンが言った。「わたくしのことなのね」

「いや、いや」プレンティスは無理に微笑した。議論をしても始まらない。今までに幾度となく言い合いをしたが、いつだってアンは動じなかったのだ。びくともしないアンの口調は、はっきり耳に残っている……

「わたくしはこの家が好きだわ、ハンク。それに、隣り近所も好き。理想的な場所じゃないかしら。どうしてここがいけないの」(面と向かってハンクの意見を求めたのは、このときが初めてだった)「あなたったら、すすけた、ちっぽけなアパートに、あんまり永いこと住んでいたから、そういうむさくるしい住居が好きになってしまったのよ。まともな家には住めなくなったのよ――デイビーもおんなじね。あなたとデイビーは同類だわ。おじいさんみたいに、一つところから動きたがらない。わたしはちがうわ。この家で五十人も自殺したとしたって、わたくしは平気。お分かりになる、ハンク? わたしは平気よ」

　プレンティスは、アンの気持ちを理解し、自分でも、なんとかこの家を好きになろうと努力していた。どうしても好きになれないなら、せめて、そういう気持ちをアンに悟られてはいけない。実際、ハンクの不安には根拠がないのだから。まったく根拠はない。アンのことばは、何から何までそのとおり。ハンクはこの家を好きになるのが当然なのだ。

　それでも彼は、幾度となく夢に見た。ある晩カミソリを構えて、ぐさりと自分の喉を切った老人……

　アンは、夫を凝視している。

「きっと」と、彼は言った。「ぼくもまだこの家に馴染めないだけのことなんだ」

　そしてアンの額に軽くキスした。

「さあ、この話はもういいよ。もうじきお客さまが来るだろう。きみはマクベス夫人みたいな怖い顔をしてるぜ」

　アンは彼の腕を握った。

「あなた、この家にすこしは馴染んで来たのね? すこしは、自分の家庭らしくなったと思ってらっしゃるのね?」

「もちろんだよ」と、プレンティスは言った。

細君はちょっと黙っていたが、すぐに笑顔を見せた。

「分かったわ。じゃあ、おヒゲを剃ってね。あなたはハンサムだって、ローダが言ってたわよ」

彼はバスルームに入り、電気カミソリのプラグを差しこんだ。ローダか、と彼は思った。ここへ来て三週間にしかならないのに、もうファースト・ネームで呼ぶ仲になったのか。

「お父さん」

いつのまにかそばに来ていた九歳のデイビーを、父親は見おろした。

「やあ」父親は、いつものように、電気カミソリを息子の顎にあててやった。これが父子のとりきめなのだ。

デイビーは反応しなかった。一歩うしろにさがって言った。

「お父さん、今晩エイムズさんは来る?」

プレンティスはうなずいた。

「来ると思うよ」

「じゃあ、チャンバーズさんは?」

「来る。どうして?」

デイビーは返事をしない。

「どうしてそんなことを訊くんだい」

「あのねえ」デイビーの目は充血していた。「ぼく、自分の部屋にいて、出てこなくてもいい?」

「なぜ? 体の具合がわるい?」

「ううん。ただ、なんとなく」

「おなか? あたま?」

「なんとなく具合がわるいの」と、デイビーは言い、それきり押し黙った。そしてシャツのほつれた糸を、しきりに引っぱっている。

プレンティスは眉を寄せた。

「お客様に、電気機関車をお見せしなくていいのかい」

「お願い」と、デイビーは言った。その声がすこし上ずり、目には涙さえ浮かべている。「お父さん、お願いだから、ぼくをお客様に逢わせないで。やかましくしないから。約束する。時間になったら寝るから」

「オーケー、オーケー。そんな大げさにお願いなんて言わなくてもいいんだ」

　プレンティスの顔がひきつった。怒りがこみあげ、すぐに消えた。ここで腹を立てても仕方がない。

「デイビー、何かわるいことをしたのかい。御近所の庭の芝生を荒らしたんじゃないの？　窓ガラスをこわしたの？」

「ううん」

「じゃあ、どうしてお客様に逢いたがらない？」

「ただ、なんとなく」

「エイムズさんは、デイビーが好きなんだよ。きのうもそう言っていた。かわいい坊やですねって、チャンバーズさんも言っていた。みんな――」

「お願い、お父さん！」デイビーはまっさおになって、泣き出した。「お願い、お願い、お願い。ぼく、つかまえられちゃう！」

「なんだって？　デイビー、はっきり言いなさい。何をそんなにおびえてるんだ」

「あそこのガレージで、あの人たちがやっていたこと、ぼく見たんだ。ぼくが見たってこと、あの人たち知ってるんだ。悟られちゃったんだ。だから――」

「デイビー！」

　タイル張りのバスルームに、アンの声がするどく響きわたった。少年は途端に泣きやみ、様子をうかがってから、脱兎のごとく逃げ出した。少年の部屋のドアが、ぴしゃりとしまった。

　プレンティスはそのあとを追おうとした。

「だめよ、ハンク。あの子を一人にしておいて」

「なんだか興奮している」

「勝手に興奮させておけばいいのよ」アンは腹立たしげな視線を寝室のほうに向けた。「ガレージのことで、へんな作り話をしていたんでしょ？」

「いや」とプレンティスは言った。「まだ話の途中だった。それは何のことだね」

「なんでもないのよ。全然なんでもないのよ。ほんとに、デイビーの両親って、どんな人たちかしら。逢ってみたいわ！」

「われわれがデイビーの両親だ」と、プレンティスはきびしく言った。

「ええ、それは分かってるわ。でも、あんなふうに、あることないこと空想するのは、だれかの血統でしょう？　すくなくとも、わたくしたちの血統じゃないわ。あなた、すこしお説教してやって、ハンク。ほんとに。ね」

「何をお説教すればいいんだ」

「あの作り話のことよ。エイムズさんの耳にでも入ったら、どうします？　わたくしたち――面目がまるつぶれよ。エイムズさんだって、あんな話を聞けば、もうデイビーには親切にして下さらないと思うわ」

「だから、ぼくはその話の内容を知らないんだ」とプレンティスは言った。

「きっといまに聞かされるわよ」アンはエプロンをはずし、ぷりぷりしながら、それを折り畳んだ。「絶対よ！　ときどき、わたくしまで変な空想をしてしまうわ。あなたとデイビーと、二人で共謀して、わたくしを困らせてるんじゃないか、なんて」

玄関のベルが甲高く鳴った。

「さ、もうすこし明るい顔をしなさい。ぼくらが越して来て、近所の人をお呼びする初めてのパーティだからね。さ、早く」

アンはバスルームのドアをしめた。「いらっしゃいませ！」と叫ぶアンの声がきこえ、「今晩は！」とベン・ロスのバリトンの声がきこえた。

馬鹿げたことだ、と彼は思い、また髭を剃り始めた。全く馬鹿げたことではないか。今という今、仏頂面をしたいのは、どっちだ。この家がどうしても好きになれないのは、おれであって、アンじゃない。

ようやく引っ越したと思えば、この騒ぎ。

彼はちらりと目をやった。いくら壁紙をこすっても、どうしても取れない血のしみが一箇所。彼は溜息をついた。

これがぼくらの新居か。

「ハンク！」

「今行くよ！」彼はネクタイを直し、居間へ入って行った。

もちろん、ロス夫妻がそこにいた。ベンと、ローダ。せいぜい愛想よくしよう、とプレンティスは思った。これから当分付き合わなきゃならんのだからな。

「やあ、ベン」

「きみは恐れをなして逃げ出したかと思ったよ」と、血色のいい大男は、笑いながら言った。

「まさか。そんなことは」

「ハンク」と、アンが口をはさんだ。「ベス・カミングズは御存知？」

背の高い、着こなしのいい婦人が、くすくす笑いながら、手を差し出した。

「もうお目にかかりましたわね」と、婦人は言った。

「今晩は」

その御亭主は、髪の白い、顔色の蒼白い男だったが、プレンティスの手を握りつぶさんばかりに強くつかまえた。

「大いに楽しみましょう」と、男は力をゆるめずに言った。「大いに」

顔をしかめまいと努力しながら、プレンティスは手をひっこめた。次の瞬間、その手は、ダブルの茶色の背広を着た、角ばった感じの禿げあたまの男に握りしめられていた。

「レイカーです」と、男は言った。「おっさん《パッド》と呼んで下さい。みんなそう言います。なぜでしょうな。わたしの名前はオスカーなんですが」

「理由は一目瞭然よ」と、別の女が歩み出て来た。「アンはわたしを紹介してくれましたけど、どうせ、憶えていらっしゃらないでしょう。男の方ってそういうものよ。わたし、エドナです」

「憶えていましたよ」と、プレンティスは言った。

「御機嫌はいかがです」

「ええ、ありがとう。わたし、これでも女性ですから、パーティは大好きよ！」

「それはまた、どういうわけでしょう」

「ハンク！」

プレンティスは、ちょっと失礼と言い、急ぎ足で台所へ行った。アンは包みをかかえている。

「あなた、ローダがこれを下さったの」

彼はお義理に塩と胡椒の容れものを取りあげ、すぐにまた置いた。

「なかなかいいね」

「その鶏《とり》のあたまのところを、ひねってごらんなさい」と、ロス夫人が言った。「胡椒がすこしずつ出てくるのよ」

「うまく出来ていますね」と、プレンティスは言った。

「それから、ベスはこのかわいらしいサラダ・ボウルをくださったの。ね？　それから、これ、ずっと前から欲しい欲しいと思っていたのよ！」アンは金いろの縁とりのある灰色のテーブル・クロースを持ちあげて見せた。「プラスチックよ！」

「すばらしい」と、プレンティスは言った。また玄関のベルが鳴った。なにか言いたげにプレンティスをしげしげと見つめているロス夫人に、ちらと視線を走らせてから、彼は居間へ戻った。

「やあ、今晩は、ハンク」ルシアン・エイムズが、手を揉みしながら入って来た。「よお！　ギャングどもはみんな集まっとるね。でも、お宅の坊やは？」

「デイビーですか？」と、プレンティスは言った。

「ちょっと病気なんです」

「馬鹿な！　あの年頃の男の子が、病気になんかなるもんか。絶対ならんです！」

アンが台所から甲高い笑い声を立てた。

「何かかわるいものをたべたんですのよ！」

「まさか、われわれが差し上げたキャンディじゃないでしょうな」

「まあ、とんでもございませんわ」

「じゃあ、ルシアンおじさんが遊びに来たと取り次いで下さい」

やたらに目を光らせ、似合いもしない口髭をたくわえ、日焼けした妖精といった感じのエイムズを見ていると、プレンティスはなぜか役所の事務員を連想した。高い木の椅子に腰かけ、黄色い台帳に、こまかな数字を書きつけている事務員。だが事実は、この男は全国的に有名な広告代理店の幹部社員なのだ。

その細君のシャーロットは、御亭主とはまるで正反対の雰囲気のもちぬしである。磁器のようにきめの細かい肌、ほっそりとした体つき、全体にかぼそい感じで、二十年代の美女といったところだ。

わるくないぞ、とプレンティスは思った。

それから彼はコートをとりまとめて、ハンガーに掛けた。客たちと握手し、顔の筋肉がこわばるほど愛想笑いをした。贈り物を一々観賞し、婦人たちに礼を言い、もうこんな御心配はなさらないで下さいと言った。サンドイッチを運んだ。飲みものを作った。

八時半までには、この一画の人々がぜんぶ集まった。ジョンスン夫妻、アミーズ夫妻、ロス夫妻、レイカー夫妻、クレメンタスキ夫妻、チャンバーズ夫妻。そのほかにも、アンに紹介されたが、名前を忘れてしまった四、五組の人々。

それら大勢の人を眺め、贈られた品物の数々に目をくばり、親しげなことばのやりとりを聞いているうちに、プレンティスは思った。アンはみじかい期間でこれだけの友人をつくってしまうのに、おれはなんという非社交的な男なのだろう。

やがて、三杯目のウィスキーとマーティニがまわされ、だれかがFM放送を入れると、ダンスが始まった。大晦日のパーティでもないのに、ダンスをするのは不謹慎だというのが、プレンティスの前々からの意見だったが、今晩ばかりは構わないと思った。なあに、これもよかろう。

「踊って下さいます？」と、エイムズ夫人が言った。

プレンティスは、残念ですがと言いかけて、アンがこちらを見守っているのに気がついた。そこで、あわてて答えた。

「ええ、でも、おみ足を踏んづけるかもしれませんよ」

　立ちあがると、ほとんど同時に、体は汗をかきはじめた。喉が痛い。煙と、飲みものと、人いきれのせいか、あたまが痛い。それに、踊り馴れないので、初めての女性を腕に抱いているのが、ひどく気づまりである。

　それでも微笑は崩さなかった。

　エイムズ夫人のダンスは上手だった。打てば響くように、プレンティスについて来た。そして踊りながら、いろいろな世間話を彼の耳にささやくのだった。この家の前の住人、ミスタ・トマスのこと。その自殺の一件で、隣り近所がびっくりしたこと。そのあとに越して来た人たちだというので、みんながプレンティス夫妻にすくなからず興味を抱いたこと。でも、あなたもアンもいい方なので、みんなほっとしていますわ。あなたは腕がとてもお丈夫そうね。

　アンは、ハーブ・ジョンスンにリードされていた。そつのない微笑を浮かべて。

　次の曲は、テンポののろいスリー・ステップだった。エイムズ夫人は、プレンティスの頬に、やわらかい頬を押しつけてきた。とめどもないお喋りの途中で、夫人はだしぬけにささやいた。

「でも、デイビーちゃんを養子におもらいになったのは、ほんとに御立派なことね。あなた方の条件を考え合わせてみれば」

「条件とは、なんのことです」

　エイムズ夫人は身を引き、プレンティスの顔を見つめた。

「なんでもありませんわ。ごめんなさい」

　怒りに顔を赤らめて、プレンティスは身をひるがえし、台所に飛びこんだ。そして怒りを鎮めようと、心のなかで闘った。ああ、ああ、アンはもう、そんなことまでみんなに喋っちまったのか。それは近所中のトピック・ニュースになっているのか。『宅の主人は不能者ですのよ。お宅の御主人様は、いかがですの』

　プレンティスは、グラスにウィスキーを注ぎ、ぐいと飲み干した。目に涙があふれ、ようやくその目をあけると、すぐそばに一人の男が立っていた。

それは――なんという名前だったか。そう。ディスタルだ。マシュー・ディスタル。独身の男である。シナリオ・ライターか何かが職業だ。一街区《ブロック》ほど離れた家に住んでいる。みんなにマットと呼ばれている。

「みじめですね」と、プレンティスの手から酒壜を取りあげて、男は言った。

「みじめ？」

「何もかもがですよ」と男は言い、グラスにウィスキーを注いで、みごとに飲み干した。「あの連中がですよ。あっちの部屋の」

またグラスにウィスキーを注いだ。

「いい人たちじゃありませんか」とプレンティスは無理をして言った。

「そう思いますか」

男は酔っていた。明らかに、相当酔っている。時刻はまだ九時半だというのに。

「そう思いますか」と男は繰り返した。

「思いますね。あなたは思いませんか」

「もちろん。ぼくはかれらの仲間ですからね」

プレンティスは相手の顔をまじまじと眺め、それから居間のほうへ歩き出した。

ディスタルは彼の腕をつかまえた。

「待ちなさい」と男は言った。「あなたはいい人だ。今日が初対面だけれども、ぼくはあなたが好きです、ハンク・プレンティス。だから、ぜひとも忠告したいことがある」

男は声をひそめた。

「ここから出て行きなさい」

「なんですって」

「今言ったとおりですよ。引っ越しなさい。ほかの町へ引っ越しなさい」

むらむらと苛立たしさがこみあげてくるのを、プレンティスは辛うじて抑えた。

「なぜです」と、笑顔で訊ねた。

「理由はどうでもいい」と、ディスタルは言った。「とにかく、そうしなさい。今晩すぐに。引っ越しますか？」

ディスタルの顔は蒼白く、汗にねっとりとしめっていた。その目は大きく見ひらかれている。

「いや、マット、こんなことは言いたくないけれども、あなたは、ぼくらが好きだと言ったばかりじゃありませんか。それなのに、どうして追い出すようなことを言うんです」

「冗談じゃない」と、ディスタルは言い、窓の外を指さした。「あの月が見えないのか？　あんたも馬鹿な人だな、あの――」

「おい、おい！　ずるいぞ！」

突然の声に、ディスタルは凍りついたようになり、目をとじた。だが、動こうとはしない。

ルシアン・エイムズが台所に入って来た。

「二人でひそひそ何の相談です」と、ルシアンはディスタルの肩に手をかけた。「きみはこの家の主人を独占する気かね」

ディスタルは返事もしない。

「ハンク、もう一ぱい飲みましょう」と、ディスタルの肩から手を放して、エイムズは言った。

プレンティスは、「飲みましょう」と答え、カクテルを作り始めた。作りながら、横目で様子をうかがうと、ディスタルは廻れ右をして、ぎくしゃくと台所を出て行った。まもなく、玄関のドアがひらき、ばたんとしまる音がきこえた。

エイムズは一人でくつくつ笑っていた。

「マットの奴、しょうがないな」と、エイムズは言った。「あしたの朝は、きっと、ひどい二日酔いだ。困ったことですね。ハリウッドでも有名なシナリオ・ライターともあろうものが、酒に身を持ち崩すとはね。とことんまで飲まないとおさまらん人物です、マットという男は」

プレンティスは、「ほう」と言った。

「妙ちきりんな悪夢の話をされませんでしたか」

「え？　いや――漫然と喋っていただけです。あれやこれや」

　エイムズは氷の塊をグラスに入れた。

「あれやこれや？」

「ええ」

　エイムズは、ウィスキーを一口飲み、窓に寄って、小男のくせに、妙にしなやかな動作で、外の景色をながめた。かなり永く感じられた時間が経ち、ふいにエイムズが言った。

「きれいな夜じゃないですか。澄み切った、すばらしい月夜だ」

　こちらに向き直り、赤い包みをポンと弾いてシガレットを一本出すと、それに火をつけた。

「ハンク」と、口の隅から灰色の煙を吐き出して、エイムズは言った。「一つお訊きしたいことがある。あなたはエキサイトしたいときには、何をしますか」

　プレンティスは肩をすくめた。変な質問だ。しかし、変だといえば、今夜は何もかも変ではないか。

「さあ」とプレンティスは言った。「ときどき映画を観に行きます。でなきゃ、テレビを見たり。まあ、そんなところですかね」

　エイムズは首をかしげた。

「でも――退屈しませんか」

「ええ、それはね。年中、退屈していますよ。御存知のとおり、公認会計士という商売は、それほど刺激的なものではありませんから」

　エイムズは気の毒そうに笑った。

「恐ろしいですね、そうじゃありませんか」

「公認会計士という商売がですか？」

「いや。退屈がですよ。退屈は諸悪の根源である。ね、そう思いませんか。人間が犯す唯一の罪悪、それが退屈だ、と昔だれかが言いました」

「まったくね」と、プレンティスは言った。

「なぜでしょう」

「そりゃあ、だって――だれだって退屈してるんじゃありませんか？」

「そうでもない」とエイムズは言った。「注意さえすれば」

プレンティスは、この話のはこびに苛立ちを感じてきた。

「あなたみたいに、広告代理店の幹部社員ともなれば、退屈どころじゃないでしょうが」

「とんでもない。ほかの仕事とおなじですよ。初めは面白いが、すぐ馴れっこになってしまう。毎日きまりきったことの繰り返しです。だから、ほかに楽しみを求めるようになる」

「たとえば？」

「そう……なんでもいいんですよ。何もかもが楽しみのたねになる」エイムズは上機嫌でプレンティスの腕を叩いた。「あなたは面白い人だ、ハンク」

「それはどうも」

「ほんとうですよ。あなた方がここへ越していらして、われわれみんな実によろこんでいます」

「こちらこそ、どうぞよろしくお願いしますわ！」空のグラスをたくさん抱えて、アンがあぶなっかしい足どりで台所に入って来た。「ルシアン、デイビーのこと、ほんとうに申しわけございません。今シャーロットにもお話ししてたんですけど、あの子、このごろきかなくて困りますわ。自転車のサドルをなおしていただいたのに、お礼も申しませんで」

「いや、どういたしまして」と、エイムズは磊落に言った。「坊やは、遊び友だちがいないから、気が立ってるだけのことですよ」

エイムズは、プレンティスの顔を見た。

「われわれの子供はというと、ハンク、みんな年をくった子供ばかりでね。御存知かと思いますが、うちのジニーは、大学《カレッジ》に行ってます。それから、クリスとベスの長男は、ニューヨークに行ったきりだ。しかし、なあに、心配することありませんよ。学校の休みが終われば、デイビーの機嫌もなおります。まあ、見ていてごらんなさい」

アンはにっこり笑った。

「ええ、わたくしもそう思いますわ、ルシアン。でも、ほんとに、今日は申しわけございませんでした」

「いやいや」エイムズは居間に戻り、ベス・カミングズと踊り始めた。

プレンティスは、一体なんのつもりで私生活を他人に喋って歩くのだと、アンに詰問しようとしたが、思いとどまった。今はまずい。だいいち、あまり腹が立っているので、自分の考えがまとまらない。

さらに一時間ほど、パーティはつづいた。やがて、ベン・ロスが言った。「さあ、もうそろそろ、おひらきにしませんか！」

人々はぞろぞろと引きあげて行った。

アンはドアをしめた。満足そうに頬を火照《ほて》らせ、こんなに若く、可愛らしく見えるのは、ここ数年来初めてのことである。

「やっと、わが家に還ったわね」と、アンは言い、灰皿や、グラスや、お皿を片付け始めた。「あしたの朝、楽だから、今すぐ片付けてしまいましょう」

プレンティスは、「よし」と、どっちつかずの声で言い、コーヒー・テーブルをもとの位置へ戻そうとしたとき、電話が鳴った。

「はい？」

電話のむこうの声は、木の葉をざわめかせる風のように、冷たい囁き声だった。

「プレンティス、みんな帰ったか？」

「どなたですか」

「マット・ディスタル。みんな帰った？」

「ええ」

「みんな？　エイムズは？　エイムズも帰った？」

「ええ。どうしたんですか、ディスタル。もう大分おそいけれど」

「プレンティス、あんたが思ってるより、ずっとおそいんだ。エイムズは、ぼくが酔ってると言ったでしょう。でも、ウソなんだ。ぼくは酔っちゃいない。ぼくは――」

「一体どうしたんです」

「話があるんだ」と、声は言った。「今すぐ。こっちへ来てくれない?」

「もう十一時ですよ」

「うん。プレンティス、よく聴いてくれないか。ぼくは酔ってないし、これはイタズラ電話でもなんでもない。人のいのちにかかわる重大事なんだ。きみのいのちにね。分かる、ぼくのいうこと?」

プレンティスは、ためらった。

「ぼくの家はわかるね——角から四軒目、右側。今すぐ来てくれないか。ただし、だれにも見つからないようにね。裏口から出るんだ。裏口から。プレンティス、聴いてるの?」

「聴いていますよ」と、プレンティスは言った。

「明かりは消しておくからね。裏にまわって下さい。ただし、ノックしなくてもいい、すぐ入って来て下さい。ただし、気をつけてね。連中に見つからないように」

カチャリと受話器をかける音が、プレンティスの耳に伝わって来た。彼はしばらくぼんやりと受話器を見つめてから、元に戻した。

「なあに?」と、アンが言った。「秘密のおはなし?」

「いや、そうじゃない」プレンティスはてのひらの汗をズボンで拭いた。「あの、マット・ディスタルという男ね、あいつが病気らしいんだ。今すぐ来てくれと言ってる」

「今すぐ?」

「そう。行ってやったほうがいいと思う。加減のわるそうな声を出していたからね。先に寝ていてくれないか。すぐ帰って来るから」

「いいわ。なんの病気かしら。でも、今晩はみなさんにいろんなものをいただいたから、そのお返しに、病気の看護ぐらい、してあげなくちゃね」

プレンティスは細君に接吻し、バスルームのドアがしまるまで待った。それから、外へ、冷たい夜のなかへ出た。

草の生えた横道をぬけ、小さな芝生を横切り、ディスタルの家の裏口に着いた。

すこしためらってから、ドアをあけた。

「プレンティス?」と、ひとつの声がささやいた。

「そうです。どこにいるんですか」

くらやみから、ぬっと手が出て、いきなり肩をつかまれたプレンティスは、跳びあがった。

「寝室へ来て下さい」

うすぐらい明かりがついた。窓という窓は、ぶあついカーテンに覆われている。その寝室のなかは、妙に底冷えがした。底冷えがして、じっとりとしめっぽい。

「お話をうかがいましょう」と、プレンティスは、じれったそうに言った。

マシュー・ディスタルは、ばさばさした髪の毛をかきあげた。

「あなたが今考えてることは、分かりますよ」と、ディスタルは言った。「そう思われるのも当然です。しかし、どうしても来ていただかないわけにはいかなかったんです、プレンティス。どうしても。エイムズは、ぼくの話のことを、『妙ちきりんな悪夢』なんて言っていましたね。あなたには、そういう先入観が与えられちまったわけだ。しかし、まず、はっきり申し上げておきますが」ディスタルの手が拳になった。「これからの話は、すべて真実です。いかに突飛にきこえようとも、すべて真実です。証拠もある。いくらでもあります。だから、プレンティス、おとなしくぼくの話を聞いて下さい。ひょっとすると、あなたのいのちにかかわる重大事なんだ。あなたと、奥さんと、子供さんのいのちに。あるいは、もしかすると、ぼくのいのちに……」

ディスタルの声がふっつりと途切れ、それから急にまた大きくなった。

「一ぱい飲みますか」

「いや」

「まあ一ぱいお飲みなさい。あなたは、ちょっとどぎまぎしているだけだ。でもね、世の中には、どぎまぎよりずっとタチのわるいことがあるもんですよ。いや、まったく」

ディスタルは書棚のほうへ歩いて行って、たっぷり一分間ほど、何も言わずに立っていた。やおら振り向いたとき、その表情はよほど落ち着きをとりもどしていた。

「あなたが今住んでおられる家」と、ディスタルは言った。「あの家のことは、どの程度まで御存知ですか」

プレンティスは、もじもじ体を動かした。

「だれか自殺したそうですね。そのことですか」

「その自殺の理由を知っていますか」

「いや、知りません」

「勝負に負けたからですよ」と、ディスタルはくすくす笑った。「負けクジを引いたんです。愉快な自殺じゃありませんか」

「帰ったほうがよさそうですね」とプレンティスは言った。

「ちょっと待って」ディスタルはポケットからハンカチを出し、額にあてた。「こんな切り出し方をするつもりはなかった。この話はまだだれにも喋ったことがないから、なかなか話しにくいんですよ。なぜ話しにくいかは、今に分かります。お願いだから、プレンティス、ぼくの話が終わるまで帰らないと約束して下さい！」

プレンティスは、やせて神経質そうな小男を眺め、おれの気が弱いばっかりに、こんな気まずい不愉快な立場に立たなきゃならんと腹立たしく思った。一刻も早く家へ帰りたい。しかし今すぐは、とても帰れそうにない。

「分かりました」と、プレンティスは言った。「話をきかせて下さい」

ディスタルは溜息をつき、窓のほうにむかって喋り出した。

「この家は、ぼくが建てたんです。結婚するつもりでしたのでね。ところが、結婚の話が急に駄目になって、一方、この家は完成してしまった。で、売っとばしちまおうと思いましたが、書類や何か、いろいろ手続きをするのも億劫《おつくう》だったんで、それにアパートの部屋を明けわたす約束をしちまったんで、仕方なく、この家に越して来たわけです」ディスタルは咳ばらいをした。「ちょっと我慢して聴いていて下さい、プレンティス。こんな具合に、はじめから一部始終を喋らないと、うまく話せないんです。ええと、どこまで話したっけ」

「この家に越してきたところまで」

「ああ、そうだった！　で、近所の人たちは親切でした。晩ごはんに招《よ》んでくれたり、ときどき遊びに来たり、いろいろ親切にしてくれました。ぼくもよほど神経が休まりました。まったく、いい所へ越して来たもんだと思いましたよ。気持ちのいい人たち、というか、本格的な人たち、そう、本格的なんだなあ。エイムズは広告代理店でしょう。トマスは弁護士。ジョンスンは塗料会社、チャンバーズは保険会社、レイカーとカミングズはエンジニア——錚々《そう》たる人物たちばかりですよ」

ディスタルはことばを切った。皮肉な笑いが、その顔に浮かび、すぐ消えた。

「ぼくは、みんなが好きでした。しかし、女にふられたときというものは——お分かりでしょう。ぼくはまだ自分の傷を舐めていたんです。そういうことは、なんとなく伝わるもんですからね。ある晩、エイムズが遊びに来ました。ちょっと寄ってみた、という感じでね。ぼくらは酒を飲みました。女の話が出ました。それから、藪から棒とはこのことだ、エイムズは訊きました。あんた、退屈しませんか、とね」

プレンティスは体を硬くした。

「そう、女にふられたときというものは、野心や何かもいっぺんに失せてしまうものです。ぼくは、ええ、退屈しています、と言いました。すると、エイムズは、『わたしも昔はそうでした』と言うんです。そのときの彼のことばは、はっきり憶えている。『わたしも昔はそうでした。思えばあくせく働いた。出世街道をこつこつ歩いたというか、夜おそくまで仕事したものです。それも今や終わった。銀行に預金はある。玩具会社は、共同経営でうまくいっている。娘は大きくなって、大学に行っている。わたしはもう隠居してもいい年頃だ。でもね、マット、わたしはまだ五十二なんですよ！　あと、すくなくとも二十年は生きていたい。この一画のほかの連中も、わたしと似たり寄ったりの心境です。つまり、エドも、ベンも、オスカーも、みんな同類だ。つまり、自分の仕事をさんざんもてあそんで、もう興味がなくなった。なぜって、仕事のほうでもうわたしらを必要としなくなったんですからね。つまり、みんな退屈しているということだ』」

ディスタルは、ナイトテーブルに近寄り、ウィスキーを注いだ。

「それが五年前のことです」と、ディスタルはつぶやいた。「エイムズは、いろんな世間話をして、ぼくの気持ちを探ったんです。いわば下準備ですね。それから、いよいよ本論に入った。つまり、彼は、この退屈をどうにかしなければいかんと思って、向こう三軒両隣りを組織した。そして週に一ぺんずつ、あつまってゲームをやることにした。これこそ本当のグループ活動じゃありませんか。はじめは、ジェスチャアから始めたが、これにはじき飽きてしまった。で、トランプ遊びになりました。刺激を強くするために、うんと高い金を賭ける。そのうちに、エイムズの話によれば、金を賭けるだけではつまらなくなったので、だれかが言い出して、もっと刺激を強くした。つまり、ストリップ・ポーカーをやったそうです。まず、ローダが負けた。次の回には、シャーロットが負けた。そんな具合でゲームが進み、おしまいには、ベスが負けた。そのときが、興奮は最高だったそうです。そのあとは、まただんだんつまらなくなったので、もう一度ルールを変えた。今度は、お互に細君を賭けた。負けた者は、つまり――」

ディスタルは酒壜を傾けた。

「やっぱり一ぱい飲んで下さいよ」

プレンティスは、さからわずに酒を注がせた。それは苦い強い酒だったが、飲まないよりはましである。

「さて」と、ディスタルは話をつづけた。「ぼくは、まさかと思いました。だって、エイムズという男は、つまり――ちょっとした役人タイプで、眼鏡かなんか掛けちゃって……でも、その話を聞いていると、なんとなく、そう、大した理由はないんだけど、ウソだとは思えないんですね。エイムズみたいな男に、そういう話を創作する能力はないはずだとも思いましたしね！　とにかく、連中は、いろんな組み合わせをしつくして、かえって刺激がすくなくなってしまった。二、三人の女性は、もうその辺でやめたらと言ったそうですが、もちろん、もう抜け出せないほど深みにはまりこんでいたわけです。つまり、ある晩、ゲームが最高潮に達したとき、エイムズが写真を撮ったんですね。そういう次第で、もうつづけないわけにはいかない。で、毎週のように、何か新しい、変わったことが考案されました。エイムズの話だと、しばらくのあいだ交換ごっこが流行ったそうです。チャンバーズは二週間の休暇をとって、ジャクリーンと旅行に出るし、ベンとベスも連れ立ってアカプルコへ出掛けるし、といった具合です。ちょうど、その時分でした、ぼくが登場したのは」

　ディスタルは手を上げた。

「いや、あなたの考えは分かります。ぼくはそんな仲間に加わらなきゃよかったのです。しかし、その頃は、ぼくもまだ若かった。シナリオ・ライターとして、さかんにやっていた時分です。ハリウッドで活躍中の人間としては、おどろいたというような弱みを見せられなかった。作家の貫禄にかかわりますからね。エイムズもそれを計算に入れてたんでしょう。だから、ぼくに打ち明けたんです。それに、いずれはぼくに知れると思ったんでしょうね。お互には秘密を守れても、おなじ街区《ブロック》に住む人間の目は、ごまかしにくい。そんなこんなで、ぼくは参加しました。次のグループ活動――エイムズはそう命名しています――それに来ないかと誘われて、ぼくは承知したんです。

翌朝、目がさめて、ゆうべの話は悪夢のように思えました。ところが、次の土曜日になると、ちゃんと電話がかかってきて、『八時ちょうどから始めます』と、エイムズが言うでしょう。エイムズの家に行くと、人が大勢来ていました。隣り近所の顔が、みんな揃っている。いつもと何の変わりもない雰囲気です。飲んだり、ダンスをしたり、何か特別のことが始まりそうにも見えない。こりゃあ、かつがれたかな、とも思いました。ところが、十時になると、エイムズが、今晩は面白いことをすると言います」

ディスタルはぞくっと身ぶるいした。

「まさに面白いことでしたよ。ぼくは、今晩は何のゲームにも加わらないと言っておいたのに、エイムズが飲みものに細工したんです。はっと気がついたときは、もう手足の自由がきかなくなっている。あげくの果てに、寝室へ運びこまれて……」

プレンティスは話のつづきを待った。だがディスタルは口をつぐんだ。その目は、焦点が定まらぬように、うつろである。

「それから、どうなったかは、話しても仕方がない！要するに、ぼくは酔っていたし——とにかく、そのゲームはすみました。すまさないわけにはいかなかった。分かるでしょう？」

「分かる」と、プレンティスは言った。

「エイムズが言うには、退屈は唯一の、そう、唯一の罪なんだそうです。それが、彼の弁明であり、彼の動機なんですね。罪を犯したくなければ、止むを得ない、そう言うのです。で、グループ活動はつづきました。そしてだんだん程度がわるくなっていった。非常にわるくなった。たとえば、かれらは犯罪の計画を立てて、それを実行に移したのです。一九五三年のユニオン銀行襲撃事件——新聞でお読みになったでしょう。あのとき、車を運転したのは、ぼくです。それから、気晴らしに放火をやろうと決議して、波止場の倉庫に火をつけた。火はひろがって、大火事です。プレンティス、ここととデトロイトの中間あたりで、DC7型機が墜落した事件がありましたね。憶えていますか」

「ええ、憶えています」と、プレンティスは言った。

「連中の仕業です」と、ディスタルは言った。「計画したのはエイムズ。ある意味では、彼は天才ですね。エイムズが考え出したことを一々並べ立てたら、今晩中かかっても足りない。話をはしょりましょう」

ディスタルは指で目頭を押さえた。

「ジャンヌ・ダルクから、また様子が変わりました。いろんな文学作品や歴史上の情景を再現したら面白かろうと、これもエイムズの考案なんです。そこで、彼とおっさん《バッド》とがメイン・ストリートへ出掛けて行って、ビート族の女の子を拾って来ました。二十五ドルやってね。ただし、その女の子は、もう二度と金を使えないようになっちまった。エイムズが、石油にひたしたボロ切れの山に火をつけるまで、無邪気にキャアキャア笑っていましたっけ……ほかにも、いろんな情景を再現しました。マリ・アントワネットの処刑。ハムレットの父の殺しの場面。『鉄仮面』は御存知ですね。あれもやりました。ほかにもたくさんある。これはかなり長つづきしたけれども、エイムズはまた飽きちまったらしい」

ディスタルは両手をじっと見つめた。

「次のゲームは、ロシアン・ルーレットの一種でした。麦藁のクジを引いて、みじかいのを引いた者は――自殺しなきゃならないんです。各自ちがった方法でね。もし自殺できなければ、もっとひどいことが待ちかまえている。エイムズは残酷なテクニックを知ってるんです。たとえば、血管を切ったりなんかする。このゲームに負けたのが、トマスでした。で、十二時間以内に自殺しろと申し渡された」

プレンティスは、肌がじっとりと汗ばんできたのを感じた。何かことばを挟もうと思うが、それもできない。この男は、きっと狂っているのだ。完全な精神異常者だ。しかし――話を終わりまで聴こう。

「それから？」と、プレンティスは言った。

ディスタルは下くちびるを舐め、もう一ぱい酒を注いでから、話をつづけた。
「カミングズとチャンバーズは、いささか事の成行きにおびえました。トマスの家が空き家になるとすれば、そのあとに越して来た人は、このグループとは何の関係もないから、何かトラブルが起こるといけないと言うのです。そのときは、レイカーの家で集まっていたんですが、クリスは、ひとつみんなで金を出し合って、あの家を買いとったらどうだ、などとも言いました。でも、エイムズはそれに賛成せず、『そう神経質になることはないよ。あの家に越してくる人だって、いずれは退屈になるさ。そしたら、グループに参加しないとも限らないじゃないか』と言います。カミングズは悲観的でした。『そううまくいくかどうか分からない。参加したがらなかったら、どうする』すると、エイムズは笑いとばしました。『いや、そう特権意識をふりまわすことはないさ。どこの町にだって、こういう隣り組制度みたいなものはあるもんだ。われわれの集まりも、それほど特殊なものじゃないんだよ』そして、もし越してくる人がグループに入りたがらないとしても、エイムズは責任をもって事態を処置すると言いました。どうやって処理するとは言わなかったけれども」

ディスタルはまた窓の外を眺めた。
「プレンティス、あなたももうそろそろ誘われる時分です。ひとたび誘われれば、最後だ。グループに入るよりほか手がない」

とつぜん部屋のなかがしんとした。
「あなたは、ぼくの話を信じないんですね」

プレンティスは何か言おうとして、口をひらいた。
「そう、もちろん信じてないんだ。狂人のたわ言だと思ってるんでしょう。よし、今の話を証明しましょう、プレンティス」

ディスタルはドアのほうへ歩き出した。
「行きましょう。ついてきて下さい。ただし音を立てないようにね」

ディスタルは、先に立って、裏口を出て、ドアをしめ、まっくらな草地を、足音をしのばせて横切った。

「今晩は密教ふうの集会をやってるんです」と男はプレンティスにささやいた。「エイムズは悪魔を呼び寄せると言いましてね。先週は、犬を一匹殺して、モーゼの十戒をさかさまに読みました。その前の週は、べンが図書館で見つけた古い本の文句を、みんなで朗誦しました。その前は、飲めや歌えの乱痴気騒ぎで——」

ディスタルはあたまをふった。

「しかし、うまくいきませんでしたよ。なぜだろうな。悪魔も、エイムズのすることには、ただただ呆れ果ててるんじゃないのかな」

プレンティスは、男のあとについて中庭を横切りながら、なぜだろうと思った。ハーモン街のちいさな事務所や、秘書のミセス・グリースンや、毎日ひるめしを食べ、新聞を読む小ぎれいなレストランなどは、遠い世界のように思われる。おれは、こんな真夜中だというのに、なぜ狂人にくっついて、忍び足で歩かなきゃならないのだろう。

なぜだろう。

「今夜は満月ですね、プレンティス。連中は満月の夜をえらんで儀式をやるんです」

こそりとも音を立てずに、マシュー・ディスタルは芝生を横切り、物蔭をえらぶようにして、歩きつづけた。やがて片手を上げ、立ちどまった。

そこはエイムズの家の裏口である。

家のなかは暗い。

「行きましょう」と、ディスタルがささやいた。

「ちょっと待って下さい」自分の居間の明かりが見えたので、プレンティスはやや落着きをとりもどしていた。「今晩は、もうこれくらいにしておきませんか」

「これくらいに？」ディスタルの顔がグロテスクにねじれた。プレンティスの袖を握ったその手が、拳に固められた。「馬鹿なことを言いなさんな。ぼくはこういう危険をおかしてまで、あなたに真相を教えようとしてるんだ。まだ分からないんですか。ぼくが喋ったことが知れたら……」

　ディスタルは袖を放した。

「プレンティス、お願いだ。今こそチャンスなんだ。この恐ろしい事実をのぞき見るチャンスだ。永くはかからないから——ぼくにだまされたと思って！」

　プレンティスは溜息をついた。

「何をしろと言うんです」

「なんにも。ただ、しずかにして、ぼくについて来なさい。みんな地下室にいるんです」

　荒い息を吐きながら、ディスタルは爪立ちして、建物の脇へまわった。そして地べたの高さにある小窓の前で立ちどまった。

　小窓はしまっている。

「プレンティス。静かに。かがんで。なかから見えないように」ディスタルはそっと手をのばし、小窓をあけた。それは半インチほど、ひらいた。ディスタルはもう一度、押した。さらに半インチほどあいた。隙間から、黄色い光が流れ出た。途端に、プレンティスは喉に、ひどい乾きと、痛みをおぼえた。

　音がきこえる。低い、つぶやきに似た声。ハミングのような、ささやきのような。

「あれは何です」

　ディスタルはくちびるに人差し指をあて、身ぶりで、のぞいてみろと合図した。プレンティスは小窓の前にひざまずき、中をのぞきこんだ。

　初め、プレンティスは、おのれの目を疑った。

　そこは、古い家によくある地下室で、その点ではなんの異常もない。大きな鉄の炉があり、セメントの床があり、ふとい梁がある。そこまでは、プレンティスにも素直に観察できることだった。問題はほかのことである。

　床の中央に、色チョークで描いたらしい模様がある。それは星形のように見えるが、まわりにも、内部にも、いろんな図形が書きこんである。かくべつ芸術的な模様でもないが、妙に神秘的だ。星形の中心には、サラダ・ボウルに似た大きな鉢がある。どこかで見たおぼえのある鉢だ。中には何も入っていない。

「ほら」と、ディスタルがささやき、身を引いた。

星形のすぐ左側には、一つの円と、その円に内接する五角形が描かれてある。

プレンティスはまばたきして、その地下室のなかの人間たちに注意を向けた。大勢の男女に囲まれ、木の台の上に、黒い衣を身にまとった一人の男が立っている。あたまには蛇のようなかたちの帽子。

それはエイムズだった。

細君のシャーロットは、白い衣を身にまとい、エイムズの脇に立っている。手には真鍮のランプをささげ持っている。

ほかの人々も、みな衣やガウンを着ている。ベンとローダのロス夫妻、バッド・レイカーとその妻、カミングズ夫妻、チャンバーズ夫妻、ジョンスン夫妻——

ふいに襲ってきた目眩《めまい》を払おうとして、プレンティスはあたまを振った。

右手の炉のそばには、白い布をかけたテーブルがある。テーブルから二フィートばかり離れた場所に、妙な六角形のものが置いてある。十二の穴があいていて、そこに黒いローソクが立ててある。

「よく聴きなさい」と、ディスタルが言った。

エイムズは目をとじている。そして低い声で朗誦している。

あらゆる堕落よ、あらゆる破廉恥よ、
汝は持続するであろう。
汝の頭《かしら》は泥の中。
価なき女らの糞も尿《いばり》も、
恐るべき夢におけるがごとく、
遂に安息を求めるであろう。
汝はかの毒ある息を吐くまで、
女に踏みにじられるがよい。
あしき虫よ、這いまわれよ、
おぞましき蛭よ、顔を曇らせよ……

「異端の経文だ」と、ディスタルがつぶやいた。

「われこそは独断の王」と、エイムズが言った。

「かれこそは独断の王」と、一同が唱和した。

「われこそは暗黒の王、万巻の書を読破せり。魔術師アブラ・マリンの聖魔術の書を、われは認めず！」

「認めず！」と、ロス夫妻が低く唱和した。

「善の力はつねに悪の力の仕えるところなり」

エイムズは両手を上げた。

「汝の祭壇には、アンクフ・フン・コンスの石柱あり。かつまた死者の書、掟の書あり。両側に六本宛のローソク、鐘、銅版、剣、碗、生命の菓子……」

数時間前に、自分の家の居間で楽しく遊んでいた人人の顔を目撃して、プレンティスは身ぶるいした。体中が萎えたような感じである。

「われら、汝の僕《しもべ》どもは」と、エイムズは一段と声を張りあげた。「汝の出現をこいねがう。夜の主よ、永遠の生命を支配する者よ、広大な領域にわたり人間の魂をつかさどる君主よ……」


プレンティスは立ちあがりかけたが、ディスタルに引きとめられた。

「いけない。待ちなさい。あと一分だけ。あんたに見せたいものがあるんだ」

「……われらは汝に仕えんがために生きる。われらを許したまえ……」

「悪魔を呼んでいるんです」と、ディスタルはささやいた。

「……今宵、われらは最大のいけにえを捧げんとする。われらの贈り物を受けたまえ……」

「受けたまえ！」と、一同が呼んだ。

「一体これは何の真似です」と、プレンティスは激しくささやいた。

するとエイムズの祈りが終わり、地下室はしずかになった。エイムズは、おもむろに左手を上げ、ゆっくりと下ろした。クリス・カミングズとバッド・レイカーが、一礼し、うしろの暗い隅へ引きさがった。プレンティスの位置からは、何をしているのか、よく見えない。

　シャーロット・エイムズが、ローソクを立てた七角形のものに近づき、ほそながい品物を取りあげた。

　それをエイムズに渡した。

　ナイフである。

「れいかなすろこ（十戒の一「殺すなかれ」の逆さ読み）」と、エド・チャンバーズが大声で叫び、星形の模様をまたいで、布をかけたテーブルに歩み寄った。

　プレンティスは目をこすった。

「しいッ」

　バッド・レイカーとクリス・カミングズが、明かりのなかへ戻って来た。二人は何かの荷物を運んできたのである。毛布をぐるぐる巻きにした荷物。

　その荷物はのたうちまわり、妙な音を立てた。二人はそれをテーブルに載せ、しっかりと押さえつけた。

　エイムズはうなずき、木の台から下りた。テーブルに近寄り、ローソクの光に大きなナイフの刃をきらめかせた。

「おお、地下の王よ、汝にこの贈り物を捧げん！　汝に、このたぐいまれなる贈物を！」

「あれは何だ」と、プレンティスは訊ねた。「あの贈り物というのは何だ」

　ディスタルは平然と答えた。

「処女ですよ」

　毛布がとりのぞかれた。

　プレンティスの目玉が、眼窩《がんか》から飛び出すかと思われた。心臓は胸を突きやぶらんばかりに悸ち始めた。

「アンだ」と、プレンティスは喉に詰まったような声でささやいた。「アン！」

　ナイフがふりあげられた。

　プレンティスは目眩とたたかいながら、無我夢中で叫んだ。

「ディスタル、ディスタル、あれは、あれは何のつもりだ。やめさせろ。早く。やめさせてくれ！」

「駄目です」と、マシュー・ディスタルは悲しそうに言った。「もう手おくれだ。あんたの奥さんは、他人

プレンティスは小窓から目をそむけ、永いあいだ、声にならぬ声で叫びつづけた。

に漏らしてはならないことを口外した。分かるでしょう。われわれは、ほんものの処女を、ずいぶん永いこと探していたんだ……」

プレンティスは摑みかかろうとしたが、よろめいて、地面に倒れた。腕も足も、すっかりしびれている。プレンティスは突然思い出した。さっきの酒の苦み。

「ほんとに、これ以外どうしようもなかったんだ」と、ディスタルは言った。「つまり、あんたの子供に見られちまった以上、いずれはあんたの耳にも伝わっただろうからね。で、あんたに不審を抱かれたとすれば――ね、分かるでしょう。ぼくはルシアンに、地所ごと買いとっちまえと言ったんだが、それをしなかったばかりに、こんなことになった！　もうこの家は焼き払わなきゃいけない。ずいぶんもったいないことだがね」

ディスタルは残念そうにあたまをふった。

「でも、心配は要らない。あんたはじき眠っちまうからね。痛くも熱くもない。ほんとですよ」

鹿狩り

Buck Fever

運のないままに、七日のうち五日が過ぎた。ふつうの方法を試みたあとで、アレンツが言い出して、インディアン流のだんまり戦術というのもやってみたが、三人の男は、鉄砲を撃つに値するほどの獲物を、ひとつも発見できなかった。十月の雨はつめたく、山の小道はけわしく、ひっそりとした森はその秘密を明かさなかった。

六日目の朝、ネイサン・コルビーは絶望的な気分になりかけていた。このコケモモの茂みに、もう二時間も、身動き一つせずに立ちつくしていたのである。着ぶくれするほど厚着をしているのに、寒さは遠慮会釈なく体にしみこんでくる。それなのに、どうしたわけか、手には汗をかき、喉はカラカラに乾いていた。体格のがっしりした男で、指はふとく、顔は濃い髭のせいでいつも薄汚れたように見える。ふだんなら神経質になったことなど一度もないのに、今ばかりは神経がビリビリ緊張していた。三〇〇口径のサベージを握りしめ、鹿よ出て来てくれと祈った。けれども、ヒマラヤ杉のうしろから出て来たのは、アレンツとランサムの二人連れで、その顔を一目見れば、言わずと知れた、不猟である。

「どうだ、調子は」と、ジョージ・ランサムが訊ねた。これも大男だが、顔はやわらかな感じで、色は白い。

「快調です」と、ネイサンは言った。

「快調、か」ポール・アレンツはあたまをふった。

「コルビー、なんにも現われなかったのか」

「はい」

「ちぇっ！」ワールドワイド・ミルズ社の社長は、カービン銃を木の幹に立てかけ、銀のライターでパイプに火をつけた。

「妙だな」と、社長は言った。「わけが分からん。この森には鹿がうじゃうじゃいるはずだ。それだけは確かなんだ」

「鹿どもは待避しているのかもしれませんね」と、この冗談が当たりさわりないことを計算した上で、ネイサンは言った。

「かもしれんね」

三人の男は、雨の中に、しばらく立ちつくしていた。ネイサンは、二人の雇い主から目をそむけた。出発当時は、二人とも、アバクロンビイ・アンド・フィッチの狩猟服を着こんで、意気軒昂たるものであったのである。だが、すでに一週間近く経った今では、その服もなんとなく間が抜けて見えた。真紅の上衣と帽子、ラフな感じの格子縞のシャツ、だぶだぶしたズボン、長靴、何もかもが仰々しく、場ちがいに見える。いずれにせよ、モーリンがこの場にいて、社長たちのピカピカ光ったライフル銃を見ていないことだけでも、幸いといわねばなるまい。

モーリンは、行くなと言ったのだった。「想像もできないのよ、ナット（ネイサンの愛称）」と、妻は言った。「ほんとよ。そんな淋しい山の中で、一週間も、あの傲慢な二人といっしょに暮らすなんて――思っただけでも、ぞっとするわ！」

もちろん、ネイサンは、そう興奮するなと妻に言ったのだった。モーリンは何も分かっていない。宮仕えのむずかしさというものが、女には分からないのだ。女は、そういうことが分からないようにできているのだ。社長とその共同経営者から、お名指しで、狩りに行こうと誘われることが、どんなにふかい重大な意味をもっているか、それが妻にはてんから分からないのだ。これは名誉以上のものなのだ。「たとえば、ルイスにしろ、ピータースンにしろ、もう何年も前から、このチャンスを狙ってたんだぜ。そういうことの意味がお前に分かるかい？」これはいわば象徴的な事件なんだ、とネイサンは説明した。つまり、こういうことだ。『ネイサン、われわれはきみに目をつけていた。このワールドワイド社では、きみの今後の仕事に大いに期待をかけている。しかし、きみがその期待に添う人物か否か、ちょっとテストをしなければならん』

「期待に添うって、どういうこと」と、妻が訊いた。

「わかるだろう。そんなことも分からんのかい。つまり、アレンツやランサムは、上流社会の人間なんだよ。だから、だれかをその社会へ入れようと思うときは——」

「——宴会で、フォークを落っことしたりしないかどうか調べるの？　そうでしょ？」

「ちがう、ちがう」

妻はなんにも分かっとらんのだ。

すべりだしは好調だった。山への旅は楽しかった。アレンツも、ランサムも、ひどくくだけた口調で、しきりに狩猟の面白さを力説した。もう雇い主と使用人という関係ではなかった。おなじ楽しみにむかって近づきつつある三人の男だった。ネイサンは、自分が一度も鹿を撃ったことがないという事実（それは率直に白状したのである）も、大して気にはしていなかった。鹿狩りでは、初心者が初めて鹿を倒すと、何やら猟人の入門式のようなことをする習慣があるという。二人はそれを楽しみにしているのだろう、とネイサンは思った。それに、みちみちランサムは一生懸命になって、狩猟の知識を授けてくれたのである。一方、アレンツはそれほどあたたかい態度ではなかった。森へ出掛けるについては、何かほかの理由があると見えた。

とにかく、ああ、最初の二日間は快適だったのである。朝は早く起き、鹿が高地から下りてくるのを狙って、足音を忍ばせ追跡したりした。ネイサンは、二人がうらやましくてならなかった。この人たちは生活の楽しみ方を知っている。自分たちの責任において、のびのびと生活している、と思った。

しかし、いっこうに獲物がないので、雰囲気は微妙に変化した。たとえば、二人ともあまり冗談を言わなくなった。アレンツは、ふたたび横柄な態度にもどり、暇さえあればライフルを磨くようになった。そして、ときどきネイサンをじろりと見るのである。その視線は語っていた。獲物がないのは、この邪魔者がいるせいだ。なぜか分からんが、コルビーのせいで、けものが逃げるのだ。

社長のまなざしはそう言っていた。それやこれやの理由で、ネイサンは気が気でなくなっていた。なにもかもが、鹿を発見できるか否かにかかっているように思われた。このまま空手で帰るとなれば、アレンツとランサムはすっかり不機嫌になり、冷たい雰囲気はますます濃厚になるだろう。そして社長というものは、不機嫌になると、だれかを憎まずにはいられないのだ。

問題は単純だった。鹿を射とめれば、ネイサンは社の幹部社員になれる。それがだめならば、もう一巻の終わりである。

「しかし、こういうことは、ままあるもんだ」と、ランサムが喋っていた。「要するに、チャンスの問題だからね。狩りなんて、そういうものだ。じゃないかね、ポール？」

年のわりに白髪の多い、頬骨の張った大男は、うなずいた。

「そう、まあ、そんなもんだろうな」と、社長は言った。

「つまりだね、ネイサン、あらかじめ分かっているとすれば――分かるかね？――あらかじめ大戦果を収めて帰ることが分かっているとすれば、狩りの面白みなんて、どこにあるといえるだろう。ねえ？」

ネイサンが相槌を打とうとしたとき、アレンツが言った。

「すこし黙っててくれないか、ジョージ」

二人の男は、気性がかなりちがっていた。ジョージ・ランサムには、苦労人ふうの良識があり、それが事業の安定をもたらしている。一方、ポール・アレンツには、才人のひらめきがあり、そのほとんど非人間的といえるほどの野心が、街角の食料品店を一夜にして巨大なスーパー・マーケットに変貌せしめたのである。

「だんまり戦術なんて糞くらえだな」と、とつぜんランサムが言った。

ネイサンは、ほっとして、うなずいた。インディアン流の狩りの仕方というのは、説明を聞いただけでは、えらく込み入っていて、実際にどうしたらいいのか、初めからよく分からなかったのである。しかし、二人はしきりに大丈夫だ、大丈夫だと言ったのだった。

「なんでもないよ、きみはただ風下《かざしも》に立ってりゃいいんだ。きみは追い手だ。分かるか？　鹿はきみのほうにやって来る。きみの姿を見ると、方向を変えて、逃げ道に入る。鹿の逃げ道というのは、二つしかないんだ。それをポールとぼくが、がっちり押さえる。失敗しっこないよ」

しかし、この理論を実地に応用しようにも、肝心の鹿が現われないのである。そして、別れ別れに森へ入って行くと、ネイサンはつい考えごとにふけってしまうのだった。過去三年間のこと、そして現在のモーリンとの生活を、ネイサンは考えた。なぜ女房は、こんな単純な基本的な原則というものを理解してくれないのだろう。社員は、お互に相手を蹴落とし、上役にうまく取り入り、なんとか出世の道を切りひらく——それはどこの会社でだって、いうなれば常識みたいなものではないか。才能だけでは、今日この頃は、どうにもなりゃしないのだ。

それでも、モーリンの態度を思い出すと、ネイサンは腹立たしかった。そして森のなかで、一人ぼんやりたたずみながら、決心した。女房には断然はっきり言ってやろう。「馬鹿げた鉄砲打ち」なんて彼女は言うが、これが年収三千ドルの特別収入にならないとは、決していえないのだ。ひょっとすると、経営陣に加えてもらえぬとも限らない。貯金がぐっとふえれば、女房だってまんざらわるい顔もしないだろうに。

それに、率直にいって、休暇を利用して上役と旅行に出ることが、単にそれだけのことが、なぜそんなにいけないんだ。女房が泣いてまで騒がなきゃならんことか。

まったく馬鹿げている……

「あと約一時間しきゃない」と、がっかりした声で、アレンツが言った。

「何か出てくるかもしれない、分からんよ」と、ランサムが言った。「まあ、そうがっかりするな、ポール」

「がっかりもしようよ」

「いや。すこし考え方を変えてみろ。ネイサンはこうやって、張り切ってるだろう。初めての狩りだからな。だから、ネイサンのためにも、なにか見つけなきゃいかんよ。きみだって、最初のときはどうだった。憶えてるかい」

「もちろん」

「結構わくわくしただろう?」

アレンツはうなずいた。そのくちびるが、なかば微笑のかたちになった。

「あのときは――すごく興奮したよ」と、アレンツは言った。

ランサムは大声で笑った。

「この人の初めてのときはね、ネイサン、えらい成績だったんだ。ぼくもおのれの目を疑ったくらいでね。完璧なネック・ショット。鹿はばったり倒れた。いや、ほんとに。斑点が五つある、すばらしいやつさ」ランサムはウィンクした。「運だな」

「運じゃない」と、アレンツは言った。「熟練だ。おれは頸《ネック》を狙って、ネックをあてたんだ」

「ぼくの最初のときはね、ネイサン」とランサムが言った。「頸ばっかり長い、ちっぽけな雌鹿をガット・ショットしただけなのさ」

ガット・ショットという専門語を、ランサムは説明し始めた。空は灰色の厚い雲に覆われ、雨は銀色の霧のように、絶え間なく降りそそいだ。ランサムの声は、ものうげに、だらだらとつづいていた。

最初に見つけたのはアレンツだった。片手を上げて、ランサムを黙らせた。

ネイサンは、二人の視線を追った。と、ネイサンの心臓は止まりそうになった。五十ヤードばかり前方、枯葉のつもった草むらのなかに、それがいる。おぼつかなげに、ゆっくりと歩いている。

「斑点二つだ」とライフルに手をのばしながら、アレンツがささやいた。

ランサムはうなずいた。二人の顔はにわかに緊張した。目も生き生きとかがやいて、眠そうな表情はいっぺんに消え失せた。

「きれいな鹿だ」

ポール・アレンツは、そっとカービン銃を構えた。

「いや」と、ランサムがささやいた。「これはネイサンの獲物だ」

「なに？」

「この距離だとネイサンの三〇〇口径のほうがいいじゃないか、ポール。ネイサンにやらせろよ。鹿はあれ一匹じゃない」

アレンツは銃の構えをとき、ネイサンを見つめた。

「よし」と、アレンツは小声で言った。「だが、早くしろよ。もうすぐ匂いをかぎつけられるからな」

サベージ銃には、すでに弾丸がこめられ、用意はできていた。ネイサンは銃を肩にあてがい、鹿を狙った。

「落ち着け」と、ランサムが声をかけた。「楽な気持ちで。硬くならずに」

ネイサンは背中の筋肉の緊張をゆるめようとした。

鹿は立ちどまり、動かなくなった。その頭が、ひょっこりと持ちあがった。

「頸だ」と、アレンツがうながした。「今だ」

ネイサンは十年以上も昔の練兵場の朝を思い出そうとした。あのときは、十回に七回は小さな黒い円に弾丸を命中させたのだったが……

「今だってば、馬鹿。撃て！」

照星はぴたりと鹿の頸に合っていた。ネイサンの指は夢中で引金をひいた。

するどい音がこだました。

鹿は跳びあがり、走って姿を消した。

ネイサンは銃を肩からおろし、外れだと思った。これで何もかも外れだ、御破算だ。

アレンツが凄い目でにらみつけた。ランサムが二人のあいだに割って入って、なぐさめるように言った。

「まずかったたな。でも、とにかく、見に行ってみよう」

三人は栂《つが》の茂みをぬけて前進した。アレンツの歩き方は、おどろくほど速かった。森のなかでも、会社にいるのとおなじ高圧的な歩きぶりである。ランサムは、それよりはおそい歩みで、のんびりと前進して行った。ネイサンは二人のあとについて行った。全身が痺れたような感じである。

「外れだ」と、アレンツがわざと大きな声で言い、上半身を起こした。

ランサムはかがみこんでいた。あたりの地面に目を走らせ、てのひらで土をぱたぱた叩いている。

「血の痕はない」と、ランサムはつぶやいた。「でも、外れとは限らない。十秒かそこいら、血を流さないかられ、鹿ってやつは」

「狙いは正確だったつもりなんですが」と、ネイサンは言った。そのことばはひどく弱々しくきこえ、言わなければよかったと、すぐにネイサンは後悔した。

アレンツはうなずいた。その顔は失望そのものだった。

「正確だったろうよ」

するとランサムは立ちあがった。

「すこし追っかけてみたほうがよさそうだよ」と、ランサムはゆっくり言った。「鹿は傷を負ったらしい」

「どうして分かる?」

「これを見ろよ」ランサムはてのひらに、みじかい褐色の毛を何本かのせていた。「こいつは後脚の毛だ。弾丸に吹っとばされたんだ」

アレンツはあらためて銃を握りしめた。

「ようし」と、アレンツは言った。「脚を怪我したとすれば、遠くへは逃げられんはずだな」

あたりの木や草の茂みをのぞきこむようにながめてから、アレンツはすぐそばの小道を歩き出した。

何分か黙々と歩きつづけ、やがて、三人は立ちどまった。ふりむいたアレンツの顔には、ぶきみな笑いが浮かんでいた。

「いいぞ」と、アレンツは言った。

ネイサンは見た。コケモモの茂みのかげに、じっとうずくまっている鹿。左の後脚がまっかな血にいろどられている。

「死んだのでしょうか」と、ネイサンは訊ねた。

ランサムはかぶりをふった。

「いや。脚をやられただけだ。骨でも折れたんだろう。まだ死んじゃいない。これが前脚だったら、もっと遠くまで逃げていただろうね。いちど、鹿の大群に出っくわしたことがあるが、先頭切って走っていた奴は、前脚に二発弾丸をくらっても、平気だったよ」

ネイサンは鹿に近寄った。それはびっくりするほど小さな鹿だった。何年か前に動物園で見たノロに似ている。犬のコリーとおなじくらいの大きさである。黄褐色の皮は、新しい手袋のように清潔で、やわらかそうで、霧雨にピカピカ光っていた。小さな黒い足も、やはり清潔そうに見え、ネイサンは子供用のバレー・シューズを連想した。

それから、ネイサンは鹿の血を眺め、次にアレンツを見上げた。大男の態度はまたもや変化していた。今度は、いかにも嬉しそうな顔をしている。鹿をとるために山へ来て、よくやく鹿をかついで帰ることができる。それだけがさしあたっての問題なのだろうか。

「かわいい鹿じゃないか」

ランサムは微笑した。

「まったくね」と、ランサムは言い、ネイサンのほうに向きなおった。「早くとどめをさしなさい。意識をとりもどすといかんからね。それに、傷が痛そうだ。可哀相だよ」

鹿は動かない。ネイサン・コルビーはうなずいて、銃を持ちあげた。引き金を引きさえすれば、おれはこの人たちの仲間に入れる、とネイサンは思った。おれは、おめでとうと言われ、アレンツにもほめられるだろう。おれは仲間入りできるだろう。引き金を引きさえすれば。

「さあ」と、アレンツが言った。「てっとりばやく、片付けようぜ……」

鹿は茂みのなかで、凍りついたように動かない。ネイサンは鹿を見つめた。そして、とつぜん思った。こんなにデリケートな生きものは、今まで見たことがない。動物というのは美しいものだな。今はじめて分かった。これはただの鹿だが、なんとなく女性的な、従順な感じがする。まるで、恐れも知らず、苦労もなく、ぐっすり眠っている若い娘のような。

ネイサンは髭だらけの頬を手でこすった。そして、おれは今までに何かにおびえたことがあるだろうか、と思った。もちろん、あるにちがいない。しかし、予定のコースを変更したことは一度もない。そういう意味では残酷な男だった。

けれども、生きものを殺したことは一度もない。

「さあ」と、アレンツがまた言った。

ネイサンの指が引き金にかかった。照準のむこうに、傷ついた鹿が見える。傷の痛さに苦悶しているはずなのに、その姿はやはり優美だった。すくなくとも、死を待ち受けている姿ではなかった。狩猟服を着た大きな人間たちは、きっと親切な人たちだろうと、信頼しきった、無邪気な姿勢。

鹿を見ているうちに、ネイサンはモーリンを思い出した。べつにこれといった理由はない。モーリンも彼を信頼していてくれたからだろうか。今でも信頼しているにちがいない。

そのとき、鹿が目をあけた。ネイサンと鹿の視線が合った。黒い、やわらかいひとみ。すぐに鹿の目はとじた。

「馬鹿、何をぐずぐずしてるんだ、コルビー」

ポール・アレンツはカービン銃を肩にあてた。

「待って下さい」

ネイサンはふりかえり、雇い主に、おのれの心のなかの圧力に、面とむかった。社長と社員は、永いことにらみ合った。アレンツの目には、じれったさと、予感と、そのほか正体不明の表情があらわれていた。

「何を待てというんだ」と、アレンツは言った。

「撃たないで下さい、アレンツさん」

「おれに撃つなと言うのか？　そりゃ何のことだ」

大男はカービン銃の狙いをすこしそらせた。

「アレンツさん」と、ネイサンの口がひとりでに喋った。「もしその引き金を引いたら、わたしはあなたを八つ裂きにします。誓ってそうします」

大男は立ちすくんだ。

ランサムは苦労人らしい表情になり、ふうと息を吐いた。

「ポール、ぼくがきみだったら」と、ランサムは言った。「一応その銃を下ろすね」

アレンツはこの突発的な事態を見きわめようとしているように見えた。やがて、銃を肩から下ろした。

「よかろう」と、アレンツは、しずかな、落ち着いた声で言った。「そういうことを言って、今後どうなるか、あんたは分かっているだろうな」

「はい」と、ネイサンは明瞭に答えた。「どうなるかは、よく分かっております。今のところ、どうなっても構わないという気持ちです」

「そうか」と、アレンツは言った。「それは結構。つまるところ、この旅行は非常な成果をあげたね。一時はどうなることかと思ったが。あんたには何かしら見こみがあるというのが、ジョージの意見だった。わたしはその意見に不賛成だった。あんたは責任ある地位に立てる人間じゃないというのが、わたしの印象だった。ジョージとわたしは、さんざん議論をしてね。結局わたしの勘があたったわけだ。わたしは嬉しいよ」

ネイサンはなにも言わなかった。すべてが瓦解して行くのを、眺めるだけだった。その瓦解を喰いとめることが、ネイサンには不可能だし、また喰いとめようという意志もない。

「で」と、アレンツはことばをつづけた。「おうかがいしたいが、あんたはこの場の始末をどうつける気なのかな」

「分かりません」

「分かりませんだと！　あんたは、ここにいる三人のなかで、憐れみの心をもちあわせているのは自分だけだ、そう思ってるのだろうな。こんなかわいい鹿を、殺させるわけにはいかない。そう思ってるんだろう？　残念ながら、あんたの考えは、間が抜けているよ。つまり、このけものに傷を負わせたのは、ジョージでもわたしでもない。それはあんただよ、コルビー。あんたはこの鹿を殺すつもりで、弾丸がそれて後脚に怪我をさせた。それなのに、あんたには度胸がないから、苦しんでいる鹿にとどめをさすこともできんのだ」

「ああ」と、ランサムは額の汗をハンカチでぬぐった。「こんなお喋りをしていても、仕方がないと思うがなあ」

　アレンツの声はきびしかった。

「あんたというのは、きのどくな人だ。人一倍、柄も大きくて、がっしりしていて、野心もなくはないほうなのに、気の毒だが、成功はおぼつかないね。なぜだか分かるかね、コルビー。あんたは臆病者だからだ」

　そのことばは、ぐっと胸にこたえた。ネイサンの腕の筋肉が、ひとりでに引きしまった。高慢な面《つら》をなぐりつけてやりたい。

「どうだね」と、アレンツが言った。

　ランサムが咳払いをして言った。

「鹿が苦しんでいるのを、放っておいてはいかんよ。猟人精神に反するというものだ」

「獣医に見せたらどうでしょう」と、ネイサンはたずねた。ランサムにならば、自分の気持ちが分かってもらえると思ったからではない。ただランサムには、いくらかでも真の猟人精神がある。この冷たい森や、狩猟を愛する心がある、と感じたからである。アレンツなどという男は、一体なんのためにこの山までやって来たのだろう。

「駄目だね」と、ランサムは言った。「こういう腰に近い部分の傷は命とりになるんだ。町へ連れて行く途中で死ぬことは目に見えている」

「ほんとに死ぬでしょうか」

「死ぬね。ネイサン――きみの気持ちは分かる。よく分かる。この鹿がぴょんぴょん走るのを見たいんだろう。しかし、それは無理というものだ。ね、分かるね」

　アレンツが上衣の襟を立てながら言った。「もう下らん話はたくさんだ。コルビー、きみがそういう気持ちなら、せめてわれわれ二人のどちらかに撃たせろよな。それくらいの遠慮はするもんだ」

　ネイサンは、身動きもしない鹿を見つめ、それから二人の男に視線を移した。

「キャンプへ帰っていて下さい」とネイサンは言った。

「わたしもすぐ帰ります」

「しかし――」と、ランサムが言った。

「わたしもすぐ帰ります」

「なんたるこっちゃ」と、アレンツがそっぽを向いて言った。「まったくなんちゅうこっちゃ」

　二人の男は木々のあいだを遠ざかり、じきに姿を消した。ネイサン・コルビーは鹿と取り残された。

　ネイサンは立ったまま、永いあいだ、鹿を見つめ、考えていた。霧雨の匂いは心地よく、空はあくまで灰色に覆われ、雨はいっかなやみそうにもなかった。森には何の変化も見られなかった。恐らく、このまま、いつまでも何一つ変わらないのだろう。

　ネイサンは銃を置き、傷ついた動物の脇にひざまずいた。ふとい指をのばして、鹿のやわらかい毛皮を、やさしく撫でた。

　それから、そっと銃を持ちあげ、狙いを定めて鹿の頸筋に弾丸を撃ちこんだ。けものの体ははげしく痙攣したが、まもなく痙攣はやみ、鹿は動かなくなった。

　ネイサン・コルビーは、もう鹿を見なかった。いきなり銃を近くの木の幹に叩きつけ、それから遠くの暗い茂みのなかへ、力いっぱい放り投げた。

　それから、キャンプへ帰った。

魔 術 師

The Magic Man

澄みわたった九月の月あかりのなか、平原は静かに、涼しく、湖のいろに横たわっていた。土埃は高価な毛皮のように地表を覆い、夜風ばかりが、溜息のように台地を吹きぬけ、狼が、いつも狼が、夜空に孤独を訴えていた。あとは、世界の終わりのような広大な静寂があるばかり。

シルク博士は、眠ろうと努めながら、そんなことを考えるともなく考えていた。今日一日は永かった。長い道のりと、汗と、照りつける日光。だから、あすという日にそなえて、もう今時分は、オバディアのように、ぐっすり眠っていて然るべきなのである。夜はそのためにこそ創られたものではないのか。それなのに、シルク博士は頭が冴えて眠れない。考えている。

うすい藁《わら》ぶとんに、すこしでもやわらかみを求めて、老人は体を動かした。すると、上にかけていた毛布が床にずり落ちたので、ふうっと溜息をついて、両足を藁ぶとんの外に出し、上半身を起こして、頸筋を揉みながら、しばらく茫然と坐っていた。

「先生、具合がわるいのですか」

オバディアの声は、それほどおどろいているようにもきこえなかった。さっきから目をさましていたのだろうか。分からない。

「病気ですか」

「具合はわるくない」と、シルク博士はあたまをふった。「ちょっと新鮮な空気を吸いたくなってね」

「風邪をひかないように気をつけて下さい」

「大丈夫」

箱馬車の外は、ひんやりとしたくらやみだった。シルク博士は手製のパイプをとりだし、箱馬車の段々に腰をおろして、しばらく風の吹きわたる虚空をながめた。風は平原を走って通りぬけ、ささやかな灰色の踊りをおどる。今までにも幾度となく、こんな夜ふけに考えたことを、シルク博士はあらためて考え直した。人間をとりかこむ不可視の生命。目に見えぬ魔術のなかにのみ存在する生命。

　魔術か。そのことばで我に返って、シルク博士はにっこり笑い、箱馬車を見やった。色こそ褪せてはいるが、月あかりに照らされて、箱馬車は光りかがやいている。赤と、黄色と、オレンジ色と、明るい緑。そして、唐草模様をあしらった、大きな文字。

魔術師
奇蹟と興奮のひととき！

　シルク博士はたいそうよい気分になった。こんな気分になったのは……何カ月ぶりだろう。シルク博士は寒さを忘れ、パイプを握りしめて、あすという日が徐々にかたちづくられるのを待った。

　あすのことを思うと、身内があたたまるような気がする。

　なぜなら、あすは、すばらしいことが起こるのだ。あすは、シルク博士、いや、マイカ・ジャクスン――愚かな、気むずかしい、喘息病《ぜんそくや》みの老人――歩くたびに足の関節がきしみ、咳とくしゃみをしながら箱馬車で村から村へ渡り歩く男――この上なく孤独で疲れきった人間――皺だらけの老いぼれ――そんな奴は消えてなくなるのだ。アラカザアム！　マイカ・ジャクスンは消えてなくなる。そのかわりに出現するのは、金ピカの上衣を着こみ、黒いシルク・ハットをかぶり、真夜中のように黒いズボンをはいた一人の伊達男。魔術師シルク博士。奇蹟と驚異をもたらす皇帝。

　シルク博士は、試しに指を動かした。架空の硬貨が忽然と消える。箱馬車に寄りかかって、あすの子供たちのことを考えた。生き生きとした子供たちの顔、びっくりした大きな目。もうパイプの火は消えたが、シルク博士は陶然としていた……

やがて夜明けが、つめたい光を平原に撒きちらしながら、ゆっくりと現われた。箱馬車の車輪や、まだ眠っているラバのまわりには、吹き寄せられた細かい土埃が、うずたかく積もっていた。シルク博士は、皺々のまぶたをひらき、うたたねしたらしいと思った。それは一瞬の出来事である。しかし、いずれにせよ、博士の気分は爽快だった。

「オバディア！」

まだ時刻は早い。西の空には、まるでまぼろしのように、今にも消えそうに、うっすらと月がかかっている。あたりは、恐ろしいほどの静けさ。

「オバディア！」かすかな足の骨の痛みをふり払うように、シルク博士は段々を上った。「一日中寝てすごすつもりか」

老いた黒人の目があいた。銀色の光沢が、その顔を覆っている。

「お早うございます」と、黒人は眠そうな声で言った。

「お早う。朝めしを作ってくれないか」

「朝ごはんをあがるのですか」

いつもなら、りんごブランデー《アップルジャック》を一ぱい飲むだけのシルク博士である。やわらかい食物はきらいだったし、もう欠けてゆるみ出した義歯によくないものは一切お断わりのはずだった。

「もちろん！　コーヒーと、豆と、そうだな、ビスケットを二枚」

「かしこまりました。ビスケットですね」オバディアはそそくさと服を着て、あたりを片付け始めた。「もうじき町に着きますか」

「すぐ出発すれば」と、シルク博士は言った。「夕方前にトゥー・フォークスに着く。三時か、四時頃だな」

「薬はどうします」

オバディアは、箱馬車の片隅にまとめてある空壜の束を指さした。それらの壜には、『シルク博士調合のワンダーロール——頭痛、腹痛、喉頭炎、めまい、その他に速効あり』と、レッテルが貼ってある。

「なに、今すぐ一ダースや二ダースなら調合できるさ」

黒人は考えこんだ。

「この前トゥー・フォークスへ行ったとき、だいぶ売りましたっけね」

「売ったとも」と、シルク博士は眉をひそめて言った。「オバディア、何度言ったら分かるんだ。ワンダーロールには、人体の害になる成分は一つもないのだよ。効くと思えば、また買ってくれるさ。それだけのことだ」

「ええ、まあね」

オバディアは段々を下りた。

「でも、こんないい天気に」と、黒人は呟いた。「羽毛とタールを塗りつけられて、七転八倒するのは、やりきれないからなあ……」

シルク博士は笑った。四隅に真鍮を打ちつけたトランクにかがみこんで、蓋をあけた。

いろいろな道具が出てくる。まず、ガーゼのように軽い、透きとおった、さまざまな色の四角い布が出て来た。次に小さな箱をあけると、何やらまがりくねった金具がある。次には、キラキラ光る金環《かなわ》。幾組ものトランプ。ゴム製の壜。人形の腕。絃のないバンジョー。ふしぎな品物はまだまだある。鉄線をも切断できるほど鋭利なのに、子供のやわらかい肌には切り傷一つつけないナイフ。ブラック・ベンと呼ばれる木の人形。これは口をきく人形である。お客の注文によっては、ひどくむずかしいことを喋ったりする。あるいはまた、ステッキの頭からぱっと咲き出るバラの花……まるでパンドラの箱のように、奇蹟のかずかずがあらわれ、シルク博士の手によって選り分けられ、準備万端ととのえられる。

それがすむと、シルク博士はブラシを出して、ハンガーに掛けてある黒い服の埃を払った。埃が舞い散り、老人はぶつぶつ言った。もうじき朝めしができる時分ではないか。

「ラバを車につなげ、オバディア！」

「でも、まだ朝ごはんがすんでいません」

「途中でたべる。つないでくれ！」

で、二人の旅が始まった。土埃のやわらかな平原を、がたごとと箱馬車は進んだ。シルク博士は朝食をたべながら、ワンダーロールを壜につめた。そのうちに、もう居ても立ってもいられなくなった。

よごれた木綿のズボンと、チェックのシャツをぬぐ。鏡は馬車の震動で激しく上下する。シルク博士は口髭に油を塗る。口髭は、アラビア人の半月刀のように、ぴんと固く立つ。

「オバディア、そうスピードを出すな。揺れてかなわん！」

次に黒服を身につける。金ピカの上衣を着る。

鏡をのぞく。ほら、できた、博士、この伊達な身なり、どんなもんだ。シルク博士は溜息をつく。

それから、衣裳が皺にならないように、こわごわ腰をおろし、箱馬車の側面に寄りかかる。寄りかかったと思うと、たちまち眠りに落ちる。


「……魔術師！　魔術師！」

「どこ？」

「あそこ、ほら、こっちへ来るだろう、見えない？」

「ほんとだ、あの人だ——また来た！」

「かあさあん、見てごらん！　シルク博士だよう！」

居眠りしていた老人たちは、古ぼけた安楽椅子から身を乗り出した。母親たちは、子供の肩につかまり、背のびした。町じゅうのドアから、窓から、仕事の手を休めた人々が、顔をのぞかせた。

「ほんとだ、また来たんだね！」

とつぜん街路は、走る子供たち、吠える犬どもで、いっぱいになった。

「ジェイムズ、帰っていらっしゃい。いうことをおききなさい！」

見おぼえのある箱馬車がだんだん近づいてくるのを、町じゅうの人が見守った。そして思った。あれからほんとに一年経ったのかしら。ほんとかしら。

　直立不動の姿勢で、無表情に突っ立っているのは、白髪のオバディアだ。一年前とちっとも変わらない、白髪の黒人紳士。それからシルク博士。専制君主、東洋の王様、ひょっとすると悪魔、ひょっとすると神。駆け寄る人々に神秘的な笑顔を見せている。

「ねえ、いつ始まるの」と、小さな女の子が叫んだ。

　ほかの叫び声。

「ショーは何時から?」「また魔術を見せてくれる?」「今晩だ――ねえ、今晩だねえ?」

　シルク博士は微笑を浮かべ、車が町を横切って、町はずれの空地に着くまで、何も言わなかった。空地に入ると、オバディアに合図した。オバディアは車をとめ、両腕にポスターをたくさん抱えて、車から跳びおりた。

「それを一枚見せて下さい」

　集まった群集のなかから、一人の男が進み出た。

「何と書いてありますか、フリッチさん」

「今夜」と、男は大声で読みあげた。「八時より。御来場をお待ち申し上げます。世界最高の――これは何と読むのかね」

「奇術師《プレスチジテイター》」と、シルク博士が助け舟を出した。

「手品師のことです」

　男は顔をしかめて、読みつづけた。

「人類・未・踏の・摩・訶・不・思・議。すべて新・形・式・の手品。まのあたり・奇・蹟・を御覧・あれ。魔・法・のバラ。空・中より現わ・れるウサギ。新・式トランプ・手品――」男は読むのをやめた。「今晩だね?」

「今晩です。ちょうど八時から始まります」

「わあい!」子供たちは仔犬の群れのように箱馬車のまわりにひしめいた。

　そばかすだらけの少年が箱馬車に片足かけて叫んだ。

「ね、今まで、どこに行ってたの」

「旅をしていたのだよ、坊や」

「どこの国を?」

シルク博士は、箱馬車から跳びおりて、喋り出した。

群集は二つに割れ、あいだに通路ができた。おとなたちはうしろへさがり、子供たちは前へ出た。去年のことをおぼえている年かさの子供らは、シルク博士のすぐそばに詰めかけた。オバディアは黙々とポスターを貼りつづけている。この仕事がすむと、一人でステージを作るのである。

「どこの国に行ってたの」

「そう、たとえば」とシルク博士は、きさくな口調で、それでもみんなにきこえるほどの大声で言った。「中国」

「中国！」

「それから、フランスはパリ、それからロンドン」

「ほんと？」

「エジプトには行った？」と、うしろから一つの声が叫んだ。興奮に顔を赤らめた、やせっぽちの子供である。

「行ったとも」と、シルク博士は笑った。「このわしがエジプトを見逃すものかね」

「じゃあ、ドイツには行った？」

「ああ、もちろん」

「でも、アフリカには行かなかったでしょ。人喰人種がいるから！」

「と思うのは早合点。わたしの親友には人喰人種がおりますよ」

「あの人は人喰人種？」

「オバディアかね？　さあて……」シルク博士はとつぜん口ごもった。「この噂が世間にひろまると困るんだが——」

博士はことばを切り、四方を見まわした。子供たちは息を殺している。

「あんた方は秘密を守れるかな」

何ダースもの小さな頭が、大まじめに、激しく上下に揺れた。

「そう、わたしの従者をしておるあの男は、むかし——いや、やっぱり話さないほうがよかろう」

「話して！」

「いや。あんた方は、きっとこわがって、走って家へ帰ってしまう。そして、お父さんにその話をすれば、そんなショーには行くなと、お父さんはおっしゃるにきまっている」

「ううん！　絶対言わないからさ」

　ちいさな犬ころほどの大きさもない少年が、シルク博士の黒いズボンを引っぱり、甲高い声で言った。

「かみさまに誓って言わないから！」

　魔術師は溜息をつき、しゃがみこんだ。そして近くにいる少年たちのやせた肩に、両手をかけた。

「よろしい。じゃあ、あんた方だけに特に話してあげよう……わたしの従者をしているあの男はね、むかしは、サンドイッチ島きっての、いちばん野蛮な人喰人種だったんだ」

「サンドイッチ島？　それ、どこにあるの」

「おや、学校の地理の時間に教わらなかったかね。アフリカですよ。インド洋にある島です」

「へえ」

「わたしたちの一行は、その島の近くを通っていたとき、とつぜん、首狩り族の襲撃を受けた。これが、なんともはや、すさまじいものでね。だれか、ここにいる人で、首狩り族に襲われた人はいるかな？」

　子供たちはしんとしている。

「かれらは身長七フィート、肌の色はスペードのエースよりも黒い。そうして顔ときたら、夜思い出しただけで眠れなくなるほどの、おっかない顔だ。そういう連中が、音も立てずに船によじのぼってきて、いきなりわたしらを襲った。こちらは、かないっこない。その悪魔どもは鋼鉄をも撫で切りにできるほどの刀を持ってるんだが、わたしらはまるっきりの徒手空拳。しかも、連中の人数は優にわたしらの十一倍はいるんだ。白状するが、さすがのわたしも蒼くなった。あたりを見まわすと、ついさっきまで一緒にお喋りしていた仲間たちの首が、スポン、スポンとはねられていく。船長はどなった。『さがれ、不浄の異教徒めらが』――

ところが、言いも終わらぬうちに、うしろから忍び寄った首狩り族の一人に、シュウッと首をはねられた。わたしには武器がなかったから、飛んできたそれをひっつかむと――」

「飛んできた何をひっつかんだの、シルク博士？」と、ふるえ声でだれかが訊いた。

「船長の首ですよ。その髪の毛をつかんで、ふりまわした。さいわいなことに、ライカー船長はオランダ人で、オランダ人の頭というのは石のように固いんだ。そうやって、首狩り族を六、七人なぎたおし、ようやく船べりにたどりつくと、南無三《なむさん》。もういけない。あんた方は、鰐《わに》という生きものを御存知かな」

「知ってる、知ってる」

「その海は、見渡す限り鰐だらけなんだ。船べりから跳びこんで、泳ごうものなら、二分と経たないうちに、たべられてしまう。かといって、ひっかえすわけにもいかない。首狩り族は、スズメバチのように猛り立って、刀をふりふり迫って来る。前へ行こうと、後ろへ行こうと、絶体絶命、どっちかにたべられる」

ギンガムの服を着た女の子が小声で言った。

「どうしてそのとき魔術を使わなかったの」

シルク博士はかぶりをふった。

「そりゃあ卑怯じゃないか。そう思いませんか」

「そうね」と、女の子は溜息をついた。

シルク博士は、体の痛みをこらえて、姿勢を正した。

大きな目の男の子が言った。

「それからどうしたの」

「そう、鰐と人喰人種にはさまれた場合、利口な人なら必ず人喰人種をえらぶにきまっている。わたしも、そっちをえらんだ。そこで連中にこう言った。『来い、二、三人ずつ相手にしてやるわ』ところが連中はそんな申し出なんかききやしない。どんどん迫って来るだけだ。わたしは遂に観念のまなこをとじて、今にも首がすっぱり切り落とされるかと思った途端、おどろくなかれ、連中はわたしの体を寄ってたかって持ちあげ、カヌーのなかに放りこんだ。そうして、アマゾン河をはるばると下り、着いたところが、それ、サンドイッチ島さ。首狩り族の根拠地だ。さて、わたしはカヌーから下ろされ、鍋のなかに放りこまれた。鉄でできた、お釜ぐらいの大きさの鍋だよ。手足を縛られているから、もう、どうしようもない。首狩り族は、鍋に水を注ぎ、リンゴや、ニンジンや、それにレタスを十個ほど投げ入れて……」

「何をするつもりなのかしら、シルク博士」

「それは愚かな質問だね」シルク博士は声をひそめた。「いうまでもない。やつらは、わたしを生きたまま煮てたべようというのさ」

一人の女の子が、悲鳴をあげた。年かさの男の子たちは、気味わるそうに笑い、すぐ静かになった。

こんな光景を、おとなたちはだまって見物していた。シルク博士が子供にどんな話をしているか知っているから、あえて止めようともしない。それどころか、子供たちといっしょになって面白い話を聞きたいのだが、それも照れくさいのである。

シルク博士はゆっくり歩き出していた。子供たちの群れは博士とともに移動し、一行は町の穀物倉庫の前を通りすぎた……

「それからどうなったの、博士」

「さて、炎がパチパチ音を立てて燃えあがり、水はだんだんお湯になり始めた。身長七フィートの首狩り族の連中は、お鍋のまわりに腰をおろして、待っている。ただ待っている」

「助けてって叫べばよかったのに」

「そんなことをしても、なんにもならない。だれがわたしの声を聞きつけてくれる？」

「じゃあ、どうしたの」

「わたしは汗をかき始めた。もうリンゴや何かといっしょに、くたくたに煮られて、お皿にのっけられた自分の姿が、目に見えるようだ。その折も折、恐ろしい叫び声がきこえた。こういう声なんだ」

シルク博士は、口に両手をあてがい、フクロウとも、コヨーテともつかぬ奇妙な啼き声をあげた。

「オウウウウウ！　『あれはなんだ』と、わたしは訊いた。でも、連中は悲しそうな顔をするだけで、答えてくれない。そのとき、ふと目を転ずると、その島の海べに極彩色の石を積みあげた大きなお城があるのに気がついた」

「そこから叫び声がきこえるんだね」

「その通り。それが、いつまでもやまない。オウウウウウ！　オウウウウウ！　わたしはぞっとした。しかし、そんな音のことを気にかけていても仕方がない。だって鍋はますます煮え立って、わたしの体のまわりは、シチューみたいにグズグズいい出したんだからね。こうなると、やむをえない、わたしは……」

「魔術をやったんだね！」

「すこしだけな。手足の綱をほどく魔術のことばを、わたしは、となえた。そして、すぐさま、鍋から飛び出した。それから、もちろん走ったさ！　ニンジンや、レタスや、そのほか体にくっついているものを払い落としながら、わたしは走りつづけた。だれか、ここにいる人で、走りながら、飛んでくる槍から体をかわした人がいるかな？」

そんな経験のある子供は一人もいなかった。

「むずかしいんだ。耳から一インチかそこいらのところを、槍がヒュウヒュウ飛んでくるんだからね。もうやられたかと思った刹那《せつな》、一本の槍がわたしのシャツにひっかかった。その槍は、あんまりすごいスピードで飛んで来たもんだから、そのままわたしを地面から持ちあげて、島をひと飛びに飛び越え、海岸まで運んで行った。なんにもしないでいたら、海のなかに落ちるところさ。でも、わたしは途中で、ひっかかっていたシャツを槍から外したから、落ちた場所はお城のまん前だ。お城のなかからは、例の叫び声がまだきこえている。そこで、ドアをあけて、調べに入ってみた」

「それはおばけの出るお城だったの」

シルク博士は顔をしかめた。

「そう言いたいところだけれども、そう言えばウソになる」

「ふつうのお城だったの」

「ふつうのお城だ。ただ、四方の壁には、すっかり縮んで小さくなった人間の頭が、ずらり並んでいる。わたしは廊下をずかずか入って行った。しばらく行くと、寝台があって、そこに寝ているのは、もちろん、サンドイッチ島の王様だ。それはひと目で分かる熱帯病だった。手足の指が失くなってしまうこわい病気さ。叫び声？　それはもちろん、苦しがって、家来を呼んでいたのだよ。そこへ、わたしが入って行った。だから、後戻りして、逃げてしまえば、わたしは自由の身になれたわけだが、そうはいかない」

「なぜ」と、そばかすの男の子が訊いた。

「だって王様がいるじゃないか。病気の人は治療してあげなきゃいけない。そうじゃありませんか？」

「でも、そしたら、首狩り族につかまるじゃない」

「さ、そこだ。急がなきゃならん。わたしは袋から、特殊な薬の入った罎を取り出した。もうお城のドアを、追っかけて来た連中が、しきりにドンドン叩いている。そこで、薬罎の口を壁にぶっつけてこわし、王様の口をあけて、薬をいっぺんに注ぎこんだ。さあて、そこでどうなったと思う？」

「分からない」

「首狩り族がドアを破って入って来たとき、王様はしゃんと立ちあがっていた。それで、首狩り族の態度は一変。あらそって、わたしと握手しようとする。でも、わたしは言ってやった。あんた方は、ライカー船長や、わたしの友人たちに、ひどいことをしたじゃないか。握手なんかしたくない。ところが、それでも、何かお礼を持って行ってくれないかと言う。王様もいろいろ考えた末に、一人息子を奴隷として、わたしにくれることになった」

「それがオバディア？」

「でなくて誰だろう。それ以来、オバディアはわたしと一緒さ。こんないい友だちはほかにいない」

子供たちは、ふうっと安堵の溜息をついた。

「オバディアは、そのあと、人を――」と、ギンガムの服を着た女の子が、こわそうに言いかけた。

　シルク博士は笑った。

「そう、二度ばかりたべたよ。でも、いまの話は一八四〇年のことでな。もちろん、わたしはオバディアに命令して、首は返させたし、あやまらせもした。今はもう心配いらないんだ」

　通りのむこうの酒場から、腕にたくさんポスターを抱えたオバディアが出て来て、歯をむきだし、にっこり笑った。そして手招きした。

　子供たちはぞくりと身をふるわせた。

「さて」と、シルク博士は言った。「あんた方はもう走って帰りなさい。今晩また逢おうね」

「新しい魔術をやってくれる？」

「ああ、新しい魔術は山ほどある。ぜひ来なさいね」

「絶対行くよ。絶対」

　子供たちがちりぢりに走って行くと、そのやせたほそい足のまわりに、土埃が舞いあがった。

　シルク博士はくすりと笑い、姿勢を正して、ワイルド・シルバー酒場へむかい、ゆったりと歩き出した。回転ドアが音もなく内側へひらいた。しみだらけの樫のカウンターに歩み寄ると、シルク博士は、「りんご《アップ》ブランデー《ルジャック》をお願いします」と言い、小銭を数え始めた。

　バーテンは博士の前にグラスを置いた。

「これはサービスです」と、バーテンは言った。

「それはどうもありがとう」

「あなたは魔術師でしょう？」

「さようです」

「去年トゥー・フォークスにいらしたとき、舞台を拝見しましたよ。その前の年も」

　バーテンは大男だった。むきだしの二の腕も、指も、まるでコヨーテのように毛むくじゃらである。こんな男が笑うのを見ると、妙な気持ちになるものだ。それでも、バーテンはにっこり笑った。シルク博士は思った。もし魔術師ではなく、ただのマイカ・ジャクスンが入って来たのだとしたら、この男は果たして酒をおごってくれただろうか。

「今晩ですか、ショーは」

「はい。あなたは見においでかな」

「行きます」と、バーテンは言った。「代わりが来てくれればね」

バーテンは、カウンターの端に陣取ったやせた男のほうへ、移って行った。シルク博士はあたりを見まわし、人の話に耳をかたむけ、まもなくマイカ・ジャクスンのことを忘れてしまった。疲れきって、死を待つばかりの老いぼれ、孤独なマイカ・ジャクスンなどという人間は、ほんとうに存在しているのだろうか。

酒場じゅうの人間がシルク博士に注目している。まるで大統領だ。それ以上だ。みんなのまなざしには、単なる尊敬以上のものがある。かれらは立派なおとなだ。ある者は、顔の皺に年月が刻みこまれているし、ある者はよぼよぼの老人である。それなのに、そのまなざしは、子供たちのまなざしと変わりないではないか。大きな酒場の鏡に映った人々の視線を、シルク博士はじっと見つめた。

そう、確かに尊敬がある。わずかばかりの恐怖もあるかもしれない。それから愛情――それは多量にある。まちがいない。

なぜだろう、とシルク博士はいつものように内省した。わたしがまぼろしによってみんなの目をたぶらかす人間だからか。それとも、単に帽子から鳩を飛び出させる男だからだろうか。

シルク博士は、りんご《アップル》ブランデー《ジャック》の残りを飲み干し、そんなことが理由でなければいいと思った。酒のためか、一つの答えが見つかったような気がする。すなわち、人がシルク博士を愛するのは、一年に一晩だけ正真正銘のおどろきをもたらす人間だからではないのか

……

それからシルク博士は、この小さな物憂げな町をとりかこむ平原のことを思い出した。そして、りんご《アップル》ブランデー《ジャック》に元気づけられ、今すぐこの酒場の人たちに何か声をかけようと思った。シルク博士が言いたいこ

とは、こうだ。あなた方はわたしを待つ必要はない。目をひらきなさい。空中に魔術は満ちみちている。一本の樹木をわたしに見せなさい。どんな魔術師もできなかった手品を見せてあげよう。あなた方の靴が踏む土埃でさえ、考え始めれば夜も眠れぬほどの謎だ。土埃は、土埃になる前は何だったのか。山か？　それから太陽はどうだ！　あの黄色い球をよく見てごらん。刻々と移り動いて、太陽はどこへ行くのだ。なぜ動くのだ。一箇の石も、丘も、湖も——すべて魔術でないものはないのですよ、みなさん！　その不思議を知るためなら、わたしは何を投げ出しても惜しくはないのだ。わたしは、ほんとにそう思う……

　だが、シルク博士はそんなことを口に出さなかった。もう一ぱい飲みものを注文すると、やおら手をのばし、小男の上衣から花束を出すと、悠々と手許に引き寄せた。小男は目をまるくして、跳びあがった。

「口をしめなさいよ、ジェフ」と、バーテンがウィンクして言った。「でないと、口のなかから何かおっかないものを出されますぜ！」

　小男はあわてて口をとじ、一同は笑った。

　これを合図のようにして、酒場じゅうの人間がシルク博士のまわりに寄って来た。

「もう一つ何かやって見せて下さい。ウサギを出して下さい」

　シルク博士は花束を消し、空中から銀貨を取り出した。

「ウサギを出して下さい！」

「いや、いや、今晩のために、すこし節約しなくちゃ。御存知のとおり、魔術師だとて、食うための商売はおろそかにできませんのでな」

「そうなんですか。気がむけば、ステーキでもなんでも空中から取り出して、たべるのかと思いましたよ！」

「そう、それは事実です。しかし、そういうステーキはうまくないからね。だが、一度どうしようもなくなったことがある。ロシアに行ったとき、十七日間もカブト虫しかたべるものがなくて……」

バーテンはグラスを磨きながら、体を乗り出した。

「ロシアにいらしたんですか」

「行きましたとも」と、シルク博士は言った。「友だちがいたのでね——わたしより魔術の上手なただ一人の男です。この男は、五十歩はなれて、カブト虫の羽だけ叩き落とせる。で、退屈すると、わたしは遊びに行くわけです。もちろん、わたしの顔を見ると、彼もよろこびましてね。シルク博士という名を聞かぬ限り、今でも四六時中、旗竿の上にとまっている変人ですがいい……」

もう酒場じゅうの人間が、一人のこらずまわりに集まっていた。シルク博士はひと息ついで、喋り始めた。

この人たちは信じてくれる。なぜといって、空中からバラの花を出す人が語る話なら、信じないわけにいかないではないか。

オバディアがベルを鳴らした。観客はしずまった。

シルク博士は箱馬車から、カーテンで覆われた花道をとおって、舞台に上った。ゆったりと会釈した。シルク博士は今や別世界から来た人間だ。この小さなカンザス州の田舎町では、彗《すい》星よりも珍しい存在だ。ステージの石油ランプは、博士の顔の下からこの世ならぬ光を投げかけ、口髭の影はほとんど目にまで届きそう。ぶきみなシルク博士だ。今にも、鷹に姿を変えるか、それとも星屑となって飛び散るか、さもなくば、指をパチンと鳴らして、夜を昼に変えるか。

「紳士淑女のみなさま——お友だちのみなさま!」なめらかな深い声である。海鳴りに似た声。

遥か彼方《かなた》で犬の遠吠えがきこえる。あとは物音一つきこえぬ。町じゅうがこのショーに集まっている。子供たちは箱に腰をおろし、あるいは父親に肩車をしてもらっている。かぶりつきに陣取り、リスのような目を光らせている子供たちもいる。

「今夜みなさまにお目にかけまする不思議のかずかずは、遠く東印度諸島より、かの地なる姫君の命を救った代償としまして、もたらされましたる教育的かつまたは娯楽的なる魔術でございます。フィジー群島においてかの不思議なる偶然に逢いまするまでは、わたくしも一介の平凡なる男、あなたや……あなたや……」博士の指は観客を一人ひとり指した。「……あなたとなんの変わりもない、いかなる魔力をも持たぬ人間でありました。しかるに、古今東西の不思議をかの地にて学びましてよりは、これを故郷アメリカのみなさまにお伝えすることを生涯ののぞみとして、刻苦勉励したる次第。わたくしの魔術的治療薬につきましては、のちほど申し上げましょう。まずは、ショーのはじまり、はじまり！」

　そして手首をひとひねりすると、空中からハンカチがあらわれた。観客の見守るなかで、シルク博士は、そのハンカチをまるめ、こぶしのなかに握りしめて、「アラカザアム！」と称えると、たちまち五枚のハンカチがあらわれた。みんなつながって、それぞれちがう色である。

　拍手が鳴りひびいた。叫び、笑い、そしてするどい口笛の音。マイカ・ジャクスンの肉体には、霊《デーモン》がのりうつった。その霊《デーモン》が、軽々と動くはずのない足を軽々と動かすのである。黒服の老人は、ステージを若若しい足どりで、歩きまわり、跳ねまわり、飛びまわる。

　袖口から引き出される不思議また不思議。若いカウボーイの帽子を借りて、そのなかに卵六コを割って落とし、それから「プレスト！」の掛け声をかけると、卵は跡形もなくなる。次には二本のキラキラ光る黄色いフープ。鎖のように連結されている。力のある見物人は、むりに引き離そうとする。利口な見物人は、どこかに継ぎ目がないかと調べるが、どこにも継ぎ目は見あたらぬ。ふつうのフープですね？　よろしい。リケッティ・ラック、ポンペティ・ポム！　するとフープはみごと解きはなたれ、シルク博士はそれを一本、一本ころがしてみせる。

　拍手は今や銃声だった。馬の足踏みだった。シルク博士はそのざわめきをたべ、飲み干し、このトゥー・フォークスほどわたしを愛してくれる町は、ほかにあるだろうかと思った。じつをいえば、老年の心細さから、その愛にも見放されたかと思ったのだが、この拍手を聴きたまえ！

ライトに照らされて、首狩り族らしく恐ろしい表情を崩さないオバディアが、すばやく奇蹟の後始末をする。この男は、ときどき——特にこんな興行の折には——シルク博士との単なる雇用関係を忘れてしまうように見えた。ほんとうに、彼方のジャングルや、アラビアの砂漠や、雲のなかの浮き島を、思い出しているようにも見える。オバディアは老人だから、知らず知らずのうちに、奇蹟のお相伴をしないわけにはいかないのだ。

次に、シルク博士は棺のなかに入った。観客は目をまるくし、拳を握りしめ、息をこらして見守る。

オバディアが重々しい声を張りあげた。「どなたか舞台にあがって、この棺に蓋をしてくださらぬかな」

一人の農民が、友だちに押されて舞台にあがった。きまり悪げな顔でにやにや笑い、目くばせしてから、棺の蓋に釘を打ちこむ。そして嬉しそうに舞台をおりながら、みんなに報告する。

「もう出られねえよ。あの箱んなかに閉じこめられちまったよ！」

オバディアは両腕をひろげ、藤色の幕を持ちあげて、数をかぞえる。

「一！　二！　三！　四！　用意はよろしいか、博士？」

「よろしい！」

次の瞬間、シルク博士は棺の脇に立ちあがり、一礼する。

観客は叫び、わめき、足踏みし、拍手は鳴りやまず、子供たちはいっせいに叫んだ。

「どうやって出たの？　どうやって出たのか教えて！」

奇蹟はさらにつづいた。トゥー・フォークスの人々は、呪縛にかかった。時は流れをとめ、帽子からウサギが跳び出し、トランプのカードは扇のようにひらいては、また手許に集まり、椅子やテーブルが空中に浮いた。

「このカードのなかから一枚えらんで下さい。どれでもいい」

（骨の痛みが戻って来た）

「さあ、どれにしようかな――」

「えらびましたか」

（えぐるような痛み。ああ、消えてくれ！）

「ええ、えらびました」

「では――」シルク博士は肉体の苦痛に負けまいとして、思わず喘いだ。「――では、あなたに一つおうかがいしたいが、わたしがそのカードを見たはずはありませんな？」

「ないと思います」

「確かですね？」

（すこし治って来た。すこしよくなった。痛みが消えて行く）

「ええ」

「よろしい。では、あなたが持っているカードは……スペードのエースではありませんか」

「こりゃたまげた、そのとおりです！」

「どうも御苦労様でした。さて、次には――」

トゥー・フォークスの人々は、意地わるそうな人形が喋ることばに耳を傾け、自分たちの上衣や、耳や、髪の毛から出てくる銀貨を唖然と見つめた……

（心臓のあたりに痛みが集まり、ひときわ激しくなってから、とつぜん消えた）

「おれの上衣から出たんなら、そいつはおれの金じゃねえのか！」

その間、子供たちは叫びつづけていた。

「お願いだから教えて！　どうやったの、シルク博士。ほんとに、何にもないところから出て来たの。教えて！　お願い！」

やがて、最後の魔術を見せる刻限になった。シルク博士は汗をかいて喋った。エチオピアにいた時分に、この魔術を知ったこと。だが王様《マハラジャ》はどうしてもその秘密を明かしてくれなかったこと。そこでシルク博士は、生命の危険を冒して、真夜中に宮殿へ忍び入り、魔法のバスケットを盗み出したこと。

「ようくごらん、確かにからっぽですね」

「からっぽだ！」

「中には種も仕掛けもありませんね。持ちあげて、みなさんに見せて下さい。なんにもありませんね」

「ない」

「力の強い人はいませんか。腕の強い、ものを投げるのが得意な人は？」

「ドゥーディ、出ろよ、出ろよ！」

「ああ、御苦労様です。さて、このバスケットをつかんで、できるだけ空中高く放り投げて下さい。分かりましたか」

「ただ空中に投げればいいのかね」

「そうです。用意はいいですか。一……二……三……さあ投げて！」

男はバスケットを投げた。それは高く舞いあがり、一瞬、観客の目はそれに吸い寄せられた。次の瞬間、ドカンと音がした。舞台の上のシルク博士が、煙の立ちのぼるピストルを構えている。バスケットは舞台に落ちてきた。ドスンと落ちて、動かなくなった。

「ドゥーディさん、バスケットの蓋をあけて下さいませんか」

男はこわごわバスケットの蓋にさわった。それはすぐはずれた。

「ひゃあ！」

バスケットから出て来たのは、数十四の蛇である！赤、緑、黄――さまざまな色の蛇が、とつぜん崩れ始めた虹のように、くねくねとうごめいている。

シルク博士はオバディアに合図した。オバディアはにやりと笑い、ただちにワンダーロールの箱をバスケットにかぶせた。

もう見渡す限り、一人として微笑していない観客はいなかった。おじぎしながら、シルク博士は、観客の拍手をしみじみと聴いていた。聴きながら、観客の愛を感じていた。これほどやさしい、これほど奇蹟的なことがまたとあろうか。何かお返しをしたい、とシルク博士は思った。わたし、マイカ・ジャクスンに命を与え、栄養を与え、心臓のエネルギー源となる、この愛情に対して、何かお返しをしなければならない。このまま魔術をもっとやってみせてもいいが、それでは何ほどのお返しになろう。何か、もっと大勢の人のためになるような——

「どうやったの」子供たちはもう声をそろえて叫んでいた。「種明かしをして！　お願い！　教えて！」

　泣かんばかりに懇願している。頼むから、お願いだから、種明かしをして！

　シルク博士は、りんごブランデー《アップルジャック》の味を思い出した——『ジャクスンさん、酒をやめなければ、確実に一年以内に死にますよ』——そして博士のあたまは、子供たちの叫び声にゆすぶられた。

　そのとき、にわかに博士は悟った。これらの人々に何をお返ししたらいいのか、いっぺんに分かった。そう、それをしてから、さようならを言えばいい。みやびやかに、これを限りに。

「分かった」と、博士は呼びかけた。「もっと近くに寄りなさい！」

「何をするの？　魔術の仕掛けを教えてくれるの？　ほんと？」

　シルク博士は一同を見渡して、思った。そんな無分別なことをして、いいのだろうか。みごとな手品であればあるだけ、すぐあとで種明かしをされれば、興ざめするのが当然ではないか。いや。そうではない。これはただのお返しなのだ。それだけのことだ。

「そうです」と、シルク博士は言った。「仕掛けを教えましょう」

　オバディアが足早に寄って来た。

「ほんとにそんなことをするのですか」と、オバディアは言った。

「する。子供たちがしてほしいと言うのだ、オバディア。わたしは今まで子供たちになんにもしてやれなかった。あの目つきを見てごらん。分かるね？」

「博士、おやめなさい、わるいことは言わないから」

「種明かしだってさあ！」拍手がおこった。観客は期待のまなざしで、かぶりつきに押し寄せた。

「おやめなさい」と、オバディアは言った。「いつものように薬だけ売って、さっさと立ち去りましょう」

だが、シルク博士はもう黒い箱に手をかけていた。

そして魔法のフープを出した。

「ようく見ていてごらん」と、博士は言った。

「見ているよ」

「しいッ！」

フープは実は三本あるのだった。そのうち二本は固定してあって、三本目が自由にはずれるのだった。

「分かったかね？」

子供たちは信じられぬような叫びをあげ、手をたたいた。誰かが、「なあんだ、馬鹿みてえだ！」と言った。

「もっと教えて！」

シルク博士はまた体の痛みを感じた。

「もっと教えてほしいのかね」と、博士は訊ねた。

「ほんとに、心底から教えてもらいたいのかね」

「教えて！」

オバディアは、ぶつぶつ呟きながら、腰をおろした。

「よろしい」シルク博士は魔法のステッキの構造を説明した。それは魔法でもなんでもないのだった。

「ほらね」と、博士は微笑した。「この花だって、ほんものじゃない。これを折りたたんで、ステッキの頭に入れてある。最初から入っているんだ。で、このボタンを押すと、ぱっとバラが咲く仕掛けだ。シカゴの問屋から仕入れて来たんだよ……」

一つ、また一つと、シルク博士は、奇蹟の種明かしをした。どのカードもスペードのエースばかりのトランプ。実は卵でもなんでもない卵。底のないお棺……

「持ちあげてごらん。ね？」

騒ぎが徐々にしずまった。観客はまばらになっていった。だが、魔術師はそれに気づかなかった。観客の愛情と、それにたいするお返し、それだけしか考えていなかった。魔術師の顔には、ふたたび皺があらわれ、華やかな衣裳には、地方巡りの土埃が見えた。観客はひっそりと静まりかえった。子供たちの目の輝きは、すこしずつ、うすらいでいった。

やがて、魔法のバスケットの説明を終わり——作りものの蛇は上げ底のなかにちゃんと隠れていたのである——シルク博士は観客にウィンクして、「さあ、これでみなさんも魔術師だ」と言った。そして微笑をたたえて、一同の反応を待った。

ゆらめく石油ランプのむこうに、つぶやきと、足音がきこえた。

人々は黙っていた。ちらちらとお互の顔を盗み見ていた。ある者はくすくす笑い、ある者はむっとした表情だった。

そして、小人数ずつ帰って行った。

徐々に背中を見せる観客たち。

シルク博士は、ふたたび痛みを感じた。胸のあたりに今までよりもずっと激しい痛み。今日の午後、博士についで歩いた、そばかすだらけの男の子の顔が見えた。男の子は目にいっぱい涙を溜めていた。そして、じっと博士を見つめ、ふいにくびすを返して、駆け去った。

「しかし、あなた方が教えてくれというから——」と、シルク博士が言った。もうだれも振り向かなかった。

ワイルド・シルバー酒場のバーテンは、困ったような顔をしていたが、怒ってはいないように見えた。何か言いたげに、口をひらきかけたが、あきらめたように廻れ右して、立ち去った。

まもなく、小さな舞台と、箱馬車だけが取りのこされた。シルク博士は動かなかった。舞台に茫然と立ちつくしていた。

「博士、行きましょう。出掛けましょう」

「オバディア——」シルク博士は黒人のやせた肩を摑

んだ。「みんな、ほんとうは、わたしを信じてくれやしなかったのだね？　わたしの魔術を信じてては――？」

　オバディアは肩をすくめた。

「早くこの町を出ましょう」と、黒人は言った。そして名誉を汚された手品道具のかずかずを手早く拾い上げ、箱に投げこんだ。

「行こう」シルク博士は自分の手を見つめ、擦り切れかかった黒服を見つめ、ひびが入ったエナメル革の靴を見つめた。

「行こう」

　博士は子供たちの生気を失った顔を思い出した。おとなたちの驚きと失望の表情を思い浮かべた。まるで、神が汚れたシャツを着ているのを目撃したような、まるで神のいびきを聞き、神の放蕩を見、神が自分らと何ら変わるところがないと知ったような驚き。そしてかれらはふたたび置き去りにされるのだ。ふたたび信じるものを失って。

苦痛がどっと襲ってくる。

「なぜだろう。ああ、なぜだろう」

　シルク博士は、カーテンで覆われた花道を通って、箱馬車に戻った。そして、藁ぶとんに腰をおろし、しばらくものも言わなかった。箱馬車がぐらりと揺れ、動き出しても、その姿勢を変えなかった。

　永い時間が経ってから、博士は黒い服を、緑色の上衣を、白いシャツをぬいだ。口髭の油を落とした。

　それから窓に寄り、平原の景色をながめた。月光に濡れ、冷たい、永遠の平原は、箱馬車の脇を流れていった。何時間も、何マイルも。

　その間にも、痛みはひろがっていった。刺すような、かたくなな、いつもの痛み。

「なぜだろう」

　箱馬車がとまった。

「先生、具合がわるいのですか」オバディアがドアをあけた。その顔はおびえ、途方に暮れているように見えた。

魔術師は、友人をしげしげと観察した。それから、ごろりと横になり、目をとじた。あの町の人々のことは考えるまい。「なぜだろう」といぶかしがるマイカ・ジャクスン老人のことは考えるまい。いずれは、その理由も分かるのだ。いずれは。もうじき。

「こうしていると、カルカッタにいたときのことを思い出すなあ」と、魔術師は言った。「半年も人の声を聞かずにすごしたことがあったが……」

オバディアは藁ぶとんに近づき、にっこり笑って腰をおろした。

「そのお話は、まだうかがったことがなかったと思います、シルク博士」と、オバディアは言った。「話して下さいませんか、お願いします」

お父さん、なつかしいお父さん

Father, Dear Father

ポレット氏にとって、「時間」とは街道《ハイウェイ》のようなものであった。それは、ひろびろとして、光きらめき、ひっそりとしずまりかえって、誰かが通ってくれるのを待ちうける街道であった。ポレット氏はよく言ったものである。

「いろいろと障害物はある。それは事実だ。はじめからおわりまで、たとえ最低のスピードで走るとしても、危険な急カーヴが無数にある。だが、本当に頭のよい男なら、いつかは、この街道《ハイウェイ》を征服できる。それもまた確実だ」

もちろん、ポレット氏は、自分こそ、その本当に頭のよい男になりたいと思っていた。その目的のために、五十三年の生涯のうち三十七年を捧げてきたのである。わきめもふらず、うまずたゆまず、偏執狂にちかい信念をもって。友人など、一人もいない。知人もごく少数。細君はポレット氏をこわがっていた。

科学者のクラブでは、ポレット氏は歓迎されざる人物《ペルソナ・ノン・グラータ》だった。というのは、いつも「宇宙と時間の連続体」とか「過去の円環体《ブレッツエル》」とか、そんな世迷《よま》い事《ごと》をぼそぼそ喋っていたからで、さもないときは、あたりの誰彼をつかまえ、クラブ中に鳴りひびいた厄介きわまりない難問をもちかけるのである。

「ところで、あなたは、いかがですか、あなたの御意見は？　もし、ぼくが過去に戻って行って、ぼくの父親を殺したとすると、いったい、どういうことが起こると思いますか」

逃げ場を失ったひとりの物理学者が答えた。

「これは私の希望的観測にすぎないでしょうがね。私の意見では、そう、あなたはたちどころに消えてなくなると思いますな」

　しかしながら、ポレット氏の欠点のひとつは、デリカシーというものを理解しないことであった。

「ほう、あなたは、そう思われますか。そうでしょうかな」ポレット氏は鼻を撫でながら言う。「それはおもしろい考え方です。が、どうもそうではないような気がしますなあ。しかし――」

　ポレット氏はこの問題に憑かれていた。寝てもさめても、毎日この問題ばかり考えていた。

　実をいえば、ポレット氏がタイム・マシンの製作にうちこんだのも、この永遠の謎を解くためにほかならなかったのである。過ぎ去った時代に、ポレット氏は全く興味をもっていなかった。また、時間の障害を初めて突破した人間には必ずや与えられるであろう名声に、それほど憧れたわけでもなかった。未来？　それは倦怠そのものではないか。

　ポレット氏の望みはささやかである。おのれの疑問を解決したい。それだけのことである。

　いったい、どういうことが……？

　夏も終わりに近いある日の夕方、ひょろっとして、頬がこけ、黒い髪も残りすくなのこの男は、例によって、研究室の地下に置かれた、大きな金属製の円筒のなかへ入っていった。これは八百十三回目の実験である。しばらく経って、外へ出て来た。これも八百十三回目。失敗である。ポレット氏はものもいえなかった。またしても、やりそこない。

　これでは、もう、聖者といえども諦めるところであろう。

　ポレット氏は、感情に走りやすい男ではない。しかしこのときばかりは、きわめて衝動的な行為に出た。すなわち、床を踏みならし、大声で畜生と怒鳴ったが、それでも足りず、そばにあった大型スパナを手に取るや、タイム・マシンめがけて投げつけた。

　と、電灯がいっせいにともり、円筒はなめらかな音を立てはじめた。

　ポレット氏は目を見はった。本当だろうか？　彼は歩み寄った。そう、間違いではない。これまで幾度となく繰り返してもうまくゆかなかった実験が、スパナの重量と衝撃とによって、遂に成功したのだ。微妙なバランスがついに成立したのだ！

つまり、タイム・マシンは準備完了したわけである。

あれやこれやの偶然の力がなかったら、科学なんてどうなるだろう。そう考えながら、ポレット氏は微笑をうかべ、円筒に乗りこもうとした。そしてふと立ちどまった。いや、事は合理的にはこばねばいかん。あてずっぽうはならんぞ。

彼は階上に駆けあがると、細君を押しのけ、寝室のトランクから一枚の色あせた写真をとり出した。それは着色写真で、目の澄んだ、顎の張った、恰幅のよい赤毛の中年男が写っていた。

「お父さん」と、ポレット氏はうやうやしく呼びかけてから、写真をポケットにしまいこみ、青色の三八口径の拳銃に弾丸をこめた。

それからポレット氏は正装し、地下室に下りて、円筒に入った。いくつものダイヤルを注意深くあわせ、メイン・レバーを引いた。

歯車が回転し、さまざまな装置が、シュッと音を立てた。タイム・マシンはぐらぐら揺れ、煙を出し、呻き、泣きわめいた。ポレット氏はめまいを感じた。暗黒がおし迫って来た。ポレット氏は闘った。

ふたたび、すべてが静かになった。

ポレット氏は円筒から出た。

まわりの風景には見おぼえがある。疑いもなく、それはポレット氏が幼年時代をすごしたオハイオ渓谷地方だった。だが、感慨にふけっていて大事な使命を遅らせてはならない。ポレット氏はあたりを見まわし、誰も見ていないことを確めると、円筒を木立の中へころがしていって、厳重に鍵をかけた。

アルファルファの生えている野原を歩いて横切ると、間もなく町が見えてきた。計算の正確さには自信がある。ここはミドルトンだ。

だが、年月日はどうだろう。調べてみなければなるまい。なぜなら、もし彼がすでに母親の胎内に宿ってしまってから、父親を殺したのでは、なんにもならない。それではこの実験の意味がなくなってしまう。

彼は、例の写真をもう一度とり出してみた。父親ポレット一世は、きびしい顔つきの男であった。ポレット氏は、かすかに記憶しているだけだったが、父親はきわめて厳格で、いつも冷たく、近寄りがたく、物事をつねに暗く考えるたちの男であった。それ以外は何もおぼえていない。要するに、ポレット一世は一九二二年に死に、そのときポレット氏自身はわずか六歳だったのである。

とぼとぼ歩きながらポレット氏は思った。おやじは息子の成人した姿を、ただ殺されるためにだけ見ることになるとは、なんという皮肉だろう……

生み落とされたとき、目方がたった四ポンドしかなく、骨っぽくて、梅干みたいに皺くちゃで、まるでミイラのような赤ん坊だったポレット氏は、今日に至るまで、おのれの体力不足をかこっていたのである。ポレット氏のあゆみは一層のろくなった。

町のはずれまで来ると、ポレット氏は立ちどまり、撃ち損じのないように、ピストルの引き金を点検した。心臓が激しく悸っていた。ポレット氏は蒼白な顔で、ちょっと微笑した。そして、オハイオ州ミドルトンの目抜き通りに入っていった。

町は騒がしかった。子供達は輪投げや石蹴りをして遊んでいた。男たちはベランダに腰をおろし、女たちは買物をしていた。ある者は、物珍しげにポレット氏を眺めたし、ひとりの背の高い、髪の黒い男などは、ポレット氏をあからさまに凝視した。しかし、これは見知らぬ者がやって来たからだった。それだけのことだ。

ポレット氏は、むしろ愛想よく頷きながら、通りを歩きつづけた。そして、一軒のドラッグストアの前で立ちどまった。窓の内側にカレンダーが掛かっている。

一九一六年二月十九日。

ポレット氏はちょっと顔をしかめた。ぎりぎりいっぱいだったが、大丈夫だ。間に合った。今ならば、父親がポレット氏を見ても、それと悟られる気遣いは全くないわけだ。

エルム通りまで来ると、右へ曲がり、三つめの角まで歩き、そこの大きな黄色い家の前で立ちどまった。いろいろな記憶がよみがえり、また消え去った。家へ通ずる小道をのぼっていく。今までに、このときほど興奮し、神経質になったことはあるまい。はげしくドアをたたいた。

すると、目の澄んだ、顎の張った、恰幅のよい赤毛の中年男があらわれた。

「御用でしょうか?」

「ジェームズ・アグニュー・ポレットさんですか?」

「そうです」と、男は言った。

ポレット氏は、居間のほうに視線を転じた。そこには、すらりと背が高く、かなり彫りのふかい顔の、魅力的な婦人が腰掛けていた。母親であった。瞬間、ポレット氏は、はげしい心の痛みをおぼえた。

「物売りかね?」ジェームズ・アグニュー・ポレットはぶっきらぼうに訊ねた。

「というわけでもないが――」ポレット二世は、そう言いながら拳銃をとり出した。

「そ、それはいったい――」

拳銃が鳴った。一発。ジェームズ・アグニュー・ポレットの額にぽっかり小さい穴があいた。父親はひと声喘いだとみるまに、うしろにのめり、そのまま倒れて静かになった。

居間で叫び声がした。

ポレット氏は拳銃をポケットにしまうと、くるりと廻れ右をして、通りを駆けもどった。駆けながら考えた。今のところ、おれには、なにごとも起こっていない。

ひとびとは、ふり返って彼を見つめた。来るときに、まじまじとポレット氏を見つめた例の男は、今度はポカンと口をあけていた。この男は、どうもどこかで見たことがある……

ポレット氏は息せき切って野原を駆けに駆けた。自動車はまだ発明されたばかりなので、とうてい彼を追って来ることはできない。

人間ならば追いかけることも出来るだろうが、町の連中は、まだショックから抜けきれないでいる。ポレット氏には好都合なことであった。

木立に駆け寄ると、キイをとり出し、円筒に乗りこんだ。ドアをぴしゃりと閉じ、リターン・レバーを引いた。

暗黒が迫ってきたが、ポレット氏はもう圧倒されはしなかった。

一分ののち、ふたたびドアをあけ、研究室の地下におり立った。

細君が待っていた。すっかりとりみだし、恐怖におびえている。

「あなた――すみました?」と、細君は訊ねた。

ポレット氏は不機嫌にうなずいた。先刻の射撃で、拳銃にはまだぬくもりがある。

「殺した。眉間のまんまんなかへぶちこんでやった。この目で死ぬのを見た」と、ポレット氏は言った。

ポレット夫人はまっさおになって叫んだ。

「まあ、なんてことを! あなたはそりゃあ、お父様とは馴染めなかったのかも知れません。それに、子供のあなたにひどく冷たかったのはほんとうでしょう。でも、自分の父親を殺すなんて! なんて残忍な……」

「馬鹿をいうな」ポレット氏はつっけんどんにやり返した。「これは個人の感情とはなんの関係もない、純粋に科学的な行為だ。おれは親父を殺した。それなのに――なにごとも起こらなかった。ぜんぜん、なにごとも」

背の高い、髪の黒いこの男は、床を踏み鳴らし、たけりくるったように叫んだ。

「わかったか。なにごとも、おこらなかったんだぞ!」

彼は一本のかなてこをつかむと、ずらりとならんでいる精密機械を、かたはしから打ち壊していった。製作に何年も何年もかかった精密機械は、粉みじんに砕け散った。「信じられんことだ」ポレット氏はわめいた。「何かが起こってもいいはずなのに！」

ポレット夫人は、夫の乱暴を見守っていた。それが終わると訊ねた。

「そのひとが——お父様だったということ、あなた、確かなんですか？」

ポレット氏はかなてこをふり上げたまま、一瞬、凍りついたようになった。そして目をぱちぱちさせて腕を下ろすと、小声で問いかえした。

「どういう意味だ、それは」

「なんでもないわ」細君は答えた。「ただ、わたしは、あなたがあの写真によく似ているなんて、今まで一度だって思ったことがないのよ。ずいぶん古いでしょう、あの写真。きっと、あなたが逢ったのは写真に似ているひとで、それはあなたのお父さんでもなんでもなかったんじゃないかしら。きっと——」

「待ってくれ」と、ポレット氏は言った。「よく考えてみよう」

ポレット氏は考えた。

細君のことばの紛れもない正しさについて考えた。自分と、写真の男との、数かぎりない相違点について考えた。

なかんずく、ミドルトンでポレット氏をまじまじと見つめた、背の高い、頬のこけた、髪の黒い男のことを想い出した。

ポレット氏の手から、かなてこが落ちた。もう二度と組み立てなおすことはできそうにも思われぬ機械の残骸を、ポレット氏はぼんやりと見やった。

「ああ、おれは馬鹿者《サン・オブ・ア・ビッチ》だ」とポレット氏は言った。

まさしく、ある意味では、浮気女の息子《サン・オブ・ア・ビッチ》にちがいないポレット氏である。

夢と偶然と

Perchance to Dream

「どうぞお掛け下さい」と、精神科医は擦り切れかけた革張りの長椅子をゆびさした。

　反射的に、ホールは腰をおろした。本能的に上半身を倒した。めまいが水のように溢れ、まぶたは分銅のように重く垂れさがり、暗黒が近づいて来た。ホールはすぐ跳び起き、自分の右頬をなぐり、左頬をなぐった。

「先生、申しわけありません」と、ホールは言った。

　長身で、まだ年の若い、ちっともウィーン風ではない精神病医（フロイトはウィーン大学の講師だった）は、うなずいた。

「立っているほうが、お好みに合いますか」と精神科医はやさしく訊ねた。

「お好みに合う？」ホールは頭をのけぞらせて笑った。

「そりゃいいや、お好みに合う、か！」

「何がおかしいのですか」

「おかしくはありませんよね、先生」ホールはいやというほど自分の左手の皮膚をつねった。「いや、いや。ぼくはおかしいんです。それがそもそもの問題なんだ」

「その問題を話してみませんか」

「ええ。いや」馬鹿げている、とホールは思った。あなたはぼくを救うことなんか、できないのだ。だれにも救えない。ぼくは孤独だ！

「いいんです」と、ホールは言い、ドアのほうへ歩き出した。

　精神科医が言った。

「ちょっと待って下さい」その声は緊張してはいたが、決して命令的ではなかった。「逃げても、なんにもなりませんよ」

ホールはためらった。

「決まり文句ですみません。逃げるのが一番いい場合も、実際にはあるのです。しかし、あなたのケースがそれにあたるかどうかは、お話をうかがわないと分からない」

「ジャクスン先生は、わたしの話をしませんでしたか」

「いいえ。ジムは、あなたをここへ寄越すとだけ言いました。詳しい話は、あなた自身がなさると思ったのでしょう。わたしが知っているのは、あなたの名前がフィリップ・ホールであり、年齢は現在三十一歳、長期にわたる不眠に悩まされているということだけです」

「そうです。長期にわたる……」正確にいえば七十二時間にわたる不眠だ、とホールは時計を見ながら思った。恐ろしい七十二時間……

精神科医はシガレットをくわえた。

「そんなに眠らないでいて――」と切り出した。

「疲れるだろうとおっしゃるのですか？　そりゃあ、疲れます。ぼくは世界一くたびれた男だ！　いつまでも眠りたい。ぼくは、いつまでも眠れる。しかし、そこが問題なのです。ぼくは、いつまでも眠れる。つまり、眠ったら、もう二度と目をさますことができないのです」

「もうすこし詳しく話して下さい」と、精神科医は言った。

ホールはくちびるを噛んだ。くわしく話すほどのことでもないのだ。しかし、喋るよりほかには、どうしようもない。それにしても、立っていようか、腰をおろそうか。

「歩いていてもかまいませんか」

「どうぞ、なんなら逆立ちしても結構ですよ」

「じゃあ、歩きまわります。タバコを一本下さいませんか」

煙を肺に吸いこむと、ホールは窓に寄った。十四階下では、玩具のような人間や車が動いていた。ホールはその光景を眺めながら思った。この男は大丈夫だ。

するどいし、知的なところがある。予想とは大違いだ。ひょっとしたら、悩みが解消しないとも限らぬではないか。「どこから話し始めたらいいかな」

「どこからでもかまいませんよ。話しやすいところから始めて下さい」

ホールは激しく頭をふった。始まり、か。そんなものがあっただろうか。

「まあ、気を楽にすることですね」

永い間をおいてから、ホールは喋り始めた。

「初めて人間精神の威力というものを知ったのは、十歳の年です。そう、確かその前後だ。寝室に綴れ織がかかっていました。大きな織物でしてね、ほとんど敷物ほどの大きさで、端には房がついていました。絵模様は、馬に乗った一群の兵士なんです。あれはナポレオンの軍隊だったのかな。どこか断崖のような所で、先頭の馬が竿立ちになっているんです。おふくろは言いました。この綴れ織をじいッと見ていてごらん、馬が動き出して崖を跳び越えるから。ぼくは、それをやってみましたが、何も起こらない。すると、おふくろは、『すぐには駄目よ。ようく考えなくちゃ、動かないわ』そこで毎晩のように、寝る前になると、ぼくはベッドに坐って、この綴れ織をにらんだもんです。そうすると、ある晩、遂に絵がうごいた。兵士たちは、馬もろとも、崖を越えて前進したんです……」

ホールはタバコの火を揉み消し、部屋のなかをせわしなく歩き出した。

「その瞬間は、こわかったですねえ。あらためて、よくよく見ると、絵は元のままです。つまり、ぼくの場合、これはゲームの一種だったわけです。いろんな雑誌の挿絵についても、その後、ぼくは試してみました。まもなく、絵のなかの電気機関車を動かしたり、風船を飛ばしたり、犬に口をあけさせたりすることが、楽にできるようになった。ぼくの思いのままに、何でも動くんです」

ホールはことばを切り、髪の毛をかきあげた。

「それほど異常でもないでしょう。こんなことは、たいていの子供がやっていますからね。押入れに入って、懐中電灯で自分の指をすかして見るようなもので……ごくノーマルなことでしょう？」

　精神科医は肩をすくめた。

「ただ一つだけ異常なところがある」と、ホールは言った。「ある日、コントロールがきかなくなったんです。ぼくは絵本を読んでいました。騎士とドラゴンが戦っている絵がありました。ぼくは面白半分に、騎士の槍を捨てさせようとした。騎士は槍を捨てました。ドラゴンは火を吐いて、騎士にとびついた。そして次の瞬間、大きな口をひらいて騎士を呑みこもうとした。ぼくはまばたきをして、いつものように頭をふりました。ところが――どうにもならない。つまり絵は元へ戻らなかったんです。いったん絵本をとじて、またあけてみても、おなじことなんです。しかし、そのときは大して気にしなかった」

　ホールはデスクに寄って、もう一本シガレットを取った。それが指からすべり落ちた。

「あなたはデキセドリン（覚醒剤の一種）を使っていたのですね」と、ホールがタバコを拾うのを眺めながら、精神科医は言った。

「そうです」

「日に何錠ですか」

「三十錠か、三十五錠」

「そりゃ多すぎる。平衡感覚が失くなります。ジムに注意されませんでしたか」

「ええ、注意されました」

「そう、話のつづきをうかがいましょう。それから、どうなりました？」

「どうもなりはしませんよ」ホールは、精神科医にタバコの火をつけてもらった。「しばらく、このゲームのことは完全に忘れていました。それから十三になった年に、ぼくが病気になりました。リウマチ性心疾患で――」

　精神科医は眉をひそめた。

「ははあ、それでジムはあなたに三十五錠も――」

「ちょっと黙っていて下さい！」

　薬は叔母さんからもらったので、ジャクスン先生は実は何も知らないのである。そのことは話すまいと、ホールは決心した。

「ぼくはほとんど寝たっきりでした。運動をすると、命にかかわると言われましたからね。で、本を読んだり、ラジオを聴いたりの毎日です。ある晩、ラジオで怪談を聴きました。『隠者の洞窟』という話です。一人の男が水に溺れて、その幽霊が奥さんに逢いに来るんです。そのときちょうど、両親は映画を見に出掛けていました。ぼくは一人でした。それで、その話のことを永いこと考え、幽霊の姿を想像したりしました。ひょっとしたら、そこの押入れのなかに、そいつがいるんじゃないだろうか。ふとそんなことを考えました。もちろん、そんなことはない。幽霊なんてものが存在しないことも、分かっていました。それなのに、ぼくの心の一部分は、しつこく喋りつづけるんです。『押入れを見てみろ。押入れの戸をよく見てみろ。幽霊はそこにいるんだ、フィリップ、もうじき出て来る』ぼくはわざと本を読んだりしましたが、どうしても気になって、押入れの戸を見ました。戸はほんのすこしあいていました。中はまっくらです。まっくらで、しんとしている」

「すると戸が動いたのですね」

「そのとおりです」

「しかし、今までうかがったお話には、大して異常な点は認められませんが――」

「ええ、そうです」と、ホールは言った。「それは単なるぼくの空想でした。それは全くそのとおりなので、当時でもぼくはそう思っていたのです。しかし――そう思っていても、こわさはおなじでした。まるで幽霊がほんとうに戸をあけたように、こわい。そこが問題なのです。心がね、先生。心がすべてですよ。たとえば、いったん腕が痛いと思い始めると、肉体的な原因は何もないと分かっていても、痛みはいっこうに消えない……ぼくのおふくろは、不治の病におかされたと思いつづけて死にました。ところが、死んでから調べてみると、病気はただの栄養不良です。それでも死んでしまったのです！」

「その点についての議論はよしましょう」

「ええ、分かりますよ。ただ、それはぼくの単なる空想だと言われたくないだけです。ぼくには分かっていることですから」

「お話のつづきをきかせて下さい」

「で、ぼくは体具合は一生涯よくならないと宣告されました。心臓病のせいで、死ぬまで無理はいけないというのです。激しい運動も、階段の上り下りも、長い道のりを歩くこともいけない。精神的なショックもいけない。ショックは、余分のアドレナリンを生み出すんだそうですね。ともかくも、そういう状態でした。学校を出てから、就職したのも、楽な事務系統の職場です。刺激のすくない、数を足したり引いたりするだけの仕事です。数年間は、事もなく過ぎました。それからまた始まった。事の始まりは、ある新聞記事でした。ある女性が、まよなか近く、自分の車に乗りこんで、うしろのシートにあった何かを取ろうとして、手をのばしたら、一人の男がそこに隠れていたというんです。この記事がどうしても忘れられない。夢にまで見ました。で、いつも、車に乗りこむたんびに、反射的に手をのばして、バック・シートにさわってみるのが、癖になったんです。しばらくは、それで気がすんでいたわけですが、そのうちに、ふとこう考えました。『もし、さわってみるのを忘れたら？』それから、『もし、バック・シートにいるのが、人間じゃないとしたら？』勤めの帰りには、ローレル峡谷《キャニオン》を車で通らなきゃなりません。あそこの曲がりくねった坂道はすごいでしょう。崖の高さは三十五フィート。そこを通るたびに、そんなことを考えるようになったんです。『うしろのシートに……だれかいるぞ……だれかいるぞ！』何かふとった、光るものが、くらやみにひそんでいるような気がします。バック・ミラーをのぞくと、そいつの手がぼくの喉をしめようとしているのが見える……先生、これもまたぼくの空想にすぎないのです。それは自分で分かっていました。うしろのシートはからっぽなんです。何度も点検した上に、車には鍵をかけておくのですからね！　しかし、そういうふうに考えつづけていれば、必ずその手は見えてくるぞと、ぼくは思いました。それは何かの反射像かもしれないし、ほかの車のヘッドライトかもしれないし、あるいは全然なんでもないのかもしれない――しかし、きっと見える！　とうとう、ある晩、見えました！　車は二度も回転して、堤防からころげ落ちました」

　精神科医は、「ちょっと待って下さい」と言って、立ちあがり、ちいさなテープレコーダーのスイッチを入れた。ホールは話をつづけた。

「そのとき、人間精神の威力というものを、しみじみ考えました。幽霊とか悪魔とかいうものは、こちらが考えさえすれば、長時間にわたって、集中的に考えさえすれば、確かに存在するのです。なんといっても、ぼくはこういう連中の一人に殺されかかったのですからね！」

　ホールは自分の肌にタバコの火を押しつけた。すぐに煙が立ちのぼった。

「ジャクスン先生は、もう一度そういうショックがかさなれば、ぼくは確実に死ぬと言いました。その頃からです、夢を見るようになったのは」

　部屋のなかは、しんとしていた。遙か下の街路では、自動車が警笛を鳴らしている。部屋の巨大な時計は、ゆったりと時をきざんでいる。隣の部屋では、タイピストがタイプを叩いている。ホールは苦しげに呼吸している。

「夢というのは、ほんの数秒間に、見るものだそうですね。ほんとうでしょうか。ぼくの夢はすごく永くつづくんです。夢のなかで、一生涯がすぎさることもあるし、何世代かが経過することもある。時には、時間がいっさい停止してしまいます。永遠につづく凍りついた瞬間です。ぼくは子供の頃、〈フラッシュ・ゴードン〉のシリーズを見ました。おぼえていますか。あれは面白かった。映画を見終わって、家に帰ってから、つづきの夢を見たもんです。毎晩のようにね。とてもはっきりした夢で、目がさめてからも、ちゃんとおぼえていました。忘れないように書き残しておいたこともあった。きちがいじみていますか？」

「いいえ」と精神病医は言った。

「ともかく、ぼくはそうだったんです。おなじことが、〈オズ〉やバローズの冒険小説を読んだときにも起こりました。でも、十五、六をすぎると、夢はたいして見なくなったんです。見ても、ときたまだった。それが、一週間前に――」

ホールは口をつぐんだ。バスルームに入って、冷たい水で顔を拭いた。それから戻って来て、また窓辺に寄った。

「一週間前？」と、ふたたびテープレコーダーのスイッチを入れながら、精神科医は訊ねた。

「あの晩は、寝たのは十一時半頃だったでしょうか。疲れてもいなかったけれど、心臓のために早く寝ようと思いました。目をつぶると、すぐ夢がはじまった。ぼくはベニス栈橋《ピア》のあたりを歩いてるんです。もう真夜中近くらしい。周囲には、人がうようよしていました。あの辺の様子は御存知ですか。船乗りとか、背の低い女たちとか、革ジャケットを着たハイティーンとか、そんな連中ばかりです。大道商人も出ています。レールを走るジェット・コースターの音もきこえます。乗っている人たちが、きゃあきゃあ騒いでいる。鐘の音、射的の音、蒸気オルガンのきちがいじみた音楽。そのむこうでは、海がゆったりと動いています。何もかもがきらびやかで、安っぽくて、チカチカしている。ぼくは、なぜこんな所に来たのだろうと思いながら、チューインガムのかすや、リンゴのしんを踏んで、しばらく歩いていました」

ホールは目をとじた。そしてすぐに目をあけ、てのひらでまぶたをこすった。

「途中、アーケードのようなものをくぐると、そこで一人の女に逢いました。二十二、三の娘です。白い服を着て、それが細い体にぴったりしているんですが、あたまには妙なかたちの白い帽子をかぶっています。素足で、ほどよい肉づきの、日に焼けた脚でした。そして一人ぼっちでいるんです。ぼくは立ちどまって、その娘を眺め、『きっと恋人がいるんだろうな。きっとすぐそばにいるんだろうな』と思いました。しかし、その娘は、別段だれを待っている様子でもない。ぼくはふらふらと、すこし距離をおいて、娘のあとを追いました。

　しばらく行くと、娘は『回転車』という遊び場のところで立ちどまり、それに乗りました。むんむんする空気です。車が回り出すと、娘のスカートは風をはらんで、ふわっとふくらむが、娘は平気な顔でした。横棒につかまって、目をつぶっている――一種のエクスタシー状態のように見えます。そのうちに笑い出しました。調子の高い、音楽的な笑い声。ぼくは柵のところに立って、見物しながら、なぜこんなにきれいな娘が、こんな遊園地に、しかも真夜中に、一人ぼっちでいるのだろう、と不思議に思いました。その途端、ぼくはぎょっとしたんです。娘がぼくを見ている。車が回って、ぼくの前を通過するたびに、娘がじっとぼくを見つめる。そして、その視線が言います。行ってしまわないで、わたしを置いて行かないで、動かないで……

　車がとまると、娘はぼくのほうに歩み寄り、十年来の知己のように、ぼくの腕に手をかけて、『ホールさん、わたし、お待ちしていたのよ』と、言います。ふかい、やわらかな声でした。そばで見る娘の顔は、予想以上に美しい。ゆたかな唇は、すこし湿り気をおびています。黒い、きらきら光る目、つややかな肌。ぼくは返事しませんでした。娘はまた笑って、ぼくの袖を引っぱります。

『行きましょ、あまり時間がないのよ』そしてぼくら二人は走るようにして、シルバー・フラッシュに乗りに行きました。これは一番高いジェット・コースターです。心臓にさわるから、これには乗れないな、と思ったけれども、娘はきかない。わたしのために、どうしても乗ってくれと言います。そこで、チケットを買って、車の一番前の座席に乗りこみました……」

ホールは息をつめ、それから、ゆっくりと吐き出した。

「そこで最初の夢が終わります。目がさめたときは、汗をぐっしょりかき、がたがた震えていました。そして、その日はほとんど一日中、なぜあんな夢を見たんだろうと考えていました。ベニス桟橋《ピア》には、おふくろと一緒に、たった一度行っただけなんです。それもずいぶん昔のことですよ。ところが、次の夜、まるで連続物の映画のように、夢は前回の終わりのところから始まったんです。ぼくらは座席にすわりました。硬い革が張ってあって、革にひびが入っていたことまで、はっきり記憶にある。黒く塗った棒が、みんながつかまるので、まんなかのところの塗料が剝げていたことまで。

下りなければ駄目だ、あとで後悔しても始まらない。そう思って、ぼくは下りようとしました。ところが、娘はぼくをつかまえて、しきりにささやきます。わたしたち一緒になるのよ。もっとそばに寄って。わたしのために、これさえやってくだされば、わたしはあなたのものになるのよ。お願い！　お願い！　そのとき、車が動き出しました。ガタンと揺れる。子供たちはいっせいに、きゃあッと叫ぶ。車を引き上げる鎖《チエイン》のガチャリガチャリという音。ゆっくりと、けわしい角度のレールを、車はすこしずつ上り始めました。もう手おくれだ……

三分の一ほど急斜面を上ったところで、目がさめたんです。次の晩、ぼくらは体を寄せ合って、もうすこし上へのぼりました。次の夜は、もうすこし上へ。じわじわと、確実に上って行きます。半分ほど上ったところで、娘はぼくにキスして、笑いながらこう言いました。『下を見てごらんなさい！　下を見てごらんなさい、フィリップ……』ぼくは下を見ました。人間も車も、恐ろしく小さく見える。何もかもウソのように小さく。

しまいには、てっぺんまで数フィートのところへ来ました。あたりは真の闇で、風は激しくて、冷たくて、ぼくはおびえました。身動きできないほど、こわい。娘はますます高く笑い、その目に、奇妙な表情が浮かびました。そのとき、ぼくは思い出した。この娘には、だれも注意を払わなかったじゃないか。チケットを受け取る係の男は、ぼくが二枚出すと、妙な顔をしたじゃないか。

『きみは何者だ』とぼくは金切り声をあげました。すると娘は、『分からないの？』と言い、いきなり立ちあがって、ぼくがつかまっていた黒塗りの棒を奪おうとする。ぼくは夢中で取られまいとしました。

そのとき、てっぺんに着いたのです。娘の顔を見ると、これから何をされるのか、ぼくはすぐ分かった。ぼくは座席に身を沈めようとするが、娘はぼくの手をしっかりと摑んでいます。そして、高笑いするその声……嬉しそうに笑って、叫んで――」

ホールは拳をかためて壁を叩き、自分の興奮が鎮まるのを待った。

やがてホールは言った。

「これだけです、先生。ぼくがもう二度と眠りたくないわけが、お分かりになったでしょう。もし眠れば、そう、確実に、夢のつづきが始まります。ぼくの心臓は恐ろしいショックを受けます！」

精神科医はデスクのボタンを押した。

「あの娘は何者か知らないが」と、ホールはつづけて言った。「ぼくを突き落とす気なんです。ぼくは落ちるでしょう。数百フィートの高さです。セメントの地べたが、みるみる迫って来て、それにぐしゃりと叩きつけられる瞬間が――」

小さな音がきこえた。

一人の娘が入って来た。

「ミス・トマスです」と、精神科医は紹介した。「こちらは――」

フィリップ・ホールは大声をあげた。白い看護婦の制服を着た娘を、穴のあくほど見つめ、一歩うしろにさがった。

「ああ、いやだ、やめてくれ！」

「ホールさん、これは秘書のミス・トマスです」

「ちがう」と、ホールは叫んだ。「あの娘だ。あの娘にちがいない。とうとう正体が知れたぞ。分かったぞ！」

白い制服の娘は、こわごわ一歩踏み出した。

ホールはふたたび悲鳴をあげ、両手で顔を覆って、くるりと廻れ右し、逃げ出そうとした。

声が叫んだ。

「止めなさい！」

ホールの膝に窓敷居の角がぶつかった。次の瞬間、はっと気がつき、手をのばしたが、おそかった。恐ろしい力に引かれて、ホールは窓から足を踏みはずし、冷たい澄んだ大気のなかに飛び出した。

「ホール！」

落ちて行くあいだ——十三階の高さから灰色の硬いコンクリートめがけて、果てしのない道のりを落ちて行くあいだじゅう、ホールの精神は働いていた。その目はとじなかった……

「死んだらしい」と、ホールの手首から指を離して、精神科医は言った。

白い制服を着た娘は、溜息をついた。

「でも、つい一、二分前は、とてもお元気そうに——」

「そう。変だよ。入って来たので、お掛け下さいと言うと、腰をおろした。そして二秒も経たないうちに眠ってしまった。それから、今の恐ろしい叫び声だ……」

「心臓発作でしょうか」

「そうだ」

精神科医は考えこんで顎をなでた。

「まあ、もっとひどい死に方はいくらもある」と、精神科医は言った。「すくなくともベッドの上で死ねただけでも幸福だよ」

淑女のための唄

Song for a Lady

　旅行代理店から注意は受けていた。非常に古い、老朽船だというのである。おまけに船足がのろい。「正直に申しますと」と、旅にかけてはなに一つ知らぬことなしと自他共にゆるすミスタ・スピアートは言ったのだった。「あれよりのろい船というものは、ちょっとございませんね。ル・アーヴルまで十三日、サザンプトンまで十四日。むろん、風向きがよければの話です！　そう、あの船で蜜月旅行《ハネムーン》というのは、おすすめできませんな。しかも、あの船の、最後の航海です。あとひと月も経てば、そっくりスクラップになる船でございますよ」だからこそ、ぼくらは初めての外国旅行に、レディ・アン号をえらんだのだと思う。最後の航海なんて、ちょっと面白いじゃない、とアイリーンは言った。確かに、そうざらにはない機会ではある。

　それとも、ぼくらは旅行代理店の手にひっかかっただけなのだろうか。ほんとにすすめられないのなら、ほかの言い方もあるだろうに、奴はただにやにや笑っているだけなのだ。カトマンズ（ネパールの首都）まで旅したわたくしが、という感じを鼻先にぶらさげ、このアイオワ州の田舎者めといわんばかりに、にやにやしている。それが、ぼくらの癇にさわったのだ。とにかく、ぼくらは二等を二枚予約し、ぶじに結婚式をすませて、ニューヨーク行きの飛行機に乗った。

　いざ波止場に来てみて、ぼくらはびっくりした。スピアートのおどかしを聞いて、なんというか、カヤックと「さまよえるオランダ人」の中間ぐらいの船を想像していたのに、実際のレディ・アン号は、一見ふつうの遠洋航路客船とすこしもちがわないのである。もちろん、ぼくらは映画の画面でしか、遠洋航路客船を見たことがない。しかし、そういうぼくらの常識みたいなものに、レディ・アン号はぴったりあてはまっていた。丈は高く、船体は明るいオレンジ色に塗られ、煙突が二本ある。そして総トン数二万トンというのに、非常に軽快な優雅な感じさえする。

　ぼくらはすこし近寄って行った。すると、レディ・アン号は、一ブロック先から見るとものすごく美人と見えるが、近づくとがっかりするたぐいの、服ばかり立派な婦人となってしまった。なるほど、船体のオレンジ色の明るさに変わりはないが、それは塗料ではなくて、錆《さび》だったのである。錆は、ちょうど何かの菌のように、びっしりと船体を覆い、舷窓にからみついていた。鉄をむしばむ生きもののように。

　ぼくらはこの残骸のような船に、あらためて目を見張り、やがて意を決して、波止場にむらがっていた年配の人々の脇を通りぬけ、渡り板《タラップ》のところで立ちどまった。なんとも言いようがないといった感じで、アイリーンが言った。

「きれいだわ、これ」

　ぼくが返事をしようとしたとき、するどい声がきこえた。

「ちがう！」

　量こそすくないが、色は濃い赤毛のあたまで、かなりの年配と見える男が、袋を片手にさげて、ぼくらのうしろに立っていた。

「『これ』じゃない」と男は怒った声で言った。「彼女だ。この船は淑女《レディ》なんだ」

「ごめんなさい」ぼくの妻はおとなしくあたまを下げた。「じゃあ、きれいね、彼女は」

「きれいだとも！」もう怒ってはいなかったが、うさんくさそうな目つきで、男はぼくらを眺めていた。それから渡り板を上りかけ、立ちどまった。

「だれか見送りかね」

　そうではないと、ぼくは言った。

「そんなら面会かい」

「いや」と、ぼくは言った。「この船に乗せてもらうんです」

　老人は目をまるくした。

「なんだって」まるでぼくらはロシアのスパイですと言ったみたいな反応である。「この船になんだって？」

「乗せてもらうんです」と、ぼくは繰り返した。

「まさか」と、老人は言った。「まさか、そんなことはあるまい。そんなことはあるまい。この船はレディ・アンだよ。何かのまちがいだろう」

「ジャック、お願いよ！」度の強そうな眼鏡をかけた小柄な婦人が、たしなめるように頭をふった。

「うるさい」と、老人は婦人をどなりつけた。声がうわずって、甲高くなった。「わるいけども、切符を調べてごらん。なにか、とんでもないまちがいだと思うな。もう一度言うが、この船はレディ・アン――」

「――ぼくももう一度言います」と、ぼくはじれったさを出さぬように応じた。「ぼくらはこの船に乗せてもらうんです」

　だが、老人が動かないので、ぼくはポケットから切符を出し、目の前に突きつけてやった。

　老人は永いこと切符を凝視し、溜息をついて、ぼくに返してよこした。

「私用か」と老人は呟いた。「遠足みたいなものか。だいぶ前の日付だ。知らない人にゃ困ったもんだ！わしは……」

　そこで突然ことばを切り、廻れ右をして、ぎくしゃくと渡り板を上って行った。小柄な婦人は、ぼくらに妙な愛想笑いをして、老人のあとにつづいた。

「まあ」と、アイリーンは呆れて言った。「これが英国流の『ご乗船、ありがとうございます』なのかしら」

「気にするな」

　ぼくは妻の手をとり、まっすぐに船室へ入った。親切な旅行代理店の男が言っていたとおり、小さな船室である。上段と下段にわかれた寝台があり、洗面所があり、王冠のかたちをした寝室用便器《ポ・デュ・シャンブル》がある。しかし殺風景な感じはなかった。おどろいたことに、天井からはキューピッドが見下ろしているし、ドアには金箔が塗ってあるし、シャンデリアまでぶらさがっているのである。ちょっとグロテスクだが、なかなか、楽しいではないか。もちろん、これでネズミでも出るとすれば、楽しいどころの騒ぎではないが、ぼくらは、旅行代理店の警告にさからってまで、この老朽船をえらんだのである。自分たちの直感が正しかったことを、あくまで証明しなければならぬ。ぼくらの決意は固かった。

「いいお部屋ね」と、手をのばして、キューピッドの腹を撫でながら、アイリーンが言った。

ぼくは妻にキスをして、まあ何もかもうまくいくだろうと思った。気むずかしい英国人や、とてつもない二等船室ぐらいで、ぼくらの新婚旅行を台なしにされてたまるものか。これだけでは、ぼくらはビクともしていなかった。

不幸なことに、それだけではすまなかったのである。

散歩しようとデッキに出てみると、船べりにならんでいるのは、おどろいたことに、じいさんばあさんばかりだった。しかし、ぼくらは浮き浮きしていたから、そんなことは大して苦にならない。波止場に集まっている見知らぬ人々に手をふり、ぞくぞくと乗りこんでくる客たちを見ていると、なんとなく出航という魔術に捉えられるものである。そのとき、さっきの赤毛の老人が、まだ納得のいかないような目つきをして、ぼくらのほうへ歩いて来た。よくよく見れば、この老人、やせてはいるけれども、しゃんとしていて、眉毛が恐ろしく長い。

「しつこいようだが」と、ステッキでぼくを指して、老人は言った。「まさか本気なんじゃあるまいね」

「本気って、何のことです?」と、ぼくは言った。

「レディ・アンで航海することさ。なにも、あんたらを仲間はずれにするわけじゃないが――」

「本気ですわ」と、アイリーンはすまして言った。

「しようがないな」老人は舌打ちした。「あんたらはアメリカ人だろう。これはイギリスの船だ。一種の親睦会みたいなもので――」

　言いかけて、老人は、ツイードの服を着たもう一人の老人を呼んだ。

「バージェス！　こっちへ来てくれ！」

　その老人は杖をつきつき、近寄って来た。

「バージェス、この人たちなんだよ。切符を持ってるんだ！」

「だめ、だめ、だめ」と、杖の老人は言った。「こりゃとんでもない失敗だね。まあ落ち着きなさい、マッケンジー。まだ時間はある」

　その老人はぼくらに抜目なさそうな笑顔を見せた。

「あんた方は御存知ないかもしらんが、この船は、ああ、なんというか、その、まあ、特別の船なんです。分かりますかな。そう、あんた方がこの船に乗られたのは、これは明らかに、何かの手ちがい――」

「ちょっと待って下さい」と、ぼくはいった。「もうそのお話はたくさんです。手ちがいも何もありゃしない。ぼくらはちゃんと切符を買って、これに乗って、いや彼女に乗ってヨーロッパへ行くのです」

「それはまったく、困ったことだな」とバージェスは言った。

　ぼくはさっさと向こうへ行こうとしたが、老人はぼくの腕をつかまえて放さない。

「待ちなさい」と、バージェスは言った。「変にきこえるかもしらんが、わたしらは、あんた方のためを思って言うのですよ」

「そのとおり」と、赤毛のマッケンジーが言った。

「この船については、あんたらの知らんことが多々ある」それは気味のわるいささやきだった。

「たとえば」と、バージェスがひきとって言った。

「この船はもう六十五年も使った老朽船です。風通しはわるいし、今はやりの便利なところは何もない。実に、とっつきのわるい船です」

「それに危険な船だ」と、赤毛の老人が言った。「ほんとだよ」

　二人の老人は、こもごも杖をふりまわし、ぼくらに説明し始めた。

「あのデッキ・チェアを見てごらん。ようく、見てごらん。ぜんぜん旧式だろう。もうガタガタだ。赤ん坊がすわっても崩れそうだよ」

「それからブランケットも、ごらんのとおり、まるでボロだ。ほころびだらけだ」

「それから、あの階段を見なさい。ひどい！　今にもぶっこわれそうじゃないかね」

「ああ、まったく、レディ・アンは骨董品だよ。骨董品だ」

「だから、な、あんた方の計画は、やめたほうがいいと思わないかな」

　二人の老人はぼくらを見た。

　アイリーンは、とっておきの笑顔を見せた。「ほんとのことを申しますと」と、アイリーンは言った。「こんなすばらしい船は初めて見ましたわ。あなた、そうお思いにならない、アラン？」

「同感だ」と、ぼくは言った。

　老人たちは信じられないような顔をした。それから、バージェスが言った。

「あんた方、退屈するよ」

「わたくしたち、退屈なんてしませんわ」と、アイリーンが言った。

　マッケンジーが言った。

「じゃあ、船酔いにかかるよ！」

「それが、わたくしたち、船酔いに強いんですの」

「待ちなさい！」とバージェスは顔をしかめて言った。「時間の無駄だ。いいかね。あんた方は、なにを好きこのんで、こんな時代おくれの船に乗りたがるのかね。ほかに新しい船がいっぱいあるというのに。さっぱり分かりませんよ。アメリカ人は、みんな頑固だと聞いたが、そのせいかな。わざと流行に背をむけて、あまのじゃくを気取ってるのじゃないかね？　それはそれで結構！　しかし、そういうあまのじゃくはやめてもらいたいと、わしらはあくまで言いますよ」

アイリーンは口をひらきかけて、ふと黙った。老人が札束をつかみ出したのである。

「これだけ用意してある」と老人はしっかりした口調で言った。「切符の代金を倍にして払い戻そう。あんた方が計画を変えてくれれば」

ちょっと沈黙が流れた。

「どうだね？」

ぼくはアイリーンの顔色をうかがった。

「駄目ですね」と、ぼくは言った。

「三倍なら？」

「駄目です」

「よろしい。仕方がないから、ぎりぎりの線を出します。あんた方が今すぐレディ・アンから下船して下されば、アメリカ・ドルで五千ドル分だけ払おう」

「わしも」とマッケンジーが言った。「それと同額だけ出す」

「とすると、一万ドルだ」

アイリーンは今にも泣き出しそうな顔になって、言った。

「百万ドルでも、いやだわ。これだけは申し上げておきます。わたくしたち、この船の切符を買うと言い出してから、いろんな方々にさんざん妨害されました。どうしてだか知りませんけど、そんなことどうでもいいわ。あなた方のお茶の時間を、不作法なアメリカ人が邪魔することが、そんなにおいやなら——」

「いや、奥さん、わしらは何も——」

「——お邪魔はいたしませんから、安心なさって。あなた方には近寄りません。でも、わたくしたち、ちゃんと切符を買って乗りこんだのですから、レディ・アンの乗客として、それだけの権利は認めていただきます！　さあ、もう、わたくしたちに干渉しないで下さいな！」

会話は終わった。ぼくらは船首に歩いて戻り、何も言わずに待っていた。そのうちに、ともづなが解かれ、引き船がレディ・アン号を沖のほうへひっぱりはじめた。ぼくらは、それでもまだ今の不愉快な事件のことは口に出さずに、船の反対側へ歩いて行った。そちら側にも、きっと、じいさんばあさんばかりいるのだろう。しかし、ぼくらはあまり腹を立てていたので、そんなことを考える余裕もなかった。

だから、あらためておどろいたのである。若い人は、文字どおり一人もいない。学生もいなければ、子供もいない。じいさんばあさんが、ステッキや松葉杖にすがって、ぞろぞろ歩いている。なかには車椅子にすわっている人もいた。しかも、ツイードの服や、パイプや、口髭や、ウールのドレスや、その他もろもろから判断すれば、大多数は英国人であるらしい。

ぼくが、サザンプトンまでの二週間と、一万ドルのことを、考えるともなく考えていると、アイリーンが言った。

「見てごらんなさい」

ぼくは見た。と、まばたきもせぬ数百の視線にぶつかった。ぼくらが珍しい人種か何かのように、みんないっせいにこっちを凝視している。

「気にするなよ」と、ぼくは頼りない声でささやいた。「ぼくらくらいの年頃の人もきっといるさ。いないはずはないじゃないか」

それは理の当然だった。だが、船内くまなく探しても、おなじことだったのである。どこへ行っても、じいさん、ばあさん。英国人。何も言わずに、ぼくらを凝視する人々。

ぼくらはとうとう探すのに疲れて、この船でただ一つの休憩室に入ってみた。それはインペリアル・ラウンジと呼ばれ、数百の椅子やテーブル、小さなダンス・フロア、楽団用のボックス、それにバーのある、馬鹿でかいホールだった。何もかもタイタニック号のようなロココ・スタイルである。紫と緑、それも褪せて灰色になりかかった色調に、お定まりの金箔が塗りたくってある。椅子に腰かけた人々は、本を読むでもなくトランプをやるでもなく、お喋りをしているのでもなかった。両手をちゃんと重ねて、ただ坐っているだけなのである。ぼくらは敷物の上をそっと歩いて、バーに行き、おじいさんくらいの年配のバーテンに、スコッチのダブルを二つ注文した。それから、すぐにまた二つ追加した。

「今夜は、ハウジー・ハウジーね」と、アイリーンは黒板を指さして言った。「イギリス風のビンゴでしょ。どうせ、わたしたちは仲間に入れてもらえないでしょうけど」

「こっちからお断わりだ」と、ぼくは言った。ぼくらは顔を見合わせ、それから、海のようにつらなる白髪の頭の群れを見やり――もう昼寝の態勢をととのえて、こっくりこっくりこっくりしている頭もある――それからまた顔を見合わせた。もちろん、これしきのことで、ぼくらは涙をこぼしはしなかった。それだけは自慢できる。

酒を飲み終えると、ぼくらは静かにインペリアル・ラウンジを出て、食堂へむかった。食堂もまたエンパイヤ・スタイルで、絹のカーテンは、埃と時代の匂いがしたし、タペストリーはすっかり汚れている。面白い名前だというので、「バブル・アンド・スクイーク」と称する料理を注文したが、それは面白いどころではなかった。あたりで食事をしている連中にも、面白味のかけらも感じられない。ことに、一人でテーブルにむかっている連中がいけなかった。ゆううつそうな顔で、しじゅうぼくらを盗み見るのである。盗み見るどころか、あからさまにじろじろ見る奴もいる。

しまいに、ぼくらは食事を放棄して、インペリアル・ラウンジへ逃げ帰った。ほかにはどこにも行きどころがないではないか。

頭のつらなる海は、凪《な》いでいた。ただひとつだけの例外、それは赤毛の頭で、ぼくらが入って行くとぴょこりと持ちあがり、会釈した。

おせっかいやき爺さんは、目をしょぼつかせて言った。

「失礼だが、ちょっと聞いて下さい。さっき家内に――ああ、その、わしがあんまり無礼を働いたと言われたので、その、ひとつ、お詫びしたいと思ったのでな」

「お詫び?」と、ぼくは訊ねた。

「そうです! しかし、ほかにも、もっと肝心な話がある。これはいい知らせです。ほんとうだよ」

この老人がにこにこ笑っているのは、奇妙な眺めだった。さっきのしかめ面はどこへ行ったのだろう。

「バージェス君と、いろいろ話し合った結果」と、老人は言った。「あんた方には船を下りてもらう必要はないということに、話がきまりました」

「ほう」と、ぼくはすこし皮肉に言ってやった。「それはほんとにいい知らせですね。ぼくらはまた、泳いで帰らなきゃならないかと思って、気に病んでいたんです」

「そうかね?」マッケンジーはあたまをかしげた。

「すまなかった。しかし、わしらは正直の話、心から困っておったのです。つまり、このレディ・アンに、外部の人が乗ってくることは、前代未聞の大事件だったのでね。もともとこの船は貨物船だった。そして、外部の乗客を乗せたのは、プロザロウ船長の話だと、一九四八年が最後だった。だから分かりますな——しかし、気にしなくてもよろしい。もう話はついたのだから」

「何の話がついたのかしら」と、妻が訊ねた。

「そりゃあ、何もかもですよ」と、老人は意味ありげにいった。「それはともかく、女房とわしのお茶の時間に、付き合って下さらんかな。レディ・アンのなかで、いまだに変わらんのは、お茶だけです。ここくらいうまいお茶を飲ませる船はない。そうだな、お前?」

小柄な婦人はうなずいた。

ぼくらは、まるで今初めて逢ったように、あたまを下げた。バージェスと呼ばれた老人は手をのばし、いかにも嬉しげにぼくの手を握った。バージェスの細君は、ものしずかな蒼ざめた婦人だったが、これまたにっこりと笑顔をみせた。そして、自分の茶碗を見つめていたが、ふと頭を上げて言った。

「イアン、ランサムさん御夫妻は、今朝のあなたとマッケンジーさんの振る舞いを、ちょっと不思議に思ってらっしゃるでしょうね」

「え？」バージェスは咳払いをした。「ああ、そう、そうだ。しかし、もうすっかり了解はついたのだ、シンシア。さっき話しただろう」

「でも——」

「なんでしたら、わたしがお話ししますわ」と、さっきから黙っていたマッケンジー夫人が言った。その声はやわらかいが、ふしぎに迫力があった。夫人はアイリーンの顔を見つめた。

「でも、その前に、あなた方がレディ・アンに乗ってらした理由をお話し下さいません？」

アイリーンはその理由を話した。

マッケンジー夫人は、またもや微笑した。その顔から年齢が洗い流され、ほとんど美しいといえるほどの表情になった。

「それはほんとうに、もっともなことですわ。このレディは特別なのです。あなたや御主人がお考えになった以上に特別な船なのですよ。ジャックとわたくしも、新婚旅行にこの船を利用しましたの——もう五十六年も昔のことですけれど」

「五十五年だ」と、赤毛の男は訂正し、お茶をひと口飲むと、茶碗をそっと置いた。「彼女はその当時はすばらしかった。むろん、船のことですよ！」

「ほんとうでしたわね、ジャック」

アイリーンはマッケンジーを見つめて、抑揚のない声で言った。

「さっきは確か、これは老朽船だとおっしゃったようですけど」

「〝これ〟ではない、彼女です」と、バージェスが頬を紅潮させて言った。「お二人ともたたりをうけても知りませんぞ。老朽船とは、とんでもないデマです。ランサムさんの奥さん、よくお聴きなさい。レディ・アンは昔も今も、世界第一等の船なのです。船の女王だ」

「しかも特殊な船だ」と、マッケンジーが口を挟んだ。

「つまり、この船は、新婚旅行の乗客だけを運ぶ船だったのです。貨物船といったのは、その意味だ。そう、この船の貨物は若い恋する男女だけです。だから、あんた方がこの船に乗りあわせたことは――なんというか――たいそう皮肉なことだ。そうじゃないかね。いや、皮肉じゃない。ちがう。サリー、わしの探していることばは何かな」

「楽しい、かしら」と、マッケンジー夫人が微笑した。

「ちがう、ちがう。ま、とにかく、そういうことだ。いうなればね、浮かぶ結婚披露会場さ。この船には、若い夫婦しか乗っていなかった。まだ青くさい、ふわふわした若い連中だけさ。やれやれ。しかし妙だったな。新婚の連中は、わざと大人っぽく振る舞おうとしていたっけ。もう結婚生活には馴れています、といった顔でな。その実、ネズミみたいにびくびくしてるのにさ。おぼえてるかね、バージェス」

「うん。むろん、そんなことは二、三日しかつづかなかったよ、マッケンジー。レディ・アンのおかげで、若い夫婦はお互にじっくり知り合う時間を与えられる」老人は笑った。「全く、かしこい船だ。訳知りの船だ」

　マッケンジー夫人は目を伏せた。だが、それは照れているためではなかった。

「そういうわけで」と、夫人は言った。「もちろん公然と言っているわけではなかったのですけど、それがこの船のもちぬしの方針でした。何もかも若い人たちのために、しつらえられていました。ほかの方が見たら、さぞかし馬鹿げて見えたかもしれませんわ。でも愛情というものには、また別の見方がありますものね。愛はすべてを拡大して解釈します。愛にとって、派手すぎるとか、あまりにも劇的であるとか、並外れているとか、そんなものは一つもございません。よい愛情ならば必ず芝居がかったところを要求して、それを変化させるだけの力があるものですわ。ちょうど子供の精神のように、グロテスクなものを愛らしいものに変える力……」

老婆は目を上げた。

「この船のもちぬしが、いつごろそういう方針を立てたのかは存じません。とにかく、レディ・アンは一種の新婚用のゴンドラみたいなものに仕立てられ、恋人たちの甘い楽しい瞬間をひきのばして、三週間のえもいわれぬ時間に拡大するために、航海を始めたのです……」

赤毛のマッケンジーは大きな咳払いをした。

「そのとおり」と、マッケンジーは妻を見やって言った。「そのとおり。もう、こちらのお二人にも分かっていただけただろう。つまらない話はやめなさい」

「でも」と、マッケンジー夫人は言った。「わたしはお話ししたいわ」

「そうか。そうか」マッケンジーは、妻の手を撫でた。

「分かる、分かる。しかし――」

バージェスがパイプを口から離した。

「要するに」と、バージェスは言った。「わたしらは、この船でたいそう楽しい経験をしたわけです。忘れられぬ時をすごしたというか……で、レディ・アンが遂に……隠退するという噂を聞いて、わたしらはその最後の航海に参加しようではないかということになった。現在、この船の乗客は、ほとんど全部が、わたしらとおなじ理由で、乗りこんできたわけです。あそこでぐっすり眠っている、あれはボッシャー・ジョーンズ夫妻。昔はエンジニアだった男です、ジョーンズは。それから、あの柱の蔭にいるのは、ホワイタウェイ夫妻。この船の処女航海に乗りあわせた人たちです。それから、インズ・チャンピオン。作家です。いま見ると想像もつかないようだが、昔はひょうきんな人物でね。今は独身ですよ。奥さんは二九年に亡くなった。あの人たちの航海は楽しかったらしい。スクリューが落っこって失くなったとかで、修繕に四日かかったといいますからね。しかし、彼はウソつきだから、この話も眉唾物だ。あの車椅子に坐っている御仁を知ってるかね、マッケンジー」

「ブラバム。いい人だが、どうも最近はかんばしくない。体がふるえるし、足はてんでいかん。しかし、立派な人だがね」

「やもめかね?」

「だと思う」

マッケンジー夫人が、冷たくなった茶をすすって言った。

「ランサムさんの奥さん、わたしたちの気持ちがすこしはお分かりになっていただけましたかしら。あなた方のお顔を、ときどきじろじろ眺めても、お気にしないで下さいね。ほんとに失礼なことですけど、でも、あなた方は五十年前のわたくしたちにそっくりなんですもの。馬鹿みたいでしょう、こんな話?」

アイリーンは何か言おうとして、ことばが出てこないらしく、ただかぶりをふった。

「それから、もう一つ」と、マッケンジー夫人は言った。「あなた方は、もちろん愛し合っていらっしゃるわね」

「ええ」とぼくは言った。「大いに愛し合っています」

「結構ですわ。今朝方、初めてお見受けしたとき、わたくしジャックに言ったんですの。でも、ごめんなさい、余計なことを申し上げてしまって」

「サリー!」マッケンジーは顔をしかめた。「いい加減にしないか」

老婆は手で口を覆い、ぼくらは黙ってお茶を飲んだ。やがてバージェスが言った。

「男性は席をはずして、葉巻でもいただきますか。ランサム君も御一緒にどうぞ」

ぼくらはバーに行き、バージェスはぼくをあたりの人に紹介した。

「ヴァン・ヴライマン、こちらはランサム君。アメリカの人だが、大丈夫だ。心配は要らない」「サンダーズ、ランサム君と握手してくれ。ランサム君は新妻と新婚旅行の途中だ。わざわざレディ・アンをえらんでね! いや、いや、むろん事情は了解していただいた」「フェアマン、おい、起きろよ。こちらは――」

人々のあたたかみが、ぼくの内部に流れこんで来た。しばらく経つと、まるで魔法のように、ぼくは三十二歳ではなくて七十二歳であり、それだけの知恵をもつ人物のように思われて来たから、ふしぎである。

サンダーズと呼ばれた男が、どうしてもぼくに一杯おごると言い、グラスを上げた。

「世界一美しい、愛らしい、幸せな船のために！」

ぼくらは大まじめに乾杯した。

「残念だな」と、だれかが言った。

「ちがう！」恰幅のいい退役陸軍大佐ヴァン・ヴライマンは、磨きあげたマホガニーを拳で叩いた。「残念じゃない。犯罪だ。蝶ネクタイなんぞ結んだ阿呆どもがたくらんだ、悪辣きわまる、陰険な犯罪だ」

「興奮するな、ヴァン・ヴライマン。そう興奮しても、どうにもならんよ」

「どうにもならん？　まったくだ！」と、老兵はわめいた。「興奮するな？　まったくだ！　ああ、諸君は老いぼれたあまり、真相が目に入らんのか。なぜレディ・アンはスクラップにされるのか、その理由が分からんか」

サンダーズは肩をすくめた。

「もう役に立たなくなったからだろうよ」

「役に立たなくなった？　だれの役に立たなくなった？　馬鹿な！　よろしいか。レディ・アンは世界一の船なのだぞ」

ヴァン・ヴライマンはちょっと顔をしかめた。

「そりゃあ船足はいささかおそい――しかし、サンダーズ、速いおそいは誰が決めるのだ。きみがか？　わしがか？　十三日か十四日で大西洋を横断できれば、立派なものじゃないか。ただ、世間はそれを立派だと思わんほど狂っているのだ。そこだよ、問題のすべては。人間はゆったりすることをわすれてしまった。まことのぜいたくというものを知らない。今日この頃は、スピードだけが問題なんだ。なんでも、かんでも、追い抜け、追い越せ！　なんのためにだ？　なんのために、そう急ぐのだ？」老兵はぼくをにらみつけた。

「一体全体なんのために急ぐのだ」

バージェスは悲しそうな顔をした。「ヴァン・ヴライマン、あんたの考えはすこし――」

「ちがう。わしは現在の世界について、一つの感想を述べているにすぎん。そしてまた、この恥ずべき決定の真の理由を指摘しようとしておるのだ」

「真の理由とは？」

「陰謀だ。疑いもなく共産主義者《コミュニスト》どもの陰謀だ」と、元陸軍大佐は言い放った。

「ああ、そりゃあ、ヴァン・ヴライマン――」

「諸君には目がないのか。そこまでぼけたのか。レディ・アンが罰せられるのは、彼女が一定の生活様式の代表者であるからだ。最近のいかなる生活様式よりも、神かけて立派な生活様式のな。やつらには、それが我慢できないのだ。レディ・アンは単なる船にあらず、彼女こそ古式ゆたかな生活そのものなのだ。優雅な美だ、行儀作法だ、伝統だ。それが分からんのか？　彼女こそは大英帝国なのだ！」

老人は目をキラリと光らせた。

「もはや聖なるものは存在しない」と、低い声でつづけた。「野獣どもは門前に迫り、われら老人には戦う気力もない。レディそのものとおなじく、わしらは年老いたし、疲れ果てた。錆びついたメダルをぶらさげ、折れた剣を手にして、ただ憤然と見まもるのみだ。野蛮人どもは、われらの城を観光用の名所にする、道路にはべたべたシャボンの広告を貼る。あげくに、その毛むくじゃらの手をのばして、女王《クイーン》を王座から引き下ろさんとする。いや、これは夢物語ではないのだぞ！　レディ・アンをスクラップにすると！　だが、大英帝国のスクラップ化を、いかにして阻止する？　それが大問題ではないか」

老人はしばらく無言で立っていたが、つと踵を返して、歩み去った。マッケンジーがささやいた。

「かわいそうに。あの人は奥さんと二人でこの旅行に出る予定だったのが、奥さんが急に亡くなったのさ」

バージェスがうなずいた。

「今晩はトランプでもやろうか。あの人をすこしなぐさめてあげよう」

ぼくらはもう一杯ずつ酒を飲んだ。それから、アイリーンとぼくは、マッケンジー夫妻といっしょに食事をして、ぼくらの船室にもどった。

マッケンジー夫人の言ったとおりだった。愛は独特の幻想を生み出した。石膏のキューピッドや、金箔のドアが、すこしもグロテスクに見えないのである。夜ふけ、静かな大海原を照らす月光を眺めながら、これほどの船室がほかにあるだろうか、とぼくは思った。

つづく十二日間は、ものうい、果てしもない夢のようだった。初めは、そんな毎日に調子を合せるのが一苦労だった。いつも都会で生活していると、ひまな時間が何かを創造するという自明の理も、いつのまにか忘れられてしまう。のんびり暮らすのが、何かしら罪悪のようにさえ感じてしまう。けれども、レディ・アン号はぼくらに親切だった。ぼくらに時間を、あり余るほどの時間を与えてくれた。で、四日目あたりから、ぼくの焦躁感は消え失せ、ひとつじっくり本腰を入れて、ぼくの妻というものを知ろうという精神状態になってきたのである。アイリーンとぼくは、お喋りをし、愛のまじわりをし、古めかしい甲板を散歩し、こんな状態が、いつまでも終わらなければいいと思った。もちろん、いつかは終わる……でも、今しばらくは大丈夫である。

ほかの船客たちが七十代や八十代の老人ばかりであることも、ぼくらは忘れた。それはもはやどうでもいいことだった。かれらはほとんどが、ぼくらと同様、夫婦者ばかりで、ある意味では、みんな新婚旅行のやり直しをしているようなものではないか。たとえば、夜おそくデッキを散歩していたとき、ぼくらは二度もマッケンジー夫妻に出っくわしたし、またバージェス夫妻ときたら、四六時中、手を握りっぱなしなのである。そして、やもめの老人たちも、ゆううつそうではあっても、決して悲しそうではなかった。老兵ヴァン・ヴァイマンにしても、いつのまにか悲憤慷慨《ひふんこうがい》をやめた。デッキの椅子に腰をおろして、夢みるような目つきで大西洋を見はるかす元陸軍大佐の姿が、しばしば見られるようになった。

　こうして、十二日目が、忍び寄るように、裏切るように、やって来た。何となく陸地の近づいた気配が感じられた。水平線に紫けぶるシェルブールの山並みが見え、ぼくらの時の流れに異変が起こった。

　インペリアル・ラウンジで、マッケンジーがぼくらを呼びとめた。その表情には、どこかしら妙なところがあった。

「やれやれ、もう終わりかけたね。あんた方は嬉しいだろうな」

「いいえ」とぼくは言った。「嬉しくもありません」

　マッケンジーはこの返答に満足したらしい。

「というと、レディ・アンはあんた方に充分つくしてくれたんだね」

「ええ、つくしてくれましたわ」と、二週間前までは思いもよらぬ、きわめて女性的な声で、アイリーンが言った。

「そうか。それでは、と。今晩のダンス・パーティに来てくれますね」

「必ずうかがいます」

「よろしい！　ああ……もう一つ。荷物は、まとめたかね」

「いいえ。つまり、ぼくらは、あすの夜まで上陸しませんから、それで――」

「わかった。でも、とにかく、荷物だけはまとめておいたほうがいいんじゃないかな」と、マッケンジーは言った。「じゃ、ダンス・パーティでお目にかかろう！」

　今までに喋りちらしたさまざまなことばとおなじく、老人のこのセリフも、どこかしら変だったが、ぼくらは気にもとめなかった。ラウンジから甲板に出ると、老水夫たちが清掃作業をやっていた。たいていは、処女航海以来のこの船の乗組員だという。今日は特に念入りな掃除らしく、汚れを丹念に落とし、ワイヤ・ブラシで甲板の手摺を磨き、備品を一々整頓していた。

八時にぼくらは船室へ戻り、パーティ服に着替えた。九時半に、インペリアル・ラウンジへ行った。

おどろくほど小編成のバンドが、古めかしいワルツやフォックストロットを演奏し、フロアでは大勢の男女が踊っていた。ぼくらも、酒を飲んでから、踊り始めた。ぼくは、しばらくはアイリーンを相手に踊り、それからほかのお婆さん連中とも、かたっぱしから踊った。だれもが、ふたたび幸せをとり戻したかのように見える。アイリーンは、元陸軍大佐ヴァン・ヴライマンにルンバを教え、マッケンジー夫人は一八九六年におぼえたというステップを、ぼくに教えてくれた。

それから、ぼくらはさらに酒を飲み、さらに踊り、笑い、やがて時計が十二時を打った。バンドは立ちあがって、《螢の光》を演奏し、一同は静かになった。

マッケンジーとバージェスが近寄って来た。バージェスがぼくらに言った。

「ランサムさん、奥さん、プロザロウ船長を御紹介します。レディ・アンの処女航海以来の船長さんです。そうでしたね、船長」

きちんとした青い制服を着て、恐ろしく高齢に見える老人が、黙ったままうなずいた。髪の毛はまっしろで、薄い。目は澄んでいる。

「実に変わった人です、船長さんは」とバージェスが言った。「非常な苦労人です。わしらに似ているところもあるが――ただ、この人の奥さんは船なんです。しかし、レディ・アンを愛している以上に、わたしはシンシアを愛していますがな」

船長はにっこりして、ぼくらをまともに見た。

「快適な御旅行でしたか」と、はっきりした声で、船長は訊ねた。

「はい」と、ぼくは言った。「この船に乗りあわせたことを感謝しております」

「さようですか。それは結構でした」

会話に間があいた。ぼくはとつぜん妙なことに気がついた。遙か下のほうから、いつも響いていたエンジンの音が、きこえないのである。船がとまったのだ。

プロザロウ船長の微笑がひろがった。

「それはまことに結構でした」と船長は言った。「マッケンジーさんもおっしゃっておられましたが、あなた方がお乗りになったことは、いわば象徴的な出来事です。われわれは終わり、あなた方は始まる。そうではありませんか」

船長は椅子から立ちあがった。「さて、それでは、お別れしなければなりません。あなた方の位置は無線で連絡しておきましたから、せいぜい数時間の御辛抱です」

「は?」とぼくは言った。

バージェスが咳払いして言った。

「まだ知らないのです。教えないほうがいいと思ったものですから」

「え? ああ、そうでしたね。わたしがうっかりしていました。そうでした」プロザロウ船長は澄んだ目をぼくらに向けた。「では、失礼ですが、あなた方の荷物を運ばせて下さいますね」

「ぼくらの荷物を運ぶ?」と、ぼくはぽかんとして言った。「なぜです」

「なぜと申しますと、これから、あなた方を船からお下ろしするのです」

アイリーンがぼくの腕にすがりついた。ぼくらは言うべきことばを知らなかった。ホールじゅうの人間が、しんと静まりかえって、ぼくらを見つめている。

「たいそう申しわけございませんが、急いでいただきたいのです」と、船長が言った。「すこし予定の時刻よりおくれました。救助船はもうこちらへ向かっています。お分かりですね?」

「分かりません」と、ぼくはようやく言った。「分かりません。それに、ぼくらは自分の意志で動きます。命令されたくありません」

プロザロウ船長はすっくと立ちあがり、するどくマッケンジーを見すえた。

「こういう状況を、あなたは予想していましたか」

マッケンジーは肩をすくめた。

「この人たちに不安な思いをさせたくなかっただけですよ」

「それは分かります。困ったことだ。詳しい説明をするだけの余裕がない」

「それならば、説明ぬきにしましょう」と、バージェスが目を光らせて言った。「いずれは分かってくれるでしょう」

船長はうなずき、「ちょっと失礼」と部屋を出て行ったが、まもなく拳銃を持って戻って来た。その拳銃を、ぼくらにつきつけた。

「すみませんが、命令のとおりに動いて下さい。マッケンジーさん、十分以内にランサムさんたちの準備をととのえて下さい」

マッケンジーはうなずき、拳銃を、船長から受け取った。

「さあ、おいで」と、マッケンジーは言った。「わるく思わないでほしいね」

ぼくらを船室へ連れ戻すと、こちらが荷物をまとめるあいだ、マッケンジーは面白そうに拳銃をふりまわしていた。自分の役割が楽しくて仕方がない様子である。

「さあ、救命具を持って、ついておいで」

ぼくらは船べりに行った。ほとんど全部の乗客が、そこに集まっていた。

「下ろせ！」と船長が叫ぶと、ちっぽけな白塗りの救命ボートが舷側に降ろされた。

「さあ、その梯子を下りてください……」

「いったいなんのことです」と、ぼくは言った。「この――」

「梯子を下りてください、ランサムさん。あぶないから気をつけて！」

ぼくらは梯子をつたって、救命ボートに乗りこんだ。ボートはしずかに揺れている。梯子はただちに引き上げられた。

船べりには、マッケンジー夫妻、バージェス夫妻、ヴァン・ヴライマン、サンダーズ、プロザロウ船長の顔が見えた。みんな手をふっている、なんともいえぬほど愉快そうな、幸せそうな表情である。

「心配は要りませんよ」と、一人が叫んだ。「すぐ助けが来ます。飲み水も、たべものも、ボートにたくさん置いてあります。明かりも入れておきました。忘れものはありませんね」

船のエンジンがふたたび動き出した。ぼくは夢中で何かどなった。だが、レディ・アン号はどんどん離れて行く。船べりにぎっしり並んだ老人たちは、いっせいに手を振り、笑顔を見せ、「さようなら！　さようなら！」と叫んだ。

「戻ってくれ！」と、まるで悪夢のなかのように、ぼくは金切り声をあげた。「畜生、戻って来てくれ！」

アイリーンが、ぼくの肩を抱き寄せた。ぼくら二人は何も言わずに、消えて行く声々に耳をかたむけ、闇のなかへ遠ざかって行く巨体を見守った。

とつぜん、静寂がおとずれた。救命ボートにぶつかる波の音しかきこえない。

ぼくらは何かを待っていた。アイリーンは目を大きく見ひらき、ぼくの手を握りしめて、闇の気配をうかがっていた。

「しいっ」と、アイリーンが言った。

さらに何分間か、ぼくらは波に揺られていた。それから音が伝わってきた。最初はかすかな、うつろな、だが次第に高まる音。

「アラン！」

爆発音はたちまち大きく盛りあがり、救命ボートの下の海水が激しく揺れうごいた。

それから、ふたたびだしぬけに静まりかえった。彼方《かなた》に、燃えあがった船の姿が見える。その炎の熱さが感じられるようだった。しかし、燃えているのは船尾だけである。ほかの部分は、無傷だった。老人たちは爆発で怪我をしなかったにちがいない、とぼくは思った。

アイリーンとぼくは、手を握り合い、次第に傾いてゆくレディ・アン号の、依然として優雅な、美しい姿を見つめていた。ずいぶん永いあいだ、彼女は傾いたまま動かなかった。それから、にわかに、信じられぬほどの速さで、船尾を下にして、ちょうどビロードに突き刺さる巨大な針のように、するすると沈んで行った。

十五分とかからなかった。海は元どおり静けさをとりもどした。船や人間を知らぬげに、がらんと空虚な海に還った。

それから一時間ほど、ぼくらは救命ボートに揺られていた。寒くないかとアイリーンに訊くと、アイリーンはちっともと答えた。海面を渡る深夜の風は冷たかったのに、こんな暖かいことは初めて、とアイリーンは言った。

引き金

The Trigger

あたたかい部屋だった。だだっぴろいけれども、つめたい感じはない、とアイヴズは思った。ほんものの暖炉に、ほんものの薪が燃えている。ワイエスやベントンやホッパー（いずれも現代アメリカの画家）の原画《オリジナル》が壁を飾っている。部屋の隅、グランド・ピアノのそばには、マホガニーの立派なホーム・バーがあり、うしろの棚には趣味のいい酒壜が――たいていは中味が半分ほど減ったのが――ずらりと並んでいる。

人が自殺の場所としてえらぶような部屋ではない。

アイヴズは、ぴかぴかに磨かれた堅い木の床を、靴の爪先でコツコツ叩いた。ブラッカー警部は、筋骨隆々たる大男だが、その音をきいて、ふりむき、笑顔をつくった。

「敷物はクリーニングに出してあるんだな。四五口径を使ったんだ。さんたんたる現場だったよ」

「そうだろう」フィリップ・アイヴズは、その光景をあたまにえがき、あわててそれを揉み消そうとした。そして、マントルピースに寄り、これが十度目になるだろうか、この家の到る所にある数知れぬ競技用《レイシング》自動車《カー》の模型の一つを、手に取って眺めた。それは真っ赤に塗ったロードスターだった。あたまがとんがっていて、何か毒々しい感じがする。

「それはフェラーリという車だ」と、ブラッカーが言った。「二万ドルもする。ローレンスは、ガレージにいっぱい、そんなのを持ってるんだ」

「持っていたのだ」と、模型を元の位置に戻しながら、アイヴズは訂正した。「過去形を使ってくれ」

ブラッカーは肩をすぼめた。

「いやなことばだね。このごろは、めちゃめちゃな使い方だぜ」

ドアがあいて、一人の女が入って来た。昔は美人だったかもしれない。今は途方に暮れたような、おびえた顔つきである。

「お待たせして申しわけありません」と、女は言った。「ふせっておりましたので」

「どういたしまして、ミセス・ローレンス」と、ブラッカーが恐ろしくやわらかな声で言った。「お手間をとらせまして、こちらこそ申しわけございません」

部屋の隅にいたやせて背の低い男に、警部は目くばせした。安っぽい背広を着こみ、安っぽいネクタイをしめたその男は、見るからに貧寒とした印象を与える。「こちらはフィリップ・アイヴズ君」と、ブラッカーが言った。「サンフランシスコ警察の殺人課に出入りしている人です。御面倒でしょうが、この人の質問に、二、三答えていただきたいと思いまして」

女はアイヴズを見つめ、それからホーム・バーに行って、スコッチのハイボールを三杯つくってから、ようやく口をひらいた。

「オスカーは殺されたのだとお思いなのでしょうか」

「いいえ」と、アイヴズはハイボールをひと口飲んで言った。「御主人が自殺なさったことは、警察で確認されております」

「でも――」

「事件からだいぶ時間も経ちましたし、何か原因について思いあたることがありましたら、それをおうかがいしたいのです」

やせた男の声には、どこかしら硬い、金属的な、無表情なところがあった。それは、この男がたんなる警察官ではないことをしめしていた。特別むずかしい手術のために呼び寄せられた専門医は、こういう喋り方をするものである。患者が死ねば、専門医は残念でしたと言うだろう。ただし、それは人の生命が失われたからではなくて、自分の仕事が失敗したからなのである。こういう人間は、生命には格別の興味をもっていない。

「原因はございません」と、女は怒ったように言った。「オスカーは幸せな人間でした」

「わたしの経験によりますと」と、アイヴズはことばをつづけた。「幸せな人間は、めったに自殺をいたしません。必ず、なんらかの理由があるものです。御主人の場合、その……事件の前に、何か変わった行動とか、そういった徴候はありませんでしたか」

「ございませんでした」

「確かですか」

女は窓のほうへ歩いて行き、ふと振りかえった。

「ここ一年半ばかりは」と、女は言った。「主人は今までにないほど幸せそうで、生活に満足しておりました。ブラッカーさんは御存知でしょうが、主人の趣味は、スポーツ・カーでした。自動車競技の興行主になりたいなんて申しておりましたが、仕事の関係上ひまがありません。そのうちに、急に仕事から身を引きまして、自分の好きなことに専心し始めましたのです。ちょうど子供のようで――欲しがっていた玩具をとうとう買ってもらったときの子供みたいでしたわ。それはもう、どなたに訊いていただいても分かると思います！」

女はハイボールをぐいと飲み、身をふるわせた。

「あれほど幸せだった人は、世界中に二人とございませんわ！」

アイヴズはハイボールのコップを置いた。その目が冷たく光っていた。

「としますと、最後の数日間に、御主人はいっさい、奇妙な行動をなさらなかったのですね。そう断言なさるのですね」

「いや、ちょっと、きみ、待ってくれ」と、ブラッカーが割って入った。

「どうなんです？」と、アイヴズが追及した。

女は押し黙っていた。やがて、敗北を認めるように、ゆっくりとうなずいた。

「あの人は――さあ、どう申しあげたらいいか――最後の一週間は、すこし陰気でした。そんなに目立つほどでもなかったのです。でも――」

「でも引きこもりがちで、口数がすくなくなって、何か考えこんでおられたのですね？」

「ええ」

「どうもありがとうございました、ミセス・ローレンス」

アイヴズは、汗によごれた帽子をかぶり、回れ右すると、部屋を出て、そのまま雨模様の戸外に出た。ブラッカーは困ったような顔つきで、そのあとを追った。

「ぼくのやり方を気にしないでくれな、警部」と、アイヴズが言った。

「気にするね、正直に言えば」

「ぼくだって、自分でも気になるさ。しかし、不幸なことに、こうやらんと成功はおぼつかないのだ」

「成功？」

「まだ分からない。ただ一つだけ確実なのは、パターンが崩れていないことだ。ミセス・アディスンや、ミセス・ヴェイルとも話してみたがね。みんな本質的にはおなじことを言っている。つまり、夫が自殺をする理由は考えられない。しかし、自殺の一週間前あたりから陰気になった。何か考えこんでいた……」

二人は立ちどまり、タバコの火をつけ合った。

「あの遺書を、もういちど見せてくれないか、警部。ローレンスの遺書を」

ブラッカーは札入れから複写写真をとりだした。その文面はこうだった。『愛するルイーズ、申しわけない。きみがどんなに不幸になるかは分かっているが、これが唯一の解決なのだ』

「何の解決なのだろう」と、アイヴズがつぶやいた。

「それをきみに教えてもらいたい」と、ブラッカーは言った。「そのために、きみを呼んだのだ」

やせた男は微笑した。

「そりゃそうだ」

八カ月間に四人が自殺したのである。四人とも、有名人であり、大金持ちであり、功成り名遂げた人物だった。警察は、他殺ではないかと疑ったが、それらしい気配はすこしもない。

そこで、フィリップ・アイヴズが呼ばれたのだった。アイヴズは、この方面では有名な人物であり、ほとんど狂信的《ファナティック》な探偵として知られていた。アイヴズにとって、未解決の書類はあっても、迷宮入りの事件は決して、決して存在しない。犯罪を絶滅することではなく、犯罪者が七転八倒することこそ、この男の生きがいだった。この男には、特定の勤務時間はない。特定の住居もない。事務所もない。資格は、サンフランシスコ警察殺人課所属ということになっていた。かつて結婚の経験があるらしいとは言われている。今は独身である。

「警部、四人とも、おなじクラブに属していたと言ったね」

「そうとも」と、ブラッカーは大げさにうなずいてみせた。「《スポーツマンの港》というクラブだ。アイヴズ君、われわれだって馬鹿じゃないんだよ。ただ、くたびれただけだ」

「それはわかる。ぼくは自分の考えをまとめているだけさ」

二人は一九三八年型のクライスラー・セダンの前で立ちどまった。灰色の塗料は剝げ落ち、凹みや傷痕だらけの車である。何か恐ろしい事故でもあったように、それは、はすかいに駐車していた。

「それにしても」と、アイヴズは車に乗りこみながら言った。「事件の鍵はそのクラブにあると思うね」

ブラッカーはハンカチで顔を拭いた。

「アイヴズ君」と、警部は言った。「議論はしたくないが、二度目の自殺のあと、ぼくは自分でクラブのメンバー全員にあたってみたんだ。ところが、手がかりは一つもない。つまり、クラブ内にはね。それにしても——おなじクラブの四人が自殺したことは事実だ。最初はフレッド・アディスン。彼は材木業者で、年収はすくなく見積もっても五十万ドル。奥さんは美人だし、社員も有能な連中ばかりだ。その連中も全部洗ってみた。ぜんぜん問題が出てこない。それなのに、アディスンは洗剤を半ガロンも飲んじまった。洗剤をだよ！　そんなことをして、自分の胃が一体どうなるものか、まさか知らなかったわけじゃあるまい！　オーケー。次は、例のパーカー二世だ。おやじから相続した何千万もの財産。おなじく美人の奥さん。ところが、千枚通しで胸を突いた。そうなのさ。それからヴェイル――きみも知ってるだろう、彼のことは。もうあと一歩で州知事になれる男が、とつぜん窓から身を投げたりするものだろうか。奇々怪々じゃないかね」

「で、警部、あんたの意見は？」と、くちびるの隅に微笑を浮かべて、アイヴズは訊ねた。

「そう」と、背の高い男は言った。「医者の意見は分かっている。内部的な異常は全然認められんそうだ。おれは櫛まで調べてみたよ。やっぱり異常はない。八カ月間に四人の自殺、それがみんな関連しているなんて――そんなことがあり得るだろうか」

「うん、話をつづけてくれ」

「正直に言おう、アイヴズ君。おれはやっぱり、殺しだと思う。だれかが、どこかで、糸を操って、この四人を殺したのだ。キャップに言わせると、そんな考えは荒唐無稽だそうだが――」

ブラッカーはまたハンカチで顔を拭い、吸いかけのシガレットをぽいと捨てた。

「しかし、きみも、おれの考えは荒唐無稽だと思うだろうな」

「とんでもない」と、やせた探偵は言った。「その四人は殺されたんだ。まちがいないよ。あとで話し合おう、警部」

アイヴズは車のドアを勢いよくしめた。車は濡れたアスファルトにタイヤの跡を残して、走り去った。

クラブ《スポーツマンの港》は、一階建ての、むしろ醜い建物だった。褐色の煉瓦には、何か航海のシンボルのようなものがぶらさげてある。ドアのノブの代わりには、小さな舵輪がとりつけてあった。アイヴズは、錆《さび》の出たベルを押した。

ドアをあけたのは、ぜいたくな服装をした黒人だった。アイヴズを上から下まで眺めまわしてから、「何か御用でございますか」と、黒人は言った。

アイヴズは、ポケットから大きなプラスチックの札入れを出して、身分証明書を見せた。

「はい、かしこまりました」と、黒人は言った。

クラブの内部は、やわらかな照明をほどこされ、ごく高級な喫茶店を連想させた。壁には漁師の網がかかっている。捕鯨船や、旧式の四本マストの船を描いたエッチング、それに白塗りのヨットの写真もある。部屋の隅では、小さな卓上用コンロのなかで、小さな火がのたうっている。ちょうど十八名の人間が部屋を占めていた。

アイヴズは、タバコを口にくわえ、奥の壁のほうへゆっくりと歩いて行った。奥の壁は、すばらしいパノラマになっていた。二艘の優雅なヨットの模型が、まんなかに据えられ、そのまわりに、無数の小さな船が、ほんものの波に揺られている。水は絶え間なく揺れ、海のように遙か彼方《かなた》まで拡がって見える。

「何かお役に立てることがございましょうか」

フランネルの背広に、お定まりの縁なし帽をかぶった大男が、きまじめな顔で突っ立っていた。どうやら、すこし腹を立てているらしい。それに、たぶん、びくびくしているのだ。

「あるかもしれない」と、アイヴズは言った。「あなたは誰です」

「マネジャーです。エリック・コーンゴールドと申します」

「コーンゴールド君、ぼくは警察に関係のある者です。このクラブのメンバーから自殺者が出ましたね。その事件を調査しています」

大男はうなずいた。

「恐ろしいことです」と、大男は言った。「まことに恐ろしいことです。わたくしも、いろいろ考えましたが、さっぱり分かりません。ローレンス様のことを聞きましたときは、気が遠くなるようでした。はい」

一インチほどの長さの灰が、アイヴズのシガレットからぽろりと落ちた。

「率直に申しましょう、コーンゴールド君。ぼくはすこしあなたにうかがいたいことがある。今までにもいろいろ質問されたでしょうが、まあ仕方がないと思って、あきらめて下さい」

「よろしゅうございますとも。充分、承知しております」

アイヴズはうなずいた。

「人が自殺する理由はたくさんある。金は、そのナンバー・ワンだ。しかし、ナンバー・ツーは、女だ。このクラブには女は入れないそうだね。それはほんとうですか」

「ほんとうです」と、コーンゴールドは言った。「いかなる例外をも認めません」

「それは、表向きはだろう？」

「は？」

「コーンゴールド君、きみはクラブのメンバーに、コール・ガールを紹介してるんじゃないかい」

男は顔をこわばらせ、一瞬、口もきけないように見えた。それから、ようやく言った。

「いいえ」

アイヴズは肩をすぼめた。

「そうか。これはただの思いつきです。協力していただいて、どうもありがとう」

コーンゴールドは、そっぽを向き、腹立たしげに大股で歩み去った。

ウソではあるまい、とアイヴズは思った。調べは簡単につく。それに、ブラッカーだって、その程度のことはやっただろう。あたまのいい警官だからな。ちぇっ！

ひっそりとして、ほのぐらい一隅の酒場《バー》を、アイヴズはちらりと眺めた。白い上衣を着た、やせぎすで長身の男が、グラスを拭いていた。一人の客がカウンターに飲みものを置いて、低い声で喋っていた。それはセクストン製紙工場のもちぬし、カーター・セクストンにちがいない。四十三歳、既婚、二人の男の子の父親、財産家である。

　アイヴズは、とつぜん妙な挫折感にとっつかれた。この事件を引き受けたときは、いつものとおり、自信満々で、落ち着いていたのである。それもそのはず、あの迷宮入りになりかけたイーダー事件を解決し、慈善家といわれたホートンをガス室へ送ったのは、ほかならぬ彼アイヴズではないか。そしてまた、不幸なゴットリーブ夫人を追いつめて、かずかずの毒殺事件の犯人であることを告白させたのも、余人ならぬアイヴズの功績である。「やさしいのは、複雑な事件だ」と、アイヴズはよく言ったものだった。「複雑であればあるだけ、いろんな手がかりが残されている。単純な殺しのほうが、ずっと、ずっと解決しにくいんだ」

　さて、今回の事件は、単純どころではない。殺人犯のいない殺人事件。

　アイヴズは、バーの椅子に腰かけた。

「何になさいますか」

「何か強いやつを頼む」と、アイヴズは目をとじて言った。「体があったまるようなのがいい」

　バーテンがいくつかの酒壜を選び出しているあいだ、アイヴズは静かな声々に耳をかたむけていた。セクストンが何か呟いている。バーテンは、小さなグラスにシェーカーの中身を注ぎながら、やはり低い声でそれに答えている。

「ブラック・ロシアンというカクテルです」と、白い上衣を着たやせぎすの男は言った。「お気に召しますかどうですか」

　アイヴズは無造作に飲み干した。その酒は効いた。

「もう一ぱい頼む」と、アイヴズは言った。なにげなく見ると、セクストンはいつのまにか姿を消していた。

「きみの名前は？」と、アイヴズはバーテンに訊ねた。

「モロウと申します」と、男は言った。「ハロルド・モロウです」

「きみの意見を聞きたいな」

「何についての意見でしょう」

「死についての」

「かしこまりました、アイヴズさん」バーテンは微笑した。「あ、あなた様は有名です——犯罪に興味をもつ人間なら、だれでもあなた様を存じあげております。わたくしも、すぐアイヴズさんだと分かりました」

「それはどうも」アイヴズは二杯目の飲みものを飲み干した。それはラムの味がした。「そう言われると照れくさいな。きみは平気か？」

　バーテンはつつしみぶかく笑顔を見せなかったが、明らかにアイヴズとの出逢いをよろこんでいるのだった。「わたくしはもうあがっております。そうですね、死と申しますと、このクラブのみなさんを、わたくしはよく存じ上げておりますが、とてもあんなことをなさるとは想像できませんでした。べつに、私生活をのぞき見したわけではございませんが、みなさん、お幸せな方ばかりですから」

　アイヴズは何やら不明瞭なことばをつぶやいた。ここ三日間というもの、聞き込みと、調査と、推理の連続である。いいかげん頭がくたびれていたのだ。久しぶりに故郷の町へ帰ってみようか。いや、シアトルは故郷ではない。ただの町だ。

「それにしても、残念でございますね、とうとう、迷宮入りの事件になってしまったのは。ロドニー・ブラウンが、カリフォルニア州の殺人事件に関する研究書で書いていましたが、あなた様はそういうことを——つまり、迷宮入りなどということをお認めにならない主義だそうでございますね。それなのに——」

「そう。今や行きづまったよ。モロウ君、きみはなぜそんなに、ぼくのことを詳しく知っているんだ」

「さっき申しましたように、真の犯罪事件というものがわたくしの趣味なのです。むろん、わたくしは専門家でもなんでもありません、いろんな本を読むだけです——バウチャーとか、ラフヘッドとか、ピアスンとか、ブラウンとか。どの本にも、あなた様のことは詳しく書いてございますよ」

　アイヴズはしゃっくりをした。この男は気に入った。

ここに、いつまでもすわって、この男の話を聞いていたい。男の声も、気持ちをやわらげるような、しずかな調子だった。バーテンとしては、最適任の声のもちぬしである。

「……でも、その点はひどいと思います」と、バーテンは喋っていた。「あなた様を、非人間的な器械のように云々することは、我慢できません。早い話が、シャーロック・ホームズにしたところで、しばしばそう言われましたが、実は、ただ想像力ゆたかな人物だっただけではありませんか。バウチャーの本には、あなた様は結婚の御経験があると書いてありましたが、事実でございますか?」

「事実です」と、アイヴズは言った。

バーテンの声は淀みなく流れた。とつぜん、あたかも酒の力で心の結び目がほどけたように、アイヴズはグレタのことを思い出した。ずいぶん昔のことである。束の間の幸せの日々。そして、お定まりの結末が来た。アパートの一室。いやな匂い。グレタのベッドにかがみこんだ医者。身動きもせぬグレタの姿が、アイヴズの眼前に浮かんだ。ああ、あのとき外出しなければ……あの下らない事件の調査のために出掛けていなかったら……グレタは生きながらえたかもしれない。それなのに、一人ぼっちで、電話に手をのばすこともできず、大声で助けを求めることもできずに――

「……さぞかしお淋しいことでしょうね」と、バーテンが言った。

「うん」と、アイヴズは答えた。

「わたくしが、もしもあなた様の立場にありましたら、どうしたでしょう」と、モロウはつづけて言った。「ブラウンの本には、あなた様は御自分の野心で奥様を殺したようなものだと書いてありましたが、それはあまりにも酷な……」

男は喋りつづけた。淀みなく、ゆっくりと、やさしく、歌うような口調で。

淀みなく。ゆっくりと。

思い出があたまのなかでざわめくに任せ、アイヴズは飲みもののグラスを置き、カウンターに二ドル放り出して、外に出た。

戸外の空気は何の役にも立たなかった。アイヴズは考えつづけていた。おれがグレタを殺したというのは、ほんとうだ。おれは孤独で、淋しいのだ。だから、異常なほど仕事熱心で、おどけた探偵稼業に精を出すのだ。それから、この事件が迷宮入りだというのも、ほんとうだ。これは無意味な事件だ。永遠に無意味な……

……

アイヴズは歩道に立っていた。そこは交差点だった。

信号が緑に変わったので、アイヴズは一歩踏み出した。横手から大きなバスが、左へターンして来た。目もくれずに、アイヴズは歩みつづけた。心のなかはグレタのことでいっぱいだった。おまけに、この事件が解決しないとすれば、フィリップ・アイヴズという人物はいったい何の役に立つのだろう。

心の一部がささやいた。今こそ、苦しみは終わるぞ。苦しみは終わるぞ。

一秒おくれて、足を踏み出しさえすればいいのだ。一秒。たった一秒。

思い出が爆発した。アイヴズは一歩踏み出した。

「おっさん——気をつけろい！」

アイヴズは反射的に跳びのいた。バスの巨体が、警笛を鳴らし、わずか数インチのところを通りすぎた。

「大丈夫ですか」と、一人の通行人が訊ねた。

アイヴズはあたまを振った。

「ええ。ぼくは——」

とつぜん自分の行動に気がついて、アイヴズは蒼くなった。

「どうもすみません」

通行人はさっさと歩いて行った。

アイヴズはそのまま立ちつくしていた。人々はせわしげに通りすぎた。アイヴズは考えていた。

やがて、拳を握りしめ、近くにとまっていたクライスラーめがけて走り出した。ああ、手おくれにならねばいいが。

アイヴズはちょうど一時間おくれた。丘の上の白い館《やかた》に着いたとき、カーター・セクストンはすでに死んでいたのである。東洋から取り寄せた敷物の上に、億万長者は倒れていた。その頭蓋骨の内側には、一コの弾丸が喰いこんでいた。

「アイヴズか」と、ブラッカー警部は大声をあげた。「一体全体どうして分ったんだ。おれも、つい二十分前に知らせを受けたばかりだぞ！」

「説明するひまがない」と、帽子をとって、アイヴズは言った。「これだけ言っておこう。もしぼくがもうすこし利口だったら、セクストンは死なずにすんだんだ。もうすこし馬鹿だったら、ぼくもセクストンと一緒に死ぬところだった」

「ちょっと待て。そんなふうにゴマかしちゃいかんよ。おれが訊いてるのは、きみが、どうやってこの一件を――」

　やせた探偵は、くるりと回れ右して、急ぎ足で部屋から出て行った。電話ボックスに入って、どこかに電話をかけた。それから車に乗り、クイーン・アン・ヒルへ急行した。

　二時間半経って、アイヴズはふたたびクラブ《スポーツマンの港》に姿をあらわした。

「バーテン君！」

　白い上衣を着たやせぎすの男は、顔をあげた。軽いおどろきの表情が、その顔を走った。

「アイヴズさんですか。お帰りになったと思っておりました」

　アイヴズは男の顔を見つめた。

「ブラック・ロシアンを頼むよ、ハロルド。きみもおなじのを飲んでくれ。お祝いをしたい」

　二つのカクテルはたちどころにミックスされた。

「ところで、セクストンさんが死んだよ」と、アイヴズは言った。「知ってるかい」

　バーテンはおどろきの声をあげた。

「でも――ほんとうですか？　つい二、三時間前に、ここで飲んでいらしたのに！　どんな——死に方なのでしょう」

「ああ、ピストル自殺さ」と、アイヴズは簡単に言ってのけた。

「それは恐ろしいニュースです。セクストンさんは、このクラブでも指折りのメンバーでしたのに」

「そうだとも」アイヴズはグラスを上げた。「じゃ、乾杯しよう、モロウ君」

バーテンは眉をひそめた。

「なにをお祝いなさるのですか。わたくしには分かりません。こんな恐ろしいニュースの——」

「なに」と、アイヴズは、バーテンのことばをさえぎった。「事件の片がついたからさ」

モロウは苦笑した。

「さっきのカクテルが強すぎたのではないでしょうか」

「ちっとも。ハロルド——ハロルドと呼ばせてくれよな。ぼくはどうやらこの事件の謎をといたよ。ぼくの解決の筋道を聞いてくれるかい？」

「ええ」と、バーテンは言った。「うかがいたいです」

「よし」と、アイヴズはネクタイの曲がりを正した。

「こういうわけなんだ。ややこしい話だけれども、我慢してくれ。さて、と。四人の人間が——失礼、五人の人間が自殺した。だが、かれらは幸せであり、自殺する理由をもちあわせぬように見えた。しかし、ハロルド、どんな心理学者でも指摘できると思うが、これは非常に微妙な問題じゃないだろうか。人間が生存本能をのりこえるには、大変な努力が必要とされるものだ。それならば、かれらはだれかに殺されたのか。ちがう。かれらの死は、どこからどう見ても自殺だった。

五度の自殺に共通するものは、ただ一つ——かれらがいずれもこのクラブのメンバーだったということだ。それ以外には、どんな共通点もない。と、われわれは思った。けれども、ぼくはもう一つの共通点を発見した。それが肝心なところなんだよ。つまり、かれらはみんな人間だったということ。もう一ぱい作ってくれないか」

　バーテンは大急ぎでカクテルを作り、ほかの客の注文を聞き、またアイヴズの前に戻って来た。

「お話のつづきをきかせて下さい、アイヴズさん」

「で、ぼくは犯罪学的な調査方法をやめた。そいつは何らの解決をもたらさないんだ。その代わりに、ぼくは心理学を思い出そうとした。昔、本で読んだ文句が、よみがえってきた。何という本だったかは忘れたがね。『あらゆる人の心のなかに、一つの引き金がある。ある人が破滅したとすれば、それは何かが、あるいはだれかが、その引き金を引いたからなのである』この名文句を吐いたのはだれだったっけ。きみは知らないかい、ハロルド」

　やせぎすの男は黙っている。

「とにかく」と、アイヴズは話をつづけた。「地球上のあらゆる人間は、自殺者になり得るということだな。すべての人間は、人殺しができると同様、自殺もできる。そのためには、精神的または肉体的な諸状況が、うまく組み合わされさえすればいいんだ。そこで、と。このクラブの不幸な五人のメンバーもだよ、ハロルド、明らかに、何かに、あるいはだれかに心のなかの引き金を引かれたわけだ。ぼくは、どちらかといえば、だれかにと考えたい。これはおどろくべきことじゃないか。ここ十年あまり、こんな面白い殺人方法にお目にかかったのは、久しぶりだよ！」

「それは、実際、面白い考え方でございますね」と、バーテンは言った。「でも、それだけのものではないでしょうか、アイヴズさん」

「ああ、そりゃそうさ。しかし、もうすこし話を聴いてくれ。ぼくは自殺した人たちの過去を少し調べてみた。まず、自殺した順にいうと、フレドリック・アディスン。この人は銀行に十六万二千ドルの預金があり、愛らしい妻があり、うんぬんという事実が分かった。しかし、別の事実もある。新聞のとじこみを調べて分かったんだがね。一九四三年に、アディスン氏は、ある海兵隊員とトラブルを起こしている。その水兵が言うには、ありもしないパーティに誘われたうえに、アディスンはその水兵に〝いやらしい申し出〟をしたというんだ。むろん、アディスンはこの事件に金で片をつけた。でも、面白いだろう、この事実は。どうだい？」

　バーテンは布巾をとって、マーティニ・グラスを磨き始めた。隣の部屋からは、クラブ員たちの会話のざわめきが伝わって来る。

「どうもお話の筋がよく分かりません」

「今に分かるさ。次に、ぼくはレイ・ヴェイルの過去を調べた。うわべは、きれいな過去だ。ところが、すこし深く掘りさげてみると、何が見つかったと思う。ヴェイルはかつて、ある映画女優に恋をして、二人は婚約までした。だが、女優は彼を捨て、ヴェイルは平凡な女の子と結婚した。それなのに、数年あとまで情熱的なラブレターをその女優に送っているんだな。パーカーは、徴兵忌避者で、臆病者だ。オスカー・ローレンスは、一種のヒューマニストだ。彼の所有のスポーツ・カーで、運転手がひとり死んだ。どこかの新聞が、責任はローレンスにあると書き立てた。それから、セクストンは学校をちゃんと卒業していない。だから、そのことで劣等感に悩んでいる。どうだね。分かっただろう、ハロルド」

「いいえ」と、バーテンは言った。マーティニ・グラスが、きらりと光を反射し、バーテンの顔が一瞬かがやいた。

「ああ、じれったいね。いま言ったことが、自殺した五人の引き金なんだよ！　かれらのアキレス腱といってもいい。もちろん、それをかれらは隠していた。自分自身にさえ隠していた。しかしだね、ハロルド、もし何者かがそういう弱味をあばきたてたとしたら……五人の反応は充分に理解できようというものじゃないか」

「ずいぶんむずかしいお考えですね、アイヴズさん」

「待てよ、話はこれからだ。いま言った仮定の上に立って、ぼくは推理を始めた。よろしい、基本方針は確立された。しかし、細部にわたる点はどうなる。五人とも同一のクラブのメンバーだったという事実と、その基本方針とを、どうつなげたらいい。この問題は、比較的たやすく解決した」

「解決しましたか」

「うん。つまりだね、ハロルド、クラブ内のだれか一人が――そいつが殺人犯だ――いわば一生懸命になって引き金を引いていたと、こう考えざるを得ないだろう。クラブじゅうの人間が信頼している、友だちづきあいをしている――あるいは告白の相手だと思っている、そういう一人の人間。そいつのことを、ぼくは考え始めた。そいつはどんな人間だろう。そいつの動機は何だろう」

アイヴズは、シガレットの包みのセロファンをゆっくりと剝がし、銀紙をやぶり、シガレットを一本押し出した。

「喫《す》う？」

「いえ、結構です」

「さて、その動機だ。その男が心理学に興味をもっていることは、言うまでもない。その男の部屋は、そういうたぐいの本でいっぱいだろうと思われる。そしてまた、その男は、退屈しきった大金持ちであって、だからそんな知的なスポーツをやっているのであると解釈するか、あるいは――」

「あるいは？」と、バーテンが言った。

「あるいは」と、タバコに火をつけてから、アイヴズはことばをつづけた。「その男は一種の敗残者であって、自分はあたまがいい人間なのに、運命のいたずらで、こんな馬鹿な金持ち連中と付き合わなきゃならん――そう思っているのだとも解釈できる。つまり、敗残者で、ひがみっぽくて、すこし頭がおかしくなっている男さ。そういう奴は大勢いるんだ、ハロルド。他人の好運を黙って見ていられない奴はね。運命のいたずらで自分はうだつが上がらないと思っているうちはいい。もっと程度がわるくなると、これは社会のせいだ、いや、あの好運な連中のせいだと、具体的な人間を怨むようになる。こうなると一番始末がわるい。いずれは頭がおかしくなって、人を傷つけたりするのがオチだからね。

　犯人はそのたぐいの人物だ、とぼくは確信を得た。自分で自分を神と思っている奴。ただし信者のいない神だな。そいつは上流社会の周辺を、永いことうろつきまわったんだ。そして、自分の憎しみを育ててあげてきた。やがて独特の殺人方法——未曾有の残酷な方法を編み出して、それを実行に移した。というわけだ。どう思う、ハロルド」

「アイヴズさん」と、バーテンは言った。「いろんな本に書いてあったとおり、あなた様はほんとに想像力のゆたかな方ですね。ただ——」

　男は別のグラスをとりあげ、磨き始めた。

「ただ、その推理が当たっていたとしても、あなた様はお困りになるだけではないでしょうか」

「そうかね」

「つまり、あなた様がその男を見つけ出し、その男があなた様に、そのとおりだと白状したとしても、それからあと、どうすることもできません。その男がそういう殺人を、今後もつづける気だと言ったところで、まさか逮捕するわけにはいきますまい。あなた様は、その男が白羽の矢を立てた人物をつぎつぎと殺して行くのを、黙って見ているよりほか、どうしようもございません」

　アイヴズはタバコの煙を深く吸いこみ、にやりと笑った。それは晴ればれとした笑いだった。

「それは、ハロルド、ぼくがまともな警察官だと仮定しての話だろう。ところが、ぼくという男は、残念ながら、その犯人とおなじぐらい、きちがいじみて仕事熱心なんだ。ぼくは一度たりとも失敗したくない。だから、そいつを見つけたら、デッチあげでも何でもやるつもりだよ。これは誓ってもいい。どうやるかというと——そう、ぼくは親切な医者を二、三人知っていてね。その人たちは、自殺を他殺と見せかけることとくらい朝飯前なんだ」

バーテンはグラスを拭く手をとめた。

「しかし」と、アイヴズは言った。「そいつもきちがいじみた奴なら、こんな手を使うまでもないだろうがね」

静寂が流れた。


翌朝、次の自殺があった。ただちに現場へ駆けつけた警察官が警察署に電話をかけてきた。

ブラッカーは腰をおろした。「またきみの予感が当たったのか」と、ブラッカーは気味の悪そうな声で言った。「口に拳銃をつっこんで、撃ったんだとさ」

フィリップ・アイヴズは、くたびれたようにうなずいた。

「さあ、もう、いいかげん、なぜ分かったのか教えてくれないか。まだ死んでから六時間も経っていない。銃声を聞いた者はいない。きみは、ゆうべからおれと一緒だった。なあ、アイヴズ、おれの気がくるわないうちに教えてくれ！　ハロルド・モロウが自殺するってことが、どうして分かったんだ」

「自殺じゃない」と、アイヴズは言った。「ぼくが殺したんだ。ある意味ではね」

ブラッカー警部は、今にもヒステリーを起こしそうに見えた。いきなり立ちあがり、ちいさな窓まで往復してから、大きな音を立ててテーブルを叩いた。

「ちきしょう！　おれは――」

「まあ坐れよ、警部。一部始終を話そう」

アイヴズは目をとじ、まるで、口述でもしているように、ゆっくりと語った。

語り終えると、ブラッカーは口をぽかんとあけて、あたまを振った。

「ね、だから、きみが他殺だと言ったのは、正しかったわけだ」

「ちょっと待て」と、ブラッカーは言った。「そのデッチあげのくだりだが――モロウは明らかに、それにおびえて自殺したんだと思う。しかし、きみはまさかそれを実行したんじゃあるまいな」

「やらなかった。バスに轢かれそうになったあとで、奴が犯人だと分かったとき、ぼくはすぐ電話をかけて、奴の住所を訊き出した。部屋に忍びこむのは簡単だったさ。ありふれた錠前だったんでね。部屋には、心理学や犯罪関係の本が数百冊もあった（きみの部下も一度はそれを見たはずだが、その本の意味に気がつかなかったんだろう）。そのほかには、《スポーツマンの港》に属する人たちの過去を、洗いざらい調べた資料が、一冊のノートにまとめられていた。そう、あと三人がマークされていたんだよ。モロウは永い時間をかけて、その人たちの弱点を調べあげていた。いずれにせよ、それだけ確かめれば、彼の心理状態は歴然たるものさ。モロウは自分は完璧だと思っていた。そういう人間には、失敗ということは考えられない」

「だから？」

アイヴズは微笑した。

「だから、ぼくは教えてやった。モロウにだって一度は失敗があるはずだ。隠された引き金を発見できない人物がいるはずだってことをね」

「それは、きみのことか」

「ちがう。モロウ自身だ。神は自殺できない。それは真理だろう。モロウはそのことを悟って、がっかりして自殺した」

ブラッカーは何か言いかけて、口をとじた。

「それとも、もしかすると」とアイヴズは言った。「奴は、ぼくがまちがっている、あくまで自分は正しいのだと言うつもりで、自殺したのかもしれないな。どっちにしろ、事件は落着した。コーヒーを一杯おごろうか、警部」

かりそめの客

The Guests of Chance

(チャド・オリヴァーと共作)

埒《らち》もない運命《さだめ》ではなかろうか、
ふるさと遠く、見知らぬ国を
こうして共にさすらうわれらが
かりそめの客にすぎないとすれば。
けれども、だれが前進をためらうか、
われらにはふるさとも住居もなく
ただ行手に青空のみひろがるとすれば。

——ウィリアム・ワーズワース

アメリカ合衆国大統領は、げっぷをして、十六杯目のウィスキー・サワーのグラスを押しやった。

「諸君！」と、騒音にさからって、大統領はどなった。

「諸君、静粛に願います！」

ざわめきはいっそう強まった。

「ああ、こんな仕事を引き受けたことを」と、大統領はにがにがしげに言った。「わしは悔やまぬ日とてないよ。心底から後悔しておる」

「つまらんことをおっしゃらないで下さい！」と、副大統領がわめいた。「後悔していない人間は一人もいません」

副大統領は、そばにいた官選建築家の脇腹を、やにわにこづいた。

「これ、これ、きみとT《ティー》・P《ピー》・O《オー》は、なぜそう仲がわるいのだ。下らない喧嘩のことは忘れなさい」セント・ジョン・トアーズ大統領は金切り声をあげた。「些事に拘泥しておる場合じゃない。ファーザーウェル、きみはよっぽど虫のいどころがわるいのだな」

「虫のいどころの問題ではありません！」

「もういい！　重要な政務が山積しています。T《ティー》・P《ピー》・O《オー》、図面を見せなさい」

建築家はためらった。ウールのネクタイはゆるみ、褐色のシャツは垢じみている。一枚の図面をとりあげ、部屋中にたくさんならんでいる磨きあげられたデスクの一つをえらんで、その上にひろげた。紙の上には、木炭で一つながりの線が描かれていた。

「それだ！」と、大統領が弱々しく叫んだ。「何だと思う？」

オーレリウス・ファーザーウェルは、目に落ちかかる髪の毛を払った。そして体は動かさずに、首だけ鶴のようにのばして、のぞきこんだ。

「卵でしょう」と、ややあって言った。

「説明してやりなさい、T《ティー》・P《ピー》・O《オー》」

「そうですね」と、頑丈そうな建築家は、てのひらをズボンにこすりつけた。「つらつら考えてみますに、われわれは童話のなかのヘンゼルやグレーテルではございません」

大統領は辛抱づよく待っていた。

「うむ。つづけたまえ」

T《ティー》・P《ピー》・O《オー》は、ちょっと失望したらしい。

「つまり、われわれは人間なのであって、ヘンゼルやグレーテルではありませんから、お菓子の家に住むわけにはいかないのです」

「実にもっともな話だ」と、セント・ジョン・トアーズは言った。「立派な比喩だ。しかし、要点を早く頼む」

オーレリウス・ファーザーウェルは、毛むくじゃらの腕を組み、そっぽを向いた。

「要点なんぞ、あるのかね」

「では申します！」と、T《ティー》・P《ピー》・O《オー》はあらたまって言った。「かの偉大なるワシントンも、この点にかんするかぎり誤っておりました。ホワイト・ハウスの最大の欠点は、機能的でない、ということでございます」

「何を言うか」と、副大統領は、喉に巻きつけたスカーフを直した。「わたしは反対します」

「それはまた、どうして」

「どうしてかといえば、卵に似ているからです。こんな建物に入ったら、わたしは副大統領といわんよりはむしろ、胎児のような気分になるにきまっている。だれかがかえしてくれるのを、日がな一日待つのではやりきれんよ」

セント・ジョン・トアーズは、マヤ語で何か呟き、眉をひそめて、あご鬚をしごいた。

「ああ、きみの気むずかしさには手がつけられんな。こんな完璧な建物はないじゃないか。とにかく、気分が変わるだけでもいい。そうじゃないかね、これは。きみもその点だけは否定できんだろうが」

「わたしは何も否定しておりません。その建物をお作りなさい。だれも邪魔しませんよ。わたしの知ったことですか」

言い放つと、オーレリウス・ファーザーウェルは、くるりと廻れ右して、足音も荒々しく、大統領私室から出て行った。

トアーズは溜息をついた。

「きのどくなオーレリウス。彼はこういう生活には向かない男なのだ」

「向く男は一人もおりません」と、若い建築家は言った。「われわれは政府という祭壇に捧げられたいけにえです。われわれはわれわれ自身を浪費しております」

「悲しいことだが、全くそのとおりだね」と、トアーズは言った。だが、T《ティー》・P《ビー》・O《オー》はそっぽを向いて、フランス窓に寄り、体を小きざみにふるわせている。

大統領は青年にちかづき、その肩にやさしく手をかけた。

「T《ティー》・P《ビー》・O《オー》、きみは何か悩みがあるのか」

「ええ――」

「そうか。そうだろうと思った。話してみなさい」

「いや……」と、T《ティー》・P《ビー》・O《オー》はことばにつまった。

「正しくないのです」

「何が正しくない」

「デザインです」

「なに？　ばかな。きみはまた、なんとつつましい男だろう。完璧だよ、きみのデザインは。ただちに指令を出して、仕事にとりかからせよう。な、それでいいだろう？」

青年はふいに拳を固めて、窓ガラスを突きやぶった。

「いや、機能的には、もちろん、もっとも純粋なかたちです。しかし――駄目なんだなあ」

青年はふりむき、老人の腕を摑んで、巨大な世界地図の前へ引っぱって行った。

「ごらんなさい、これを」

「アメリカを、か?」

「そうです。アメリカを。これを見ていると、気がくるいそうになる」

「わしにはどうもよく分から――」

テレビ電話のブザーが鳴った。かわいい娘が知らせた。

「トアーズ大統領、ミスタ・ピッツが御面会です。もう三週間も前からお待ちでございますが」

「いま忙しい」と、大統領はそっけなく言った。「帰ってくれと言って下さい」

「でも何か重大な御用件とか」

「そりゃそうだろうが、追っぱらってくれ!」

「かしこまりました」

テレビ電話のスクリーンが消えた。

「今の話だが」と、トアーズは言った。「アメリカを見ていると、気がくるいそうになると言ったね」

「そうです」と、T《ティー》・P《ピー》・O《オー》は、地図を指さして叫んだ。「ここも、ここも! それから、ここも! こんな環境のなかに、純粋機能的な建物を置いても、まるっきり、ハキダメに鶴ではないでしょうか!」

大統領はハンカチで額を拭いた。

「いたずらに国旗をふりまわすような愛国心は、この際なんの役にも立たんが、それにしても――」

「わたしは美学的見地に立って申し上げているのです」と、青年は言った。「まあ、この海岸線をごらんください! 美学的には、何の意味もない。何の役にも立たないのです! たとえば、カリフォルニア南部。これはもう、人間のマッス感覚や配置感覚を殺すといってもいいほどの乱雑さではないでしょうか」

「いや、正直に言うと、わしはそういうふうに考えたことは一度もなかったが――」

「フロリダにしろ、ニュー・イングランド諸州にしろ――コンポジションの見地からすれば、どんな意味があるのでしょう」若い建築家は血の出る拳に口をつけて吸った。「われわれ自身のバランスがとれていないのに、外国とのバランスを求めても無駄なことです。技術的な面では、わが国は世界をリードしているかもしれないが、芸術的な面では最低です」

「T《ティー》・P《ピー》・O《オー》、きみは要するに何をしろと言うのだ」

青年は肩をそびやかした。

「わが国をまともな姿にすることです」と、青年は堂々と言った。「海岸線のデコボコをならして、美しい、しっかりした、機能的なかたちに作り変えることです」

「わしには——まだよく分からん」

「爆破するのです！」と、T《ティー》・P《ピー》・O《オー》はさけんだ。「海に沈めるのです！　馬鹿げた出っぱりを、始末するのです！」

青年は興奮に息を切らした。

「そう、もちろん大変な仕事です。慎重な準備と、綿密な計画が必要です。しかし、これだけは申し上げておきますが、この仕事がひとたび完成すれば、わが国の対外的な威信は一挙に回復されます」


セント・ジョン・トアーズは、T《ティー》・P《ピー》・O《オー》がひろげた図面をじっと眺めた。しばらくたってから、小声で言った。

「やっぱり卵に似ているね」

「ああ、なんということだ！」建築家は図面をひったくるようにして、目をらんらんと輝かせ、次の瞬間、部屋から駆け出して行った。セント・ジョン・トアーズ大統領は一人になった。

なんとなく、ほっとした雰囲気である。トアーズは、若い建築家が、力まかせにドアをしめる音に耳をかたむけ、しばらくじっと立っていた。それから、デスクに寄って、愛用の水ギセルを出し、その硬いゴム製の吸い口をくわえた。建築家にしろ、副大統領にしろ、どうしてああまでも気が立っているのだろう。しかし、トアーズはそれをとがめる気にはなれなかった。大統領自身にしたところで、政務にくさくさすれば、やはり気が立ってくるのではないか。それに、なんという馬鹿ばかしい無目的な、限りなく単調な毎日だろうか。

この時代、この毎日に、政府などというものはいったい何の必要があるのだろう。

　猟銃の射撃音が、大統領の夢想を破った。顔をあげると、大きな体がこちらへぴょんぴょん跳んでくる。

「ヒット！」と、ローレント国務長官が腕をふりまわした。

「クリーン・ヒット！」

「やあ、モリスか」

　国務長官の足にもつれるようにして、白と茶の猟犬が走って来た。国務長官は、猟犬に足をとられて、よろけた。

「取って来い、チャム！」と、国務長官はわめいた。

「持って来い！　持って来い！」

　チャムと呼ばれた犬は、猛烈に吠えながら、部屋の隅まで一足飛びに跳んで、キジのかたちのおもちゃを白いするどい歯にくわえた。おもちゃのキジには、無数の弾痕があり、その穴から内部のスプリングやコイルがはみ出しかかっていた。英国種のセッターは、駆け戻って来ると、獲物を主人の長靴の前に、自慢そうに置いた。

「えらいぞ、チャム！　よくやった、よくやった。どうです、トアーズ、大したもんでしょう、この犬のはたらきは！」

「そうだね」と、セント・ジョン・トアーズは気がなさそうに答えた。国務長官のおどけた仕草は、なんとなく不愉快だった。そんな馬鹿げた遊びをするひまがあるなら、文章の一つも書いたらどうだろう。たとえば、『月もまた昇る』は批評家にもずいぶんほめられた……昔の話だが。

　モリス・ローレントは、ゴリラのように胸を叩いて、にんまり笑った。それから、ピカピカに磨いた猟銃に弾丸をこめて、ポーズをつくった。

　大統領は何かマヤ語でつぶやいて、ぼんやりと便箋に象形文字をいたずら書きし始めた。

「トアーズ！　どうしたんです。なんてえ陰気な顔をしてるんです」

大統領はあご鬚をなでた。

「モリス、わしは何もかもが——いやになったよ。いやになった、いやになった」

「これ、つまらん遊びですが」と、ローレントが言った。「一発撃ってみますか」

セント・ジョン・トアーズは溜息をついた。

「結構だよ、モリス。わしは淋しくって仕方がない。政務のおかげで、書きものをする時間がだんだん少なくなっていく。わしの自由な時間はすこしずつ奪われていくんだ！　一週間かかって詩を一篇書きあげられないんだからね、モリス！　なんとかして、ここから逃げ出せればと思うが——それはそうとして、インドネシアの件はうまくいったかね」

「全然いかんです」と、国務長官は、猟銃で花瓶を狙いながら、残念そうに言った。

「ちょっとした国内戦を惹き起こすこともできなかったのか。全然どうともならんのか」

「臆病者どもは、戦争したがらんのです。戦争をやる勇気もない」

トアーズは呻き声をあげ、しばらくはマヤ語の呪いのことばが空中を満たした。

「じゃあ、万事休したか。もう駄目だな！　われわれはいつまでもこの役所から逃れられんのか」

「努力はしたんです。連中を侮辱しましたし、インドネシア大使を狙撃してやりもしました」

「ああ！」トアーズは呻いて、力なく自分の腿をたたいた。「このひろい世界に、刺激的な問題は一つもないのか。この単調を救うものはないのか。この厄介な仕事からわれわれを解放して、ふたたび私生活へ戻してくれるような、そういううまい話はないのか。モリス、これは現代の悲劇だな。わしが『ガラスの宇宙』で象徴的に描いたとおりだ。生活の要《かなめ》というか、目的というか、気力というか、そういったものが失われてしまった。それがわれわれの運命なのだ。そう、モリス、運命なのだ」

「全くですね」と、国務長官はうなずいて言った。

大統領は水ギセルをくわえ、鷹に似た鼻から、ゆったりと煙を出した。

テレビ電話のスクリーンがまた明るくなった。さっきの娘が言った。

「トアーズ大統領、ミスタ・ピッツがまだいらっしゃいます。どうしてもお話ししたいことがあるとおっしゃいますが」

「会議中だと言ってくれ。なんとでも適当な口実をつくって、追っ払って下さい」

「かしこまりました」

大統領はローレントのほうに向き直った。

「われわれは、この仕事を引き受けたとき、芸術と政治との融合を夢みていた。あるいは原則への回帰をね。ところが、あにはからんや、なんという無気力な、決まりきった――」

羽の部分をバタバタ動かしながら、おどろくほどのスピードで、第二のキジのおもちゃが、けたたましい音とともに飛び込んできた。

「畜生！」と、国務長官は叫び、片膝ついて、猟銃を肩にあてがい、すぐさま発射した。鉛の羽根が一枚すっとんだ。キジはくるくるっと回転し、ぽとんと落下したかと思うと、たちまち体勢を立て直して、別のドアから逃げて行こうとする。

「それッ！」と、モリス・ローレントがどなった。

男と犬は、キジのロボットを追って、夢中で走り出した。

「あそこだ！」と、国務長官はわめいた。「逃がすなよ！」

セント・ジョン・トアーズはまた水ギセルを用い始めた。ときどき猟銃の音がきこえ、そのたびに身ぶるいした。やがて銃声と、犬の吠え声は遠ざかった。

「ああ」と、大統領は言った。「ああ」

テレビ電話のブザーが鳴った。

「はい」と、大統領はものうげに答えた。

「またピッツさんなのです」と、受付嬢は髪をなでつけながら言った。「ぜひとも、どうしても面会したいとおっしゃるのですが」

「ピッツ？　ピッツなどという男は知らんぞ。何の用だって？」

「でも、その方は」と、受付嬢はぞんざいな口をきいた。「ぜひとも——あ、もしもし、ちょっとお待ち下さい！　あ、いけません——」

手おくれだった。

ドアが勢いよくひらき、目を光らせた背のひくい白髪の男が、小走りに入って来た。

「わたしがピッツです」と、男は喘ぎながら言った。

「あなたがピッツさんですか」と、大統領はおうむ返しに言った。「何かほかに御用がありますか」

「あります。わたしは科学者です」

「それは結構でした」

「ぜひとも申し上げたいと思いますのは、わたしが一大発見をしたという事実です。この発見はわが国の安寧福祉に大いに貢献するものと信じます」

うんざり半分、あきらめ半分で、セント・ジョン・トアーズは小男を見つめた。そして、水ギセルを引き寄せた。

ピッツ教授はデスクに近づき、大まじめに目くばせした。

「わたしは一つの器械を考案したのです」ピッツは誇らしげに反りかえった。「宇宙空間を飛行する乗物です！　名称はスペース・マシンといいます」

トアーズの蒼白い顔に、ちらと興味をそそられた色が浮かんだ。

「これはいかなる場所へも行くことのできる乗物です」

セント・ジョン・トアーズはうなずいた。「いかなる場所へも、とおっしゃいましたな」一つの考えがひらめいた。「ピッツさん、それは面白そうだ。うむ。まあ、お掛けになって、詳しく御説明いただきたい」

目を光らせた小男は、椅子を引き寄せて喋り出した。大統領は話を聞きながら水ギセルを用い、ときどき、ふむ、ふむ、とうなずいた。

首にぶらさげたインカ族のペンダントを、へら状の色のわるい指でもてあそびながら、セント・ジョン・トアーズは、何かよくないことばを呟き、ただならぬ雰囲気に満ちた室内をしきりに行ったり来たりした。

「残念だ」と、やがて大統領は目をとじて言った。「実に残念だ、これほど言いたいことを言えぬというのは。しかし、やはり言えない。わしは言うべきことばを知らぬ。そのようなことばはないのだ。この偉大なる瞬間を正確に表現することばは――」

そのとき国務長官が、つづけざまに五、六度もくしゃみをし、あわてて部屋を出て行った。ようやく部屋に戻って来ると、トアーズ大統領の仏頂面が待っていた。

「すみません」と、モリス・ローレントは冷たい視線を感じて言った。「いまいましいマレイ熱なんです。いまだに治りきらない」

「言いわけはよろしい」と、トアーズはそっけなく言った。「われわれはだれでも、時たまくしゃみぐらいします」

大統領は自分で自分のことばにうなずいた。

「さて、と。前口上はやめましょう。わしは一人の人物を御紹介申し上げたい。その功績はわれらの死後、とこしえに記憶さるべき人物。この、たるんで腐りきった地球を、ハンニバルのごとく征服し、行動なきところに行動をもたらす人。一言にしていえば、時の人マイロ・ピッツ教授です」

白い炎のような白髪の小男は、すこし顔を赤らめ、腰を浮かせて、無言の一同に会釈した。そしてすぐ腰をおろした。

「今晩みなさんにお集まりを願ったのは」と、トアーズ大統領はつづけて言った。「科学史上注目すべき一大発見を御披露せんがためです。手みじかに申し上げましょう――なぜならば、現在はすでに行動のときであって、論議のときではない――ピッツ教授は、われらを星の世界へ運ぶ器械を考案されたのです!」

途端に大勢の眉毛がぴくりと上がった。トアーズは微笑した。

「そうです。ことばどおりに解釈していただいて差支えない。もしわれわれがこの発明に力を貸せば、二、三週間のうちに月世界旅行の準備がととのえられるでしょう。これは決して夢物語ではない。それから火星へも行けます。それから——どこでしたっけ、ピッツ教授？」

「金星です」と、ピッツが言った。

「そうそう、金星！　考えてもいただきたい、諸君！　遂に地球からの逃避が可能となったのです。大した発明ではありませんか！　さて、いかがかな、諸君、この会合に御足労願っただけの価値があったか、なかったか」

オーレリウス・ファーザーウェルは、葉巻に火をつけた。そして言った。

「不可能だな」

「なんですと」

「たわごとです！　でたらめです！　その男はいかさま師です」

大統領はデスクをどしんと叩いた。

「待ちたまえ」と、大統領は言った。「命令ですぞ！」

モリス・ローレントは、シャツの中に手をつっこみ、黒い胸毛の生えたあたりをボリボリ掻いた。その声が耳ざわりに響きわたった。「考えられんね」

一同は椅子から腰を上げ、出て行こうとした。

小男の教授は跳びあがって、甲高い声を張りあげた。

「お待ち下さい！　みなさんの誤解です。全くの誤解です。わたしの話さえ聞いて下されば、これは証明可能なことなのです！」

マイロ・ピッツの金切り声に気圧《けお》されて、閣僚たちはぶつぶつ言いながら、不承不承、席についた。

マイロ・ピッツは目をとじた。

「分かります、分かります」と、教授は言った。「みなさんのお考えは分かります。それをとやかく申す気持ちは毛頭ございません。わたしは三十三年間、わたしの話を聞いてくれる人を探しつづけてまいりました。これはわたしの生命であり、わたしの仕事、わたしの夢であるのです。大統領が、わたしの話に興味をいだかれたと知ったときは、ですから、わたしはむしろ驚いたのでした。みなさん、こうしていよいよわたしの考えを発表する段となりますと、なんと申しますか——
——わたしはもう——」

甲高い声が割れ、すすり泣きに変わった。小男はやがて気をとりなおし、ふたたび話をつづけた。

「原子力が徹底的に破棄されまして以来、宇宙旅行とは永久におさらばだという考え方は、わたしたちの頭にしみこんでおります。でありますが、みなさん、ここで全く新たなる動力をお見せすることが、わたしの使命なのであります」

ピッツ教授は大きな紙筒を、デスクから取りあげ、一枚の図面を出した。そしてモリス・ローレントの手を借りて、図面を壁に固定した。

「これです！」と、教授は嬉しそうに言った。

すべての目が、巨大な青写真に向けられた。

「長方形だ」と、最初にT《ティー》・P《ピー》・O《オー》が口をひらいた。

「灰色だ」と、オーレリウス・ファーザーウェルが言った。

「いろんな付属品がついている」と、モリス・ローレントが言った。

「これがスペース・マシンだ！」と、セント・ジョン・トアーズが言った。

まことに大きな長方形の器械である。一見たいそうぶざまで、とても空中には舞い上がれぬもののようにも見える。ところどころから、アンテナや、増幅器や、銀色の大きな鏡が突き出ている。てっぺんには、パイロットの座席らしきものがあり、大きなガラスのヘルメットから、無数のチューブやワイヤーが走っている。

「わたしの夢です」マイロ・ピッツは、あっさりと言った。「これをカトラスと命名いたしました」

モリス・ローレントが目をほそくして訊ねた。

「どうやって動くのかね」

マイロ・ピッツは微笑した。

「これは原子力を使いません」と、教授は言った。「使う必要がないのです。お分かりでしょうか」

苦しげな沈黙が流れた。

ピッツは言うだけのことは言ってしまったらしい。

沈黙がつづいた。

「何か御質問はございますか」と、とうとうピッツ教授が言った。

オーレリウス・ファーザーウェルが、うなずいた。

「一つだけ」

「どうぞ！」

「何で動かすのです、それは？」

「ああ」と、小男の教授は言った。「そのことですか」

「そうです」

「そこが」と、マイロ・ピッツはほこらしげに言った。「この器械の特徴です。わたしのスペース・マシンの動力は、宇宙精神力《コズミック・メンタル・エナジー》、略してCMEなのです。これは宇宙空間においてはおどろくべき偉大な力を発揮します。原子力？　取るに足らない！　ゼロに等しい。太陽エネルギー？　ただの焚火《たきび》みたいなものです！　化学燃料？　救いがたき時代おくれです！　あ、みなさん、みなさんがたの頭蓋の内部に注目していただきたい！　そこにこそ、人間をもろもろの束縛から決定的に解放する力があるのです。わたしのスペース・マシンは、人間精神を動力として用いるのです！」

「というと」と、モリス・ローレントがうさんくさそうに訊ねた。「というと……考えるだけでいいのかね」

「そのとおり！」と、セント・ジョン・トアーズが口をはさんだ。「いいことを言ってくれた、モリス。そこが肝心なところです。ピッツ教授は、生涯かけての研究と献身の結果、人間精神の潜在的創造力を増幅する器械を発明されたのです。要するに、それがこの乗物を動かすのだ。これ以上の説明は、複雑厄介なデータなり資料なりを必要としましょう。科学的といわんよりはむしろ芸術的な精神傾向をもつわれわれは、厄介な問題は安んじて専門家にまかせておこうではありませんか。しかしながら、この際はっきり申し上げておきたいが、わたくしはこの計画を丹念に調査しました末に、これは実現可能というだけではなく、すでにして製作可能の段階にあるということを悟ったのです。そう、われわれはただちにこの乗物の生産にとりかかることができる！」

「わたしにデザインを改良させて下さい！」と、T《ティー》・P《ピー》・O《オー》がウールのネクタイを引っぱりながら叫んだ。「これでは形があまりにも醜悪だ。わたしにデザインを改良させて下さい。すくなくとも、それだけは、させて下さい！」

そして壁の青写真に突進しようとして、モリス・ローレントのたくましい腕に押さえられた。

「もう一つだけ質問がある」と、副大統領がおもむろに言った。「つまらんことだが、もう一つだけ」

「何でしょう」

「それを作るには、どれほどの費用がかかるのかな」

「そう……完全に仕上げるためには——おおよその見積もりだが——調査、研究、その他の諸雑費をも含めて——百十億から百五十億ドルは必要だろうね」と、トアーズが落ち着き払って言った。

ピッツ教授は片手を上げ、激しく頭を振った。

「もう十億足して下さい」と、教授は叫んだ。

「しかし、そりゃ法外だ！　そりゃ——」

「不完全な器械ができてもいいのですか。動き出した途端にバラバラにこわれるような——」

「そりゃ、むろん、いかん。しかし——」

「それなら、異議はないね！　マイロ君、ゆっくり休みたまえ。もうさがってよろしい。いい夢を見てくれたまえ！」

ピッツ教授は、廊下を通り、特別のゲスト・ルームに案内された。大統領は私室のドアをしめ、閣僚たちをひとわたり見渡してから、耳ざわりな笑い声を立てた。

「あなたは何とおっしゃろうと」と、オーレリウス・ファーザーウェルがきびしい口調で言った。「わたしは、これはふざけた計画であると判断します」

「そのとおりさ」と、大統領は答えた。

美学党の閣僚たちは、呆れた顔で、押し黙った。

「さっさと説明してくれませんか、え、トアーズ」と、モリス・ローレントが言い、不作法にあぐらをかいた。

オーレリウス・ファーザーウェルも、じれったそうにてのひらをこすりあわせた。

「さあ、さあ、セント・ジョン！　曖昧なことを言って、ごまかしてる場合じゃない。秘密主義も、アナロジーも、象徴主義も、この際、ねがいさげにしてもらいたい！」

「うん」と、モリス・ローレントは言った。「ざっくばらんに話して下さいよ、トアーズ」

大統領はにっこり笑った。

「なに、恐ろしく簡単なことなのだ」と、大統領は説き聞かせるように言った。「この点についてはだれの意見も一致すると思うが、宇宙精神力を使って重力解消装置を創るというピッツ教授のプランは、そう、まあ、実現不可能だろう」

「絶対に地面から飛び上がれないですね」と、ローレントが同意した。

「そのとおり。そこが、みなさん、肝心なところなのだ。もしわれわれが、アメリカ合衆国の予算の大部分をこの計画に投じ……」トアーズの声は、陰謀めかして低くなった。いかにも嬉しくてたまらぬといった表情である。「……しかもこの計画が予定どおりに実現しなかったとすれば――われわれは揃って失脚するじゃないか！　みんなだよ。失脚だ！　おしまいになるのだ！」

茫然として、一同は沈黙した。

「わからんのかね！」セント・ジョン・トアーズはいたずらっぽく言った。「わしの閣僚諸君はそれほど馬鹿者ぞろいなのか？　絵を描いてみせないと分からんのか」

　オーレリウス・ファーザーウェルは、ぱちりと指を鳴らした。

　モリス・ローレントは、ううむとうなった。「は！」と、大統領は叫んだ。「分かったかね。そうなんだよ。このきちがいじみた宇宙旅行計画は、シャボン玉のようにこわれるだろう。われわれは民衆の怒りを買って、たちまちここから追い出される！」

「自由だ！」と、副大統領がわめいた。

「みんなそれぞれの本来の仕事へ、芸術へ復帰できるのだ」と、大統領はうなずいた。

　国務長官は立ちあがり、腕をふりまわした。「ああ」と、国務長官は夢みるように言った。「今でもコンゴでは象が走っているかなあ……」

　大統領は閣僚一同にほほえみかけた。

　閣僚一同もにっこりと大統領に笑顔を見せた。

ちょうど一年が経過した。

　春分のあとの最初の満月のあとの、最初の日曜日だった。首都ワシントンはすっかり春の色に包まれて、白い宝石箱のように横たわっていた。ツツジのまだらな炎、黄バラの美しい狼狽、日本のサクラの花をあしらったエメラルド色の芝生。

　セント・ジョン・トアーズ大統領は、溜息を洩らした。ここ数カ月間忘れられていた式服、黒いビロードのバーヌーズ（アラビア人の着る頭巾つきマント）は、早朝の大気のなかでさわやかな衣ずれの音をひびかせた。あたたかみと、ひそかなよろこびの表情が、大統領の顔を照らしていた。

「さあ」と、大統領は言った。「絶望と不安の恐ろしい日々は過ぎ去った……」

　ふりむいて、オーレリウス・ファーザーウェルに目をやった。

「友よ、腕を貸したまえ。わしはもう二年間も、恐るべき泥沼を這いずりまわった男のような気持ちだよ。

あるときは信じ、あるときは疑い、一日も早く岸に上がりたいとのみ思いつめ……」

　大統領は腕をひろげた。

「今や、自由と逃避の光明が輝きそめたのだ」

「そうです」と、パイプ・タバコの煙を吐き出して、国務長官が言った。「わたしも希望に燃えています」

「ああ、モリス、モリス！」と、トアーズは大男の胸をぽんと叩いた。「われわれは今や足どりも軽く、詩神《ミューズ》を追って出発せんとしているのだよ！　いとわしい悪夢はすぎ去った、すぎ去った！　きみは背筋がゾクゾクしないかね。興奮を感じないかね。え？」

「何もかもうららかです」と、国務長官は顔をかがやかせて言った。

「実際、今朝ほど寝ざめのよい日はまたとあるまいね。われわれはヒバリのように出勤してきた」トアーズは安堵の溜息をついた。「だって今日こそ念願の——自由が訪れるのだからね！」

「きみはまず何をする？」と、オーレリウス・ファーザーウェルが訊ねた。

「失脚したらば、ですか？」ローレントは、すこし考えた。「そう、まずバストランド（南アフリカ）に行きます。あそこの狩猟はすばらしい。獰猛なけだものがウジャウジャいましてね。そこでしばらく遊んでから、コンゴへ行きます。ヌバワイを訪問したい。これは狩のうまい黒人です。そこにしばらく滞在してから、ケニアに飛んで、マサイ人に有名なチェスの名人がいるんですが、その人とじきじき対決したい。それから——」

「わたしは」と、ファーザーウェルが言った。「北西部の松林に引きこもって、もろもろの植物にかんする哲学的瞑想にふけり、フクロウの絵でも描くね」

　ファーザーウェルは大統領の腕をつかんだ。

「まさか、ひょっとして、器械がみごと成功するようなことは……つまり、これだけの国費を使ったにもかかわらず……というようなことは……」

　セント・ジョン・トアーズは高笑いした。

「十億に一つも、そんなことはあり得ないね」

大統領の笑いは、すぐ一同に伝染した。閣僚たちは、涙を流して笑いこけた。

やがてトアーズは指をばちんと鳴らして、一同を制止した。

「時は到りぬ」と、大統領はふしをつけて言った。「心もかろやかに、いざ、宇宙空港へ！」

これを合図として、政府の主だった閣僚たちは、古ぼけたホワイト・ハウスの廊下を行進し、春の戸外へ出た。そして待ち受けたヘリコプターに乗りこみ、予定の場所へと急いだ。

宇宙空港と呼ばれた広大な面積の土地は、人々でごったがえしていた。老いも若きも、つめたい朝の光のなかで、眠そうな目をし、それでも期待に胸をはずませて待っていた。

まだスペース・マシンの姿は見えない。大統領のヘリコプターが着陸すると、人々は静かになった。一人の男がパチパチ手を叩いたが、すぐに制止を受け、うやうやしく目を伏せた。

トアーズと閣僚たちは、足早に歩き出した。まわりをボディ・ガードたちが取り巻いている。もうこの時代では不必要になった拳銃を構えている。

演壇に上ったトアーズは、おもむろに喋り出した。

「友よ、国民諸君よ！　すでに御承知のとおり、本日、長期間にわたる偉大な仕事の成果が披露されます。本日こそは、コロンブスのアメリカ発見にも比すべき歴史的な日であり、エズラ・パウンドの『ピサ詩集』にもくらぶべき完成と均整の日であります。本日こそ、われわれはこの地上の蛇《くちなわ》にも似た束縛から解脱し、諸天体にむかって突進するのであります。これほどの偉大なる瞬間がまたとあるでありましょうか。しかし、われらは常に運命と戦いつつ微笑を忘れぬ国民であり、技術の発達を芸術の発達と平行させてきた国民であります。よって、本日の仕事にとりかかる前に、ひとまず休もうではありませんか。休んで――笑おうではありませんか！　然り、われわれは今や敗北せる運命の女神を笑ってやりましょう。さあ、諸君も御一緒に！

は！　は、は！」

　大統領は、威厳たっぷり、よく響く高笑いを吐き出した。まじめくさっていた聴衆一同も、やがて釣りこまれて笑い出した。笑い声は空港一帯から大波のように広がり、あたり一面に陽気な気分をまきちらして渦巻いた。

「友よ！　御用意を！」と、トアーズが出しぬけに叫んだ。「新聞記者、科学者、大学教授のみなさん――御用意を！　いよいよスペース・マシンの出発です！」

　そして大統領は、かたわらの小さな赤いボタンを押した。ブーン、ギシギシ、ガタガタいう音がきこえた。広場の中央の巨大な鉄板が、左右にひらいた。大きな四角形の穴があらわれた。そこから、ゆっくりと、おごそかに、カトラス号が持ちあがってきた。ちょうど水中から馬鹿でかい動物が出現するように。

　人々は息をのんだ。

　張りつめた静寂。

　スペース・マシンは、すこしずつ穴から姿を現わし、ついにホワイト・ハウスより数等大きな全貌を見せた。すると、上昇運動がとまり、器械はぴたりと静止した。

「なんたることだ」と、ファーザーウェル副大統領が息を弾ませて言った。「妙なものじゃないか。まるでビスケットの箱みたいだ」

「そうだとも」と、トアーズは嬉しそうにうなずいた。「ビスケットの箱みたいだろう！」

　大統領はにこにこして手揉みした。

「しかし、あんなもののどこに金がかかったのかな」

「たとえば、ラジウムを沢山使ってある」と、大統領は説明した。「壁にはすっかりラジウムが塗ってあるんだ。それから骨組は高価な合金です。それやこれやで、金はかかった」

　おおきな灰色の器械は、空家のようにひっそりしていた。カメラマンがシャッターを切る音と、録音機がかすかにブーンという音しかきこえない。数万の視線は、いっせいにカトラス号のコイルや、ワイヤーやチューブや、無数のアンテナや、反射鏡や、ガラス張りの突出部にそそがれた。

次の瞬間、一同はあっと息をのんだ。四角なスペース・マシンのちょうどてっぺんのあたりに、ごく小さな操縦席がむくむくと現われたのである。まもなく、いかめしく飛行服に身を固めたマイロ・ピッツの全身が見えた。

操縦席は風防ガラスに覆われている。マイロ・ピッツは大きなガラスのヘルメットをかぶり、胸に固着したパネルは、さまざまな色合いに光っている。教授は四方に会釈し、それから大統領の顔を見た。

「かわいそうに」と、モリス・ローレントがつぶやいた。「あとで苦労するこったろう。精神的に参らなきゃいいが」

「用意はいいかね」と、セント・ジョン・トアーズが特殊なマイクを通じて呼びかけた。

マイロ・ピッツは深く息を吸いこんだ。すると、胸のパネルから、小さな光と音の嵐が放出された。教授は座席のバンドの具合を調べ、それからトアーズにうなずいてみせた。

「悲しいね」と、オーレリウス・ファーザーウェルが言った。

こみあげてくる笑いを抑え、むりに真顔をつくって、セント・ジョン・トアーズは叫んだ。

「しからば、星の世界へ！」

マイロ・ピッツ教授は、親指と人差し指でO《オー》のかたちをつくり、ヘルメットを点検し、にっこり笑って、ガラス張りの操縦席のなかで立ちあがった。観衆は水をうったように静まりかえった。

教授はそのままの姿勢で五分間ほど動かなかった。何事も起こらない。

「何をしてるんだろう」と、国務長官がささやいた。

「しいッ！　考えているのです」

「考えて？」

「精神力ですよ――それがあの器械の燃料なのだ。忘れましたか」

モリス・ローレントはにやりと笑った。

「ああ、そうだった」

オーレリウス・ファーザーウェルは、もじもじ体を動かした。そして低い声で言った。

「なんだか気持ちがわるくなってきたよ」

時間はのろのろと経過していった。群集はもぞもぞ動き、それでも辛抱づよく待っていた。

マイロ・ピッツは、精神力集中のために、顔をゆがめている。拳を握りしめ、全身を硬直させ、かすかに揺れている。額には青筋があらわれている。

カトラス号はそれでも石のように動かない。

「こりゃまるで人殺しだ」と、モリス・ローレントがたまらなくなって言った。

トアーズは立ったまま、くすくす笑っていた。

「まったく面白い人さ」と、大統領は言った。「五百トンの物質を地面から浮かびあがらせることが、ほんとにできると思ってるんだから――」

喝采の声に、大統領のことばは中断された。大統領は広場の中央を見て、思わず叫んだ。

「おお！」

マイロ・ピッツの表情には変化がなかった。ただ顎ががくがく動き、頸の筋が引きつれそうにねじれているだけである。

だが、器械そのものには変化があった。巨大なスペース・マシンは、大きな音を立てながら、根本から揺れ始めたのである。ぐらり、ぐらりと、ひと揺れごとに振幅は大きくなるように見える。

マイロ・ピッツは片膝をつき、歯をくいしばり、目に流れこむ汗にまばたきした。そして全身を痙攣させた。

「何事です」と、モリス・ローレントが訊ねた。「いったいどうしたんです」

トアーズ大統領は答えなかった、演壇の手すりをつかみ、啞然として凝視した。

「見ろ！」

とつぜん器械の騒音がとまった。と思うまもなく、スペース・マシンは一フィートばかり、ひょいと持ちあがって、そのまま空中にとどまり、ゆっくりと回転し始めた。

マイロ・ピッツは、喘ぎ喘ぎ、汗をだらだら流し、両の拳で操縦席の床を叩いていた。その猛烈な歯ぎしりの音は、大統領のイヤホーンにはっきりと伝わって来た。

と、カトラス号は、音もなく上昇を開始した。

オーレリウス・ファーザーウェルは、額を叩き、嗄《しやが》れ声で叫んだ。

「こんなはずはない！ 早く！ 何とかして下さい！」

トアーズはマイクを引き寄せた。

「何か言って下さい」と、ファーザーウェルがうながした。「彼の精神を狂わせるんです。この機を逃したら最後だ！」

「何と言ったらいいんだ」

「何でもいい――何か言って下さい。ああ、マイクをわたしに貸しなさい！」

副大統領はちょっと考えてから、上昇してゆく巨大な乗物に向かってどなった。「ピッツ、お前は低能だ！ お前のおふくろは猿だ！ お前のおやじはうすのろだ！」

国務長官はマイクを引ったくって、叫んだ。

「ピッツ、でっかい犀《さい》がお前を狙ってるぞ！ 逃げろ、逃げるんだ！」

「九かける十七はいくつだ」と、セント・ジョン・トアーズもマイクにむかって絶望的に叫んだ。

しかしピッツは返事をしなかった。汗まみれの姿で、口をぱくぱくさせながら、器械もろとも、ゆっくり回転していた。カトラス号は、もう地上五フィートの高さに上がり、嵐にもてあそばれる遠洋航路客船のように揺れていた。

「よし」と、トアーズは言った。「それなら、謎々でいこう。ピッツ、いや、マイロ君、ヒヨコが道を横切ったと掛けて、何と解く？ え？ ヒヨコが道を横切ったと掛けて――」

「やめて下さい！」と、モリス・ローレントが言い、空を仰いだ。「畜生め、もうわれわれの真上です」

「今、落ちたら、つぶされます！」

　マイロ・ピッツは、最後の精神力をふりしぼって、操縦席にひっくりかえり、足をばたばたさせた。

「あがれ！」と、教授の叫ぶ声が一ダースものラウドスピーカーから流れた。「あがれ！　あがれ！」

　巨大なスペース・マシン、カトラス号は、群集の頭上でもう一度回転し、それから、矢のように上昇をはじめた。

　数秒後、カトラス号は視界から消えた。

　マイロ・ピッツの姿も。

　セント・ジョン・トアーズは、大きなデスクに向かい、すすり泣いていた。その黒いビロードの式服の肩のあたりが、しきりに揺れた。

「しくじった」と、大統領はつぶやいた。「わしも、わしの党も、大しくじりだ！」

　それは疑うべからざる事実だった。

　次の選挙で、美学党は再選されるだろう。もう当分のあいだ、隠退は不可能だろう。

　マイロ・ピッツはすでに火星のまわりを回り、現在、帰途に着いたところなのである。

　してみれば、トアーズとその閣僚たちは、ここから逃げ出せないだろう。

　選挙には必ず勝つだろう。

　壁の小さな羽目板が、耳ざわりな音を立てて外れ、そこからキジのかたちのおもちゃが、飛び出して来た。羽をばたばた動かし、ぎゃあと鳴いた。

　ドアがさっとひらいた。

「それ！」と、猟銃を構えたモリス・ローレントが金切り声をあげた。「待て！　とまれ、チャム！」

　猟犬はぴたりと足をとめ、長い赤い舌をだらりと垂らして、はあはああえいだ。トアーズがあわてて身を引くと、国務長官はどしんとデスクの上に腹這いになり、銃を構えて、二発つづけざまに撃った。銃声は部屋中にこだました。

キジはくるくると舞い落ち、そのまま、機械油をだらだら流しながら、ドアをぬけて逃げ出した。

「追え、チャム！」と、ローレントが吠えた。「やっつけろ、八つ裂きにしろ！」

犬と人はキジを追ってドアの外へ駆け出した。

アメリカ合衆国大統領は、ふたたびデスクの前の椅子に腰をおろし、ふるえる指であご鬚をしごいた。

そして両手に顔を埋め、目をとじた。

これから先のことは考えるまい。

テレビ電話のスクリーンが明るくなった。「はい」と、大統領は言った。

かわいい娘が喋った。

「御面会でございます。リケッツさんとおっしゃる方です。なんでも、ごく簡単に時間を征服する方法を発明したとか、おっしゃっています。タイム・マシンと命名されたそうですが」

「タイム・マシン？」

セント・ジョン・トアーズは、しばし考えこんだ。

その目に、かすかな希望の光がひらめいた。

「リケッツさんをお通ししなさい」と大統領は言った。

「つまるところ、恐怖すべきものは何一つない。恐怖そのもののほかにはな……」

性愛教授

The Love-Master

　ローソクの光が性愛教授の白髪を照らしていた。教授はじれったそうに頭を上下に振った。

「それは保証します、わたしが」

「しかし、先生はうちの女房をごらんになっておられませんから」

「女でしょう？　若いのでしょう？　健康でしょう？」

「ええ」

「それならば、特にお目にかかる必要はない」

　サルバドーリは車椅子を接近させて、訪問客のやせた蒼白い顔を観察した。どこかしら奇妙な、すこしばかり調子の狂ったところが、その顔にはあった。しかし、どこが狂っているのか、しかとは見定められない。帽子のせいだろうか。へんに大きなステットソンなのである。

「カビスンさん、あなた御自身は、その——なんというか——」

　若い男は顔を赤らめた。

「女房が不感症なのです」と若い男はいきなり言った。

「単刀直入に申しますと、そういうことなのです」

「ナンセンス！」サルバドーリは、みごとな鷲鼻《ローマン・ノーズ》にしなびた人差し指をあてて、きっぱりと言った。

「女性とは、ミルクと血と火の混合物です。よろこびの揺りかごであり、香料を満載した船であり、奇蹟の世界に通じる戸口であるのです！」

「それはそうかもしれません」と若い男は答えた。

「しかし、うちのビアトリスは——」

「——ほかの女性となんら異なるところはありません」

「ぼくには、肉体的な欠陥はありません」

「それならば」と、サルバドーリは言った。「心配はいりません。よろしいですか。不感症の女性などというものは存在しない。女性はすべて錠前です。適当な合鍵を待っている錠前です」

「巧みな比喩ですね」と、カビスンはつぶやいた。

「でも、ぼくには納得できない。ぼくはあらゆる方法を試みたのです」

　性愛教授は、年老いた虎のように物凄く、にやりと笑った。この人は年齢はいくつぐらいなのだろう。相当な老人であることだけはたしかである。羊皮紙のような皮膚、血管の浮き出た腕。心許なくふるえる膝には、ウールのショールを掛けている。しかし、その老いた体の内部には、なんとなく力が貯えられているような感じだった。オリーブ色の目は、かつてのよき日々を思わせる一種独特の光を放っている。

「あらゆる方法ですと？」

　またもや訪問客は赤くなった。その視線が埃っぽい薄暗い部屋のなかをさまよい、やがて車椅子の老人に戻った。

「よろしければ、いろいろ教えていただきたいのです」と若い男は言った。「ただ、ぼくは媚薬とか、まじないとか、そういうたぐいのことは信じておりませんから」

「わたしも信じておりませんよ」と、サルバドーリは答えた。「そんなものは下らない」

　カビスンは目をぱちぱちさせた。

「どうも分かりません」と、若い男は言った。「世間の噂ですと、先生は、一種の魔法使いだといわれているのですが」

「そのとおりです」と、老人は笑った。「ある意味では魔法使いです。しかし、わたしは泥棒じゃない。魔法を使って金儲けをしようとは思いません。わたし個人の楽しみのためにとってあります。失望しましたか」

「おどろきました」

「とすると、あなたは典型的だ。夫婦生活に悩みのある若い方々は、いままでに数限りなくここに見えられましたが、どなたも、何か奇蹟のようなことを期待して来られる。すくなくとも、まじないの星形とか、何かのお護り札とかな。で、わたしがそんなもののかわりに、ただお話をしましょうと言うと、たいてい失望される。しかし、そういう態度はじき変わります」

「そうですか?」

「そうですとも。なぜといって、わたしは未だかつて失敗というものを知りません」

「一度も失敗なさらなかったのですか」

サルバドーリは白い絹のスカーフを直し、「一度も」と静かに言った。その目が一瞬、生き生きと光った。

「実をいえば、この道には複雑なところも、恐ろしいところもないのです」と、老人は言った。「もしわたしが若い頃、闘牛士だったとすれば、年老いた今、新人闘牛士にさまざまな忠告を与えるのは当然でしょう。自動車レーサーだったとしても、猟師だったとしても、軍人だったとしても、すべてこれはおなじことです。わたしはたまたま性愛の道に入ったというにすぎない」

老人は溜息をついた。

「残念なことに、わたしの仕事の成果は、目に見えません。闘牛士が切りとった牛の耳とか、運動選手のメダルやカップのように、棚に飾っておくことはできない。しかし、わたしはそのたぐいのものを持っています――ここにね」

サルバドーリは額を叩いた。

カビスンは咳払いをした。老人は気がついて、事務的な口調になった。

「さて、お若い方、わたしの忠告を御利用なさるかどうか、決心はつきましたか」

「やはりお教えいただくことにします」

「結構。では、どうぞ、こちらの椅子へ」

やせた、帽子をかぶったままの男は、上等なリネンのハンカチで椅子の埃を払い、老人のそばに寄った。

「お値段のほうは――」と言いかけた。

「それはのちほど」サルバドーリは白髪のあたまを枕に埋め、目をとじて、つぶやいた。「奥さんの話をうかがいましょう。ただ、要領よくお話し願いたい」

「はい、女房は……かなり魅力的な女です、年は二十七歳。体重は確か百十ポンドです。体の線は美しいです。タバコを吸ってもよろしいですか」

「カビスンさん、奥さんの話を」

若い男はタバコの煙を深く吸いこみ、曖昧な調子で喋り出した。

「なんと申しますか、女房は要するに変なのです。結婚して初めて分かったのですが、彼女はいわば世間を知りつくした女でした。いろんな所を渡り歩いて、いろんな経験をしています。しかし、それにしても分からない。ぼくがどんなに努力しても、ビアトリスは頭をふるだけで、何もかも茶化してしまうのです。むろん、彼女は愛したいとは言いますし――女はみんな言うでしょう――ぼくの努力に調子を合わせようとはするのですが、結果はいつもおなじです。泣くときもありますし、笑うときもあります。でなければ、一晩中タバコをふかして、起きているのです。しかし、たいていは、『ごめんなさい、駄目なのよ』と言うだけです」

サルバドーリは注意ぶかく耳をかたむけていた。ときどき片目をあけては、すぐまたとじた。やがて訪問者の話がすむと、両手を組んで言った。

「カビスンさん、あなたのディレンマは、非常に初歩的なものです。これは簡単に処置できますな」

若い男は大きな目をして訊ねた。

「ほんとうですか。こんなひどい状態なのに?」

「大丈夫です」サルバドーリは車椅子に掛けたまま、身を乗り出した。ゆらめくローソクの光が、その美しい横顔を浮彫りにした。「比較的おとなしいが、効果は絶対という治療法をお教えしましょう。カビスンさん、『中国のフリップ』という方法をお聞きになったことはありますか」

「いいえ、存じません」

「では、よくお聴きなさい。このとおりのことをまちがえずに実行すれば、あなたの悩みは解消するでしょう」

　サルバドーリはそう言ってから、五十年前にベチュアナランド（アフリカ南部）で習得したという十二番の方法を、詳細にわたって説明した。訪問者の顔におどろきの表情があらわれたので、老人はもう一度はじめから繰り返した。

「ぼくにできるでしょうか」と、若い男が言った。

「なあに、コツをのみこめば、やさしいことですよ。ただ注意すべきは――あまり濫用しないことです。では、さようなら。あすの真夜中に、またお目にかかりましょう」

　やせた若い男が茫然と部屋から出て行くのを、性愛教授は見守った。そしてドアがしまると、さまざまな夢でいっぱいの眠りに落ちた。


　次の夜の十二時、遠慮がちなノックの音がきこえた。サルバドーリは車椅子を動かして、老体を戸口まで運んだ。訪問者はカビスン青年だった。きのうよりも蒼白い顔で、一段と憔悴した感じである。

「甘ったるいお礼のことばは不要です」と、性愛教授はつぶやいた。「それから、けばけばしい描写もはぶいていただきたい。百ドルの小切手を下されば、それだけで充分です」

　だが、若い男は笑顔を見せず、小切手帳をとりだそうともしなかった。

「どうしました、体具合でもおわるいかな」と、サルバドーリは顔をしかめて訊ねた。「あれはむろん、うまくいったのでしょうな」

「いいえ」と、訪問客は言った。「駄目でした」

「ぜんぜん駄目だったのかな」

「ええ」

「ふむ」サルバドーリはちょっとおどろいたような顔になったが、すぐに余裕をとり戻して、にっこり笑った。「そう、わたしは奥さんを、過小評価していたようですな。率直に誤りを認めましょう！」

「お教えいただいても役に立たないような気がします」と、カビスンは溜息をついた。「いっそのこと、先生に直接お逢いになっていただいて——つまり——」

「おことわりです！ わたしは出張教授はもうしておりません。この規則は厳重に守っておりますから、残念ながら、そういうことはいたしかねます。なぜといって、カビスンさん、わたしは二十年前から、数知れぬ女たちの誘惑におびやかされてきたのですよ。幾度となく、女性独特の陋劣《ろうれつ》な手を使ってまで、女たちはわたしをこの隠れ家から引き出そうとしたが一度も成功しなかった。わたしは、いうなれば性愛学校の名誉教授であって、今後もその地位にとどまりたいと思っております。それはそうと、あなたはそう思いつめることはない。もっと強力な方法を用いればよいだけのことで……」

老人はしばし考えこんだ。

「カビスンさん、ひとつ『オーストラリアのホップ』という方法を試してみましょう。名称はこっけいだが、なかなか効力のある方法です。これはもともと未開拓地域の強情な娘たちのために発明されたやり方で——いや、そんなことはどうでもよろしい。あなたの腕力は、どの程度ですか」

「まあ、ふつうだと思います」

「では、よくお聴きなさい。まず第一段階として……」

サルバドーリは内心いささか恥じていた。この十八番の方法は、かなり進んだ性愛学徒のためのものだったのである。アマチュアが用いるには、かなりのテクニックが必要とされる。しかし、ここで教授の名誉が汚されてはならない。それに、いくら年を取ってくたびれても、やはり食べなくてはならないし……

次の夜、手袋をはめた手のノックがきこえたとき、サルバドーリは訪問者の幸せそうな顔を想像して、思わず表情をほころばせた。

「どうでした」

カビスンは悲しげに頭をふった。青年の目には、ひどい疲れと敗北感があらわれていた。

「駄目です」と、青年は言った。

サルバドーリはきょとんとした。

「これはたまげた。わたしの言ったとおりにしたんでしょうね」

「一から十まで」

「それなのに奥さんは……反応しなかったのですか」

「いや、反応はしました。死んだウナギのような反応をね。凍え死にしたマスのような――ねえ、サルバドーリ先生、ビアトリスは先生の手にも負えないのではないでしょうか。もうあきらめてしまってもいいのです。彼女とぼくは、今までどおり兄妹《きょうだい》のように暮らすことにします」

「なんですと」性愛教授はふるえる手を差しのべて、青年の顔にふれた。「カビスンさん、みだりなことをおっしゃってはいけない。あなたは奥さんにたいして口淫を行なったことがありますか」

「は、何とおっしゃいました？」

「いや、わからなければよろしい。ちょっとお待ちなさい。よく考えてみます」

サルバドーリは拳をにぎりしめ、こめかみにあてがった。

「一九〇四年の夏」と、教授はゆっくりと言った。「フローレンスで、わたしはさる姫君と知り合いました。その方はすばらしい肉体のもちぬしでしたが、お気の毒なことに、あたかも蜘蛛の巣にかかったハエのように、古めかしい道徳の網に捕らえられていた。あれは、わたしとしても、二番目くらいにむずかしかったケースです。だが、なみなみならぬ努力の末に、わたしは勝ちました。その時の方法は確か二十六番――『酔いどれの爬虫類』でした」

相変わらず大きなステットソンをかぶったカビスン

青年は、疲れたしぐさで肩をすくめた。

「ああ、きみ」と、サルバドーリは自信のこもった、しかもやさしい声で言った。「絶望してはいけない。『どんな高い樹木でも、伐《き》って倒れぬことはない』というでしょう。では、よろしいか……」

性愛教授が、まるで古代ローマ彫刻のように打ち坐して、講義をつづけるうちに、カビスンの目は大きく見ひらかれ、口からはおびえたように喘ぎが洩れた。

やがて、青年はとつぜん笑顔を見せて言った。

「サルバドーリ先生、ただ今お教えいただいた方法は、確かにショッキングなテクニックです。たぶん、うまくいくと思います！」

「たぶん？　必ず、だよ」と、老人は言った。「安心したまえ。ビアトリスは今後とこしえにきみを愛するようになります！」

だが、訪問客が帰ったあと、サルバドーリはなかなか寝つかれなかった。「中国のフリップ」にも「オーストラリアのホップ」にも陥落しない女性とは、久方ぶりの強敵ではないか。しかし、あの二十六番の魔力に屈せぬほどの女性は、現代では存在しないはずである。

しかし……

「女房はぼくのことをわらいました」と、帽子もとらずに、カビスン青年はいきなり熱っぽく喋り出した。「ぼくのことを、アクロバットだと言いました！「誇張ではありますまいな！」

「ほんとうです。笑ったのです。『すごい恰好ね！』と言ったのです」

「その時期は？」

「終わり近い頃です。先生のお話だと、彼女は狂喜に我を忘れているはずでした」

「そうですか」サルバドーリはくちびるを噛んだ。「いよいよ奥の手に入らねばなりますまい。カビスンさん、あなたの奥さんは、はっきり申しますと、非常に稀なケースであることが判明しました。しかし、まだわれわれの敗北ときまったわけではない」

そして性愛教授は、声をひそめて、三十四番という方法を説明し始めた。これは名称を『二重切り返し、反動応用のタスマニア人殺し』という。この猛烈な威力に陥落せぬ女性は、どこにもいない。そう、いるはずがない！

「女房は寝てしまいました」と、次の夜、カビスンが言った。

サルバドーリは、死に物狂いの表情で、恐るべき三十七番の方法――名称は『忍び寄る恐怖』といい、三十年ばかり前に、シルヴァ・ラモス侯爵夫人を交尾期のウサギのように狂喜乱舞せしめたテクニックを、事こまかに説明した。

「女房はあくびをしました」と、カビスンは言った。

サルバドーリは思った。なんという女だろう！　ほんとうに世間を知りつくした女だ！　そこで性愛教授は、残りすくないレパートリーを、片っぱしから披露した。『ベルギーの廻転木馬』（五十一番）も、『ローマの時』（六十番）も、これはあの氷のようにかたくなだったレディ・ティタリントンを屈服せしめて以来、一度も用いられなかったテクニックなのである。

だが、いつも結果はおなじだった。いつもカビスンは失敗を報告した。「女房はクスクス笑いました」というのが、最上の報告である。たいていは、「ぼくの顔を穴があくほど見つめました」である。

遂にサルバドーリは決意した。かくなる上は、なすべきことはただ一つ。

「カビスンさん、わたしは心を決めました。わたしの原則には反することですが、このような状況では、残念ながら止むを得ません」

「どうするのですか」と、カビスン青年は言った。

「まだお教えしなかったテクニックが、一つだけある」と、サルバドーリは声をひそめて言った。「百番です。これには名称がない。この効力は、わたしの首に懸けて保証します」

教授の顔は激しいプライドに紅潮した。

「しかしながら、この方法を詳細に御説明することは、(失礼ながら)ニトログリセリンの入った容器を三歳の児童に預けるようなものです。危険きわまりない。すこしでも手順をちがえたときのことを想像すると、ぞっとします……この百番という方法をマスターした人は、世界中に二人しかいないのですからね。その一人は、噂によれば、ドン・ジョヴァンニです。もう一人は、かく申すわたしです。したがって――」

若い男は息を弾ませて、体を乗り出した。

「したがって、わたしはここ十五年来初めての出張教授をいたします！」

カビスン青年は跳びあがった。その目には涙が溢れていた。

「サルバドーリ先生、ほんとうですか」と、青年は身をふるわせて言った。「ほんとうに出張教授して下さいますか」

老人は片手を上げた。

「わたしは感情過多を好みません」と、渋い顔をして言った。「お掛けなさい。わたしの注意をよくお聞きなさい。まず、部屋を完全に暗くしておいていただくこと。分かりましたか」

「ええ、分かりました」

「それから、奥さんが眠ってしまうまでは、絶対にわたしの名を呼ばぬこと。これが重要なところです。万一わたしの名が知られてしまえば」――サルバドーリは身をふるわせた――「もう死ぬまでおちおち休んでいられませんからな。奥さんは絶えずこの部屋を訪問して、おどかしたり、すかしたり、泣いたりして、わたしを誘惑するでしょう……恐ろしいことだ」

「しかし」と、カビスンが言った。「一つだけ分かりません。ぼくがその百番をおなじように繰り返せないとすれば――」

「一度で充分なのです」とサルバドーリは言った。

「奥さんは、むろん、百番をもう一度のぞむでしょうが、それはいわば氷が割られたようなもので、ほかのテクニックでも、けっこう満足なさるのです」

青年は性愛教授の骨っぽい肩に手をかけた。

「ほんとうに——何とお礼を申し上げたらよいか分かりません」

「さようなら、カビスン君。これは止むを得ずにすることです。二度と繰り返す気はありません。では、あとでお目にかかりましょう」


肌を刺すような風の吹く戸外から、ほのぐらい家のなかへ案内されて、サルバドーリは溜息をついた。これからいよいよ拷問の始まりか。騎士が老いぼれだと、御前試合も楽ではないわい、と性愛教授は思った。ホコも重いし、短剣も重い。辛い試合だ。

サルバドーリは、うつらうつら居眠りを始めた。と、ささやき声がきこえた。

「お願いします！」

性愛教授は、はっと目をさまし、車椅子をあやつってまっくらな部屋のなかへ入って行った。

「カビスン君？」と、小声で言った。

返事がない。

大丈夫。ベッドのありかは本能的に感じとった。反射的に、教授はベッドに上った。

しばらくは身動きもせずに、百番の方法を心のなかで復唱した。それから、規則正しい寝息がきこえ、ここちよいぬくもりが伝わり、サルバドーリは不承不承、行動を開始した。

完璧な出来だった。

計算どおりの時間に、教授はしなびた体で車椅子に戻り、「カビスン君、あとをつづけたまえ！」と、ささやいて、部屋を出た。そして、風の吹きすさぶ街路を家路に着いた。

なにもかも終わった。サルバドーリは大きな溜息をついた。今後は、たとえ性愛教授としての名声が失われようとも、断じて出張教授はおことわりだ。自分の住居へ上りながら、サルバドーリはそう思った。そして部屋に着くや否や、深い眠りにおそわれた。

次の夜、ちょうど十二時に、ふたたび手袋をはめた手がドアをノックした。サルバドーリは、牡蠣《かき》の燻製の皿を押しやった。体のふしぶしがズキズキ痛み、精力はすっかり消耗してはいたが、教授の心は晴ればれとしていた。

「どうぞ、カビスン君」

青年が入って来た。奇妙な笑みを浮かべている。

サルバドーリはすばやく言った。

「料金は一千ドルです。お差し支えなくば、現金でいただきたい」

訪問客は疵だらけのテーブルに、十枚の百ドル札を置いた。

「うまくいきましたか」

「ええ、とても!」

「何もかも満足がいきましたか」

「はい!」

「では、カビスン君、おさらばです」

だが、訪問客は出て行く気配を見せなかった。その笑みがひろがった。と、出しぬけに青年は進み出て、サルバドーリの額にキスした。

「これは、また」と、老人はつぶやいた。「早くお帰りなさい!」

そして、性愛教授サルバドーリは、教え子の体にふれて、愕然とした。眼球が今にも眼窩から飛び出しそうになった。

依然として笑顔のままの訪問客が、一歩しりぞいて、今初めてその大きなステットソンをとったのである。ゆたかな金髪が、滝のように青年の両肩に流れた。

「カビスン君、どうしたわけです!」

「お叱りにならないでね、あなた」と、コートをぬぎ、ズボンをぬぎ、シャツをぬぎ、その他の邪魔ものをすっかり取りのけて、訪問者は言った。「でも、こうしなければ、あなたをわたしのものにはできなかったわ。お叱りにならないで!」

サルバドーリは車椅子の腕をしっかと摑んだ。目の前には、すばらしい美人が立っていた。ふくよかで、やわらかで、象牙のように白い肉体。

　飢えた牝豹のように、音も立てず、その肉体はじりじりと迫って来た。老教授は部屋の片隅のベッドに追いつめられた。牝豹は声を立てて笑った。

「カビスン君！」サルバドーリはまだおのれの目を信じられずに、嗄《しやが》れ声で叫んだ。「カ、カ、カビスン君！」

　女は言った。

「ビアトリスと呼んで」

　そして教授に跳びかかった。

人里離れた死

A Death in the Country

もう十一時間もドライブをつづけた。腹はへるし、暑いし、疲れたが、車を止めるわけにはいかない。道ばたに車を止めて、あの大きな松のしたで、しばらく休みたいが、それはできない。なぜって、そうすれば、すぐ眠ってしまうだろう。眠れば、あしたの朝まで目はさめない。町に着くのはおくれるし、もしレースにおくれでもしたら、バック、お前はどうする気だ。だからドライブをつづけた。スピードは七十マイル。その速度をたもって、長い直線道路を、急カーブの山道を、走りつづけた。八十マイルにスピードを上げれば、この苦しみはみじかくなるはずだけれども、あいにく雨がふりだしたのである。それが霧雨《きりさめ》に似た、たちのよくない雨で、道路の表面をつるつるにしてしまう。だから八十マイル出すと、神経をつかわなければならない。今は神経を休めなきゃならんときなのに。しかも、ボンネットのなかのエンジンは、かなりの古物だ。ただでさえ調子が狂いがちなのだから、あすをひかえた今日という日に、調子が狂っては大いに困る。どうしようもない。それはよく分かっている。だから、のんびり走らせること。

バック・ラーセンは、窓を三インチほど下げて、冷たい、するどい空気を肺いっぱいに吸いこんだ。新鮮な空気には、松の匂いがしみこんでいる。暑さも、神経のたかぶりも、いくらか救われたが、これも雨ゆえの新鮮さだと思うと、バックは腹が立った。雨はきらいだ。もちろん、雨は時には悪くない。農作物のためにいいとか、そういうことはあるのだろう。世間の人は、ああ、いいねえ、すばらしいねえ、この雨！　などと言ってるだろう。しかし、レースをやる身になってみろ、そんなことは言っていられない。そんなのんきなことは言えなくなる。ひょいと空を見上げると、黒雲。すると心臓の鼓動が速くなる。こわくなる。そして神に祈る。もうしばらく待って下さい。お願いですから、あと五、六時間だけ雨をふらせないで下さい。それでも雨はふりだす。いつもそうなのだ。そして、走路はぬかるみになる。運がよければ、出場しなくてすむこともあるが、金もなし、運もわるしで、どうしても出場ということになる。雨でやわらかくなった走路に、一周《ラップ》前まではありもしなかった穴が、直前のだれかがあけた穴が、ぽっかりとあいている。それにひっかかる。ハンドルが手から放れる。あわてて摑もうとするが、もうおそい。車は転倒する。いつもそうなのだ。どうしようもない。お祈りも駄目だ。天気予報も役に立たない。車は観客席にぶつかる。ロール・バー（運転手保護のための鉄製のフレーム）があるから大丈夫だ、ドアがあかなければ平気だと思うが、いつも裏をかかれる。そして腕を折り、あるいは頭に負傷し、毎度のことながら、これから先はどうなるのかと考えこむ。保険会社は、盲目のパイロットに保険をかけさせても、レース・カーの選手には絶対に保険をかけさせない。それも分かる。みすみす損をするような商売は、だれもしない。

　バック・ラーセンは、頭をふり、気をらくにしようと思った。グレインジまであと六十マイル。ほんの六十マイル。もうすぐだ。片手でも運転していける。前にもやったことがある。（でも、あのときは若かった。いまは四十八だ。老いぼれだ。疲れ果てて、雨におびえる老いぼれだ。そうともさ、バック。お前はおびえている）

　畜生！

　バック・ラーセンは、鉛色の空を見上げて、顔をしかめた。それから、曇った風防ガラスをのぞきこんだ。行く手にカーブが見えている。バックはアクセルを踏み、九十七マイルのスピードでカーブを通過した。それから、おもむろにスピードを落とした。

　どんなもんだ。

速度計の針が70にもどり、そのまま動かなくなった。どんなもんだ、オーケーだ、とバック・ラーセンは思った。田舎の市《いち》に集まってくる農民どもを、あっと言わせてやるぞ。一着にはなれないかもしれないが、まあ、二着、わるくとも三着には入るだろう。三着の賞金は三百ドルだった。しかし、もし、雨でレースが延期になったら？　いや、そんなことはあるまい。田舎者は娯楽に飢えている。小雨なら、レースは決行されるだろう。

道しるべ。「グレインジまで四十一マイル」

バックは、ヘッドライトをつけた。行き来する車の数が、だんだんふえてくる。なんとなく、バックはうれしかった。あたりに人がいると、心配事が忘れられる。ただ、いつもの目つきはいやだ。みんな葬式にすこし早く来てしまったような、いやな目つきでバック・ラーセンを見る。馬鹿野郎。きみらはおれを知らないのだな。おれはよそ者だ。しかし、あしたになれば、おれが死ぬのを、きみらはみんな見物しに来るのだ。むろん、そのために、それを見るために、レースに来るのだよ、きみらは。しかし、すまないけれど、おれはきみらを失望させよう。ほんとにすまないね。これだから、おれは有名になれないんだ。なかなか死なないから。（いや、それが理由じゃない。お前が有名じゃないのは、下手くそだからさ。そうだろう、ラーセン、素直にそうだと言えよ。お前は老いぼれで、スピードも出せない。気が小さい。だから、有名なレースには出場できない。出場しても、ビリッケツだからね。だれもお前なんか見やしない。金も払ってくれない。でも、食わなきゃならんから、お前はこんな人里離れた所へやって来て、田舎の選手どもと張り合うんだ。昔の成績が唯一の頼みの綱でね。お前はそれを盛んにふりまわす。自慢する。でも、それもすこしずつ効かなくなってきたね。要するに、お前はのろいんだ。お前の車はのろいんだ）

穴ぼこだらけの大型リンカーンが、そばを通りすぎた。運転席の男は、バック・ラーセンをじっと見ていた。すまないね、とバックは思った。あんたのために、死んでもいいんだが、まだそのつもりはない。とにかく、あすは出場するよ。結果は分かりゃしない。一着になるかもしれないし、車が転倒して、外にころげ出た途端、あとから来た車に轢かれるかもしれない。おれの死体を引き出すのは、えらく骨が折れるだろうよ。分かりゃしない。

　バックは肘でハンドルを押さえ、葉巻に火をつけた。そう、分かりゃしない、とバックは思った。しかし、おれはそんなことにはなりたくない。バック・ラーセンは。そう。バックは葉巻を嚙みしめた。カール・ビーチャムがよく言っていたっけ。おれにだけはそんなことは起こらないと思うのが、自動車選手の習性だって。カールには、それが起こった。四年前、ボネリで、観客席の壁にぶつかって、車はもんどりうって……

　バックは、テープを巻いたハンドルを、固く握りしめた。そして窓をしめた。カールや、サンディや、チック・スナイダーや、ジム・ロナガンのことを思い出すと、いつでもこうするのだ。ハンドルを握りしめ、窓をしめる。それと同時に心の窓をかたくとざし、かれらのことは考えまいとする。みんな、いい友だちだった。すでに死んだり、隠退したりした連中ばかりだ。誘い出して、一緒にビールを飲み、トランプ遊びをすることは、もう不可能である。バック・ラーセンは孤独だった。これ以上よくもわるくもならない孤独。

　おれは一人ぼっちだ。しかし、一人ぼっちは、おればかりじゃない。仕事もない人が大勢いるのだ。こんなやくざな仕事すら持たぬ人が。

　それなら、まだまだいいほうじゃないか。どうしてレース・ドライバーになったのか、それはもう思い出したくもない。大して複雑な事情でもなんでもないのだが。バックが育った町に、たまたま泥土競走路《ダートトラック》があった。そこへよく通《かよ》った。車を眺めたり、その音を聞いたりするのが好きだった。バックのその頃の職業は、エンジニア。そこで選手たちの車をよく修理してやった。そのうちに、だれに口説かれたのかは忘れたが、一度だけと思って出場した。それはスリルだった。生まれて初めてのスリルだった。で、もういちど出場した。

　というわけである。それ以来、選手になってしまった。それしか生活の道は知らなかったから。（いや、それはウソだ。エンジニアとしても、立派に生活できたのに）

『それなら、なぜエンジニアの仕事に戻らない？　戻ろう。お得意を見つけて、小金を溜めて、ガレージでもひらこう。首の骨を折る仕事は、ほかの馬鹿者に任せておけ。くそくらえ』

　雨が急に激しくなった。バックは舌打ちした。それから小一時間、バックは車のことしか考えなかった。心のなかで、あれこれと、いろいろな部分の働き具合を考えた。エンジンがなにしろ二年前の古物なのである。乗り手がバックでなければ、とてもスピードは出ない。ほかの選手たちは、もっと新しい車を使っているのだろう。もっと効率のいい車を。これは苦しいレースになりそうだ。

　バックは車のスピードを四十五マイルに下げ、やがて二十五マイルに下げ、ガソリンスタンドの前で止まった。洗面所を借りて、冷たい水で顔を洗い、汚れを落とした。

　それから食堂に行き、最後の六ドルのなかの一ドルを使って、夕食をとった。

　それから、プランテーションと呼ばれるホテルへ、シボレーを走らせた。雨は、車の凹凸をきわだたせ、街燈の光にキラキラかがやいた。みにくい車である。風雪を経た老人に似て、頑健そうで、みにくい車。ふつうの乗用車に外見は似ているけれども、内部はまるっきりちがう。それは、いったん裸にひんむかれ、スプリングを頑丈にされ、運転席を低い位置に付け替えられ、すべて競技用に作り替えられた、野生の車だった。そう、ボクサーの心と本能をそなえた、野蛮きわまりない車である。街道《ハイウェイ》では、羊の群れのなかの一匹のオオカミ。走路に出なければ、幸福になれない、自由な気持ちになれない車。

そのシボレーは、バック・ラーセン自身に似ていた。両者はいつも行動を共にしたではないか。ふたりとも、同族の生きものである。新しい車やバックもそれを感じていた。姿はみにくく、年老いているかもしれない。しかし、二人はいろんな手を知っているのだ。や若い選手には、スピードの点でかなわないかもしれない。しかし、二人はいろんな手を知っているのだ。青二才どもが夢にも知らぬ、さまざまな手を。

バックは、車のタイヤを点検してから、一人でうなずき、ホテルに入った。あすの朝、五時半に起こしてくれと頼んだ。フロントの老人は、まちがいなくお起こししましょう、と言った。バックは部屋へ上がった。狭い、蒸し暑い部屋。しかし、三ドルの部屋代では、こんなところが普通だろう。

バックは雨の音に耳をかたむけ、思った。あしたは二着か、さもなくば三着だ。断然そうなってみせる。すまないね。人間は喰わなくちゃならんからな。

電燈を消し、まっくろな眠りに落ちた。

目がさめると、窓を見た。雨はやんでいる。しかしやんだばかりらしい。これではおなじことだ。バックは外に出て、小さな喫茶店に入り、トーストとコーヒーの朝食をとった。

それからシボレーを駆って、町から十三マイル離れたソルタン競技場へ行った。競技場の周囲は、ふだんならば埃っぽいただの野原だが、今朝はまるで河岸の堤防のように、黒い泥に覆われている。競技場は、ごくありきたりのものである。灰色の、腐れかけた板囲い。キイキイ軋む、硬い木のベンチ。事故防止用の厚い板壁。そして、雨がやわらかくした小さな楕円形の走路。大きなローラーが地ならしをしている。しかし何の役にも立たないだろう。試運転を何周《ラップ》かやれば、たちまちどろどろになるにきまっている。それに太陽が照りつければ、ますますひどいぬかるみになる。

夜明けの灰色の光が、すこしずつ全天にひろがり始めていた。あたりは静かだった。やわらかい土なので、ローラーはほとんど音を立てず、ローラーを運転する男も、疲れたように押し黙っていた。寒いのに、バックは上衣をぬいだ。車のトランクから七つ道具を出し、地べたに並べた。まず、消音器を外した。それから、車の尻を持ち上げ、左の後輪のタイヤを外して、点検した。それから、ふたたびそれをはめこみ、ほかのタイヤを点検した。次には車軸の点検。次には、ブレーキ。

ぞくぞくとたくさんの車がやって来て、まもなく競技場は車でいっぱいになった。バックはシボレーの点検を終えると、油じみた布で手を拭き、競技相手の車の群れに目を走らせた。

予想よりも一段と苦しいレースになりそうである。真新しい二台のフォードがいる。一九五七年型のシボレーが一台、ダッジD五〇〇が三台、見るからに速そうなプリマス・フュアリが一台。あとは平凡な車か、ボロ車ばかりだ。

全部で十九台。すくなくとも十七台を抜かなきゃならんわけか、とバックは思った。そして、新型のポンティアックに寄って行って、なかをのぞいた。それはきわめて平凡な機械だった。しかし走ってみなけりゃ分からない。車の横腹には持主の名が書いてあった。トミー・リンデン。

聞いたこともない名前だ。バックは両手を拭き拭き、シボレーに戻った。すでに数時間が経過し、まもなく十二時、資格審査の時刻である。すこし休んでおいたほうがいい。

カンバス張りの椅子に腰をおろし、目をとじようとしたとき、一人の青年がポンティアックに近寄って行く姿が見えた。ソルタン競技場では、選手の溜り場に、婦人立入禁止という規則はないのだろうか。その青年は女の子を連れていた。女の子もきわめて若い。二十一、二に見える。自動車レースに来る女らしくもない、清潔な、あかるい感じだ。男っぽいギスギスしたところは、すこしもない。いつでも清潔な感じの女というのも、たまにはいるんだな、とバックは思った。そういう女は、どこへ行こうと、なにをしようと、清潔に見えるものだ。アンナ・リーが、もうすこし、（ほんのすこしでも）清潔だったら、バックも別れる気にはならなかっただろう。しかし、アンナ・リーは、手のつけられぬ女だった。あんな不潔なあばずれと、なぜ結婚なんかしたんだろう。ああ。バックは若い女の子を眺めながら、別れた細君のことを考えていた。それから青年に焦点を合わせた。二十五、六。ハンサムで、筋肉がたくましい。自信満々のおもちである。目を見れば分かる。

バックがうつらうつらしていると、拡声器が資格審査の始まりを知らせた。バックは起きあがり、番号に耳を傾けた。最初に二十二番、次は九十一番、次は七番。

バックは八番目である。

選手たちは身支度を始めた。見物人はスタンドに陣取った。拡声器が呼び、最初の二十二番、黄色いフォードが、スタート・ラインについた。

旗が振りおろされ、二十二番はエンジンの音をとどろかせて、走り去った。

つぎつぎと車が走った。

バックの名前が呼ばれた。シボレーに乗りこみ、バックは前進した。走路はかなり荒らされたが、まだスピードは出せる。旗が振りおろされた。バックはゆっくり車をスタートさせ、バック・ストレッチで急激にスピードを上げ、アクセルを踏みっぱなしでゴールに入った。そのはずみで南側の壁に車をぶつけそうになったが、危うく踏みとどまった。

溜り場に帰り、ヘルメットをぬぐと、アナウンスの声がきこえた。

「六番、バック・ラーセン選手――二十六秒一五」

群集が感嘆の声をあげた。張り合いのある見物だ、とバックは思い、腰をおろした。次に出たフュアリの成績は、二十六秒一五を遙かに上まわっていた。

次はポンティアックの番だった。

「十四番、トミー・リンデン選手、スタート・ラインについて下さい」

灰色の車は、物凄い音を立てて出発した。走路はすでにひどい状態だった。なんとも、ひどい。こんなコースでは、二十六秒一五の記録を破る車はあらわれないだろう。

ポンティアックは、最初から猛烈にアクセルをかけたので、車体の後部がねじれそうに見えた。あわてるな、十四番、とバックは思った。そうあばれたって、女の子は感激するかもしれんが、車に無理がいくだけだよ。

十四番は、すごい勢いで走路を突っ走り、きいッと音を立ててゴールに入った。途中のカーブでは、ほとんど壁とすれすれである。車が通りすぎたとき、バックは若者の顔を見た。にこりともしていない。目はまっすぐ前方をにらんでいる。拡声器が叫んだ。

「トミー・リンデン、十四番は、二十六秒一三！」

バックは顔をしかめた。次の新型フォードは恐らく二十六秒を割るだろう。あの馬力では、きっとそうなる。

青年はポンティアックから下りた。ヘルメットをぬごうとすると、ピンク色のドレスの娘が駆け寄って、青年のヘルメットの紐におずおずと手をかけた。青年はにやりと笑った。

「いいよ、いいよ」

青年は娘の手をやさしく振り払った。ヘルメットをぬいだところを見ると、顔はもうだいぶ汚れ、妙に老けて見える。タイヤにちらりと目を走らせてから、青年はバックのほうへ歩いて来た。

「ねえ」と、青年は言った。「今この子に邪魔されて、自分の記録を聞きそこなったんです。何秒でした？」

「二十六秒一三」と、バックは言った。

「わるくないな」と、青年は嬉しそうに言い、チューインガムを吐き捨てた。「あなたは？」

「二十六秒一五」

青年はバックの年を値ぶみするようにじろじろ見た。

「そりゃすごいですね。大したもんじゃありませんか。ソルタン競技場は、初めてですか」

「しばらく来なかった」

「そうですか。ぼくはときどきトレーニングに来るんです」

会話に間があいた。

「ぼくはトミー・リンデンと申します。パイントップに住んでいます」

バックは手を差し出さなかった。

「ラーセンです」

青年は新しいチューインガムをポケットから出し、包み紙をむいて、口に放りこんだ。

「ちょっと了解していただきたいんですが」と、青年は言った。「今言ったとおり、ぼくはときどきここへトレーニングに来ています。パイントップのアンディ・ガモンのガレージにバック・アップしてもらっていましてね。で、つまり、今日は、実をいいますと、三十六番をマークしてるんです。ごらんになったでしょう？ 茶色のフォード？」

「見ました」

「ですから、もしあなたがぼくを抜いたら、そりゃもちろん、どんどん走っていただいてかまわないんですが、もし、その——ぼくよりおくれた場合は、ぼくのコースから離れていていただけると、とても助かるんです」

青年は腹立たしそうな目つきをした。

「あのフォードの奴を、なんとしても抜きたいもんですから」

バックはゆっくりと葉巻に火をつけた。

「できるだけのことはしましょう」とバックは言った。

「どうも勝手なことを言ってすみません」と、青年は言い、それから片目をつぶってみせた。「ぼくは今日、あの女の子を連れて来たんです。えらくぼくを買いかぶっている子でしてね。だから、がっかりさせるのも可哀相でしょう？」

青年はバックの二の腕をぽんと叩き、足どりも軽く、自分の車へ戻って行った。細身のズボンは、青年の腰をぴったりと締めつけている。ほんとうは、あいつ、心配してはいないんだ、とバックは思った。すこしあがってはいても、心配はしていない。それもよかろう。

太陽は中天に高く、バックの肌に熱さがしみこんできた。いつものことながら、待ち時間の焦躁が始まった。なぜこんなに待たせるのだろう、とバックは思った。大した理由もないはずなのに。

走路を横切ろうとして、急に足の痛みを感じたバックは——雨がふるといつも痛むのである——立ちどまり、腰をおろした。バックの顔は汗に濡れていた。耳のうしろの古い傷痕に埃がこびりつき、鼻毛まで汗でべトついているような気がする。ふと目を上げると、トミー・リンデンと、ピンクの服を着た娘の姿が見えた。娘は青年の耳に何かささやいている。青年は笑っている。

ああ、この暑さ！　バックは顔の汗を拭き、トミー・リンデンと娘から視線をそらして、自分の車のタイヤを点検した。もう一度、点検した。すると、第一レースの時刻になった。五周《ラップ》のトロフィ競技である。まず小手調べといったところだ。

レースが始まった。二台のフォードは先頭に出た。バックはシボレーの速度を上げ、そのあとを追った。十四番はスタートに失敗したとみえて、ずっとおくれている。だが、右に左に車体を振り、強引に前へ出ようとする。バックは、このままの位置を保てることは分かっていたが——五周《ラップ》競技なら当然のことである——危ない橋は渡るまいと決意した。そこで、大きく車体を振り、ポンティアックを通してやった。ポンティアックは走路から飛び出そうな勢いで通りすぎたが、あやうく走路にとどまった。

二分ばかりでレースは終わった。バックのシボレーは、ポンティアック以外の車には抜かれなかった。最終まで喰いさがったマーキュリーは、遂にバックのシボレーを追い抜けなかったし、ほかの車はずっとおくれていた。

しかし、これには大した意味がない。これはただの場つなぎのためのレースである。だれも本気で見てはいない。

一群のオートバイが十周《ラップ》レースを始め、走路はなおさら状態がわるくなった。やがてそれが終わり、いよいよ呼びものの百五十周《ラップ》レースが始まった。

バックはふたたびスタート・ラインに並んだ。スタート・ラインには、ハンディキャップがつけてある。速い車はうしろに、おそい車は前に配置された。

バックは慎重に肩あて《ハーネス》を着こみ、膝に安全ベルトを締め、ドアを点検し、ヘルメットをかぶった。やりきれないほど蒸し暑い。もう馴れてもいい時分なのに。きのうや今日始めた仕事ではないのだから。

十四番はエンジンの音をとどろかせて、シボレーの脇へ出て来た。トミー・リンデンはヘルメットをかぶり、芝居気たっぷりに両手をあげた、若者の視線はバックのまなざしとぶつかった。

「ねえ」と、リンデンが大声で言った。「あのフォード二台は、大したことはないね。そう思わない？」

バックは微笑した。なかなかいい坊やだ。叫びかえした。

「どうだい、きみの調子は」

「いやあ、さっぱりですよ！」と、リンデンは楽しそうに叫んだ。

「わたしも駄目だ」

「え？」

拡声器が嗄《しゃが》れ声を張りあげた。

「レッド・ノリスが選手を御紹介いたします！」

前方の走路は、まるで雨あがりの山道だった。物凄いぬかるみと水たまり。硬い地面はどこにも見あたらぬ。

バックは十四番にちらりと目をやった。トミー・リンデンは、観客席に手をふっていた。中年の男が、観客席から、それにこたえて手をふった。バックは顔をそむけた。

「あいつを抜かせてくれますね？」青年は三十六番を

指した。

「わたしに訊いてもしようがない！　直接あたってみなさい！」

「まったくだ。そうしようかな！」

選手紹介がすむと、スターターの男が、巻いた緑の旗をもって進み出た。選手たちは一せいにヘルメットをかぶり直した。一瞬の静けさは、十九台のレース・カーがつぎつぎとエンジンをかける轟音に破られた。

バックの顔から微笑が消えた。もうトミー・リンデンのことも、だれのことも考えるまい。この次の瞬間のことだけ考えるのだ。おれは三十六番に喰いさがってやろう。あくまで妨害してやろう。ただし壁にはあまり近づかぬこと。気をつけろ。三十六番に喰いさがること。

たっぷり一分間ほど、車の群れは傷ついたライオンのように吠えていた。まもなく緑の旗をもった男が、スタート・ラインを点検して歩いた。バックは、十四番のポンティアックがじりじりとラインまで前進して行くのに気がついた。いまにも鎖を引きちぎって飛び出さんばかりの勢いである。スタート・ラインに異状を認めなかったスターターは、いきなり旗をふりおろした。

レースだ。

バックはすばやくハンドルを切って、ポンティアックの内側に入ろうとしたが、青年のほうがすこし早かった。その動きを予期していたとみえて、すぐ右側へ寄り、バックの車を近づけないのである。第一の曲がり角で、十四番は意地わるく車体の尻を振った。バックは壁に接触して怪我をするか、それともスピードを落とすか、二つに一つだ。バックはスピードをゆるめた。

そのまま、ポンティアックを追いつづけたが、これを追い抜くのは容易ではなかった。曲がり角にさしかかるたびに、ポンティアックは威嚇するように尻を振り、うしろの車を寄せつけないのである。うしろにくっついているだけで、精いっぱいだ。前方では、二台のフォードが、断然ほかの車を引きはなし、ぬかるみを蹴ちらして走って行く。

バックは、あわてるな、と思った。永年の経験にものをいわせるのは、このときだ。ポンティアックは次第に近所の車を追い抜いた。十五分ほど経って、六番目のマーキュリーを抜いて、先頭から五番目に入った。

ポンティアック、焦るな、とバックは思った。ほかの連中はまだ本格的なスピードを出していないぞ。それを忘れるな。

だがポンティアックは、いっこうにスピードをゆるめなかった。こうなると、バックも、戦術を変えねばなるまい。初めの計画では、まず十四番に、三着以上にはなれないと、あきらめさせ、それから、うまうまと出し抜いてやるつもりだった。

しかし、ポンティアックはあきらめなど知らぬげに見える。

こうなれば、あの青年をおどかすことだ。ぐっとそばに寄り、壁すれすれに追いつめて、それから、すばやく抜いてやる。

決心がつくと、バックはシートの背に寄りかかった。ちょうどコースを半分ほど走ったところである。あと七周《ラップ》だけ待とう。それから行動開始だ。

北側の曲がり角でダッジを抜き、ハンドルをまわそうとした途端、ダッジの運転手が錯乱した。ダッジは恐ろしい勢いで車体をかたむけ、ぬかるみの走路をななめにすっとんで、壁にぶつかった。バックは死物狂いでハンドルを切り、ようやく衝突をまぬがれた。くそ！　十四番は遙か先を風のように走って行く。ようし。バックは、すぐ前のマーキュリーにぴたりと寄って、アクセルを踏んだ。マーキュリーは脇へどいた。その刹那、追い抜いた。次の車も、おなじやり方で追い越した。

さらに三周《ラップ》。そしてまもなく十四番に追いついた。

あたりの車が減ってきたところで、バックはポンティアックに喰いさがった。両者の距離はわずか三インチばかり。走路の穴ぼこにさしかかると、ほとんどつづけざまにバウンドする。

南側の曲がり角で、バックは左へ入ろうとした。ポンティアックはそれに気づいて、すぐ左をふさいだ。二つの車は壁から一フィートばかりのところを通過した。

汗がバックの額ににじみ始めた。これでは、三着もおぼつかないのではあるまいか。三着にも入れないと、ガソリン代もない。宿賃もない。文なしだ。

バックは前かがみの姿勢になった。それは、ここ二年間のレースでは、ついぞ見られなかった姿勢である。若き日のバック、悩みすくなく、友だちや女たちにとりかこまれていた頃のバックが戻ってきた。

きみはガールフレンドをうっとりさせたいのだろう、とバックはポンティアックにむかって言った。

おれはメシ代を稼ぎたいだけなのだ。

さらに六周《ラップ》。バックは五度追い抜きをこころみた。二度ばかり成功しかけたが、もうすこしというところで、駄目だった。いつでも、スピードをゆるめなければならぬ。あいだが狭すぎて入れない。

レースはそろそろ終わりにちかづいて来た。かくなる上は、ほかの手を使おう。直線コースで、バックは十四番の後尾すれすれに迫った。そして南側の曲がり角にさしかかったとき、一秒の何分の一か、スピードをゆるめ、わずかの距離をあけた。次の瞬間、ポンティアックの内側めがけて、ハンドルを切り、アクセルを踏んだ。シボレーは跳ねあがるような恰好で前進した。たちまち二台の車は肩をならべた。

バックは、車のコントロールのことしか考えていなかった。あとは一切、心から失せた。今こそ、二人のうちどちらかが、ゆずらねばならぬ時なのだ。それは分かっていた。しかし、そんなことは考えていられなかった。

二台の車は、同時に曲がり角をまがった。観客はどよめき、ある者は立ちあがり、ある者は目を覆った。どちらの車もスピードを落とさないのである。

バックは、アクセルを踏んだ足をゆるめなかった。

右側を見なかった。車のコントロールが失われるぎりぎりの線まで、深く、深く突っこんで行った。破滅の一歩手前、すれすれの断崖である。

まっすぐ前を見つめ、ハンドルを握りしめ、次の曲がり角を通過。

争いは終わった。

バックの車だけが、通過したのである。

事故の模様はよく見えなかった。バックミラーにちらりと見えたのは、壁との接触を避けようとして、コントロールを失ったポンティアックが、後尾を高く上げた姿だった……

旗が振りおろされ、レースは終わった。ほかの車がポンティアックに突っこみ、十四番は燃え始めた。大した火災ではないが、車の右側はべつの車にふさがれ、左手は壁で、しかも窓には鉄棒がはまっている。まず火を消さなければ運転手は救い出せなかった。

トミー・リンデンは、骨折はしなかった。しかし、ボンネットがひらき、風防ガラスがこわれ、飛び散ったガソリンがシャツに付着したので、その体は永いこと燃えていた。

救急車が着いたときは、もう死んでいた。

バック・ラーセンは、ピンク色の服の少女を見つめ、何か言おうと思ったが、言うことは何もなかった。何一つない。

三着の賞金――それは三百五十ドルだった――をかぞえ、ふたたびシボレーに消音器をとりつけ、競技場を出て、街道《ハイウェイ》に入った。

なまぬるい風が顔にあたり、じきに疲労と空腹が戻ってきた。しかし、車をとめなかった。車をとめれば、すぐ眠ってしまうだろう。まだ眠りたくはない。バックは十四番のことを思い出し、心の窓をとじた。もう何も考えなかった。

時速七十マイルを保ち、エンジンの音に耳をかたむけた。あと二度くらいはレースに出られるだろう。それくらいは大丈夫だ。そのあとは、いよいよこの車もお払い箱にしなければならん。

いや、もうすこしは大丈夫かな。
たぶん大丈夫だろう。

隣人たち

The Neighbors

窓辺にもう一時間も立ちつづけである。体はしびれ、筋肉はこわばり、今か今かと待ち受ける表情。聴き耳を立て、目を光らせた動物のようだ。左手は拳銃を握っている。心のなかには、恐怖。

やはり一人になろう、と彼は思った。

「マイルズ」

一人きりになれば、こんなにおびえることもないだろう。

「マイルズ、ちょっといらして。お願いよ、あなた」

サリーの声は、きこえているが、きこえない。ことばは、レストランのムード音楽のように遠くで鳴っているだけだ。ことばは非現実だ。この家そのものが非現実であるように。静まりかえった芝生、白い衣裳をつけた大きなニレの樹、あたたかい夜空。それらはすべて非現実だ。現実はそこにいる。芝生の片隅の暗いところで、隙をうかがっている。

ああ、なぜ手っとりばやく片をつけてくれないのだ！　こっちは用意ができているぞ。いつでも戦えるぞ。今なら戦える。しかし、もうすこし経ったら……

「あなた！」

足音。夜の歩道にこだまする足音。だんだん高くなる。

「静かにしろ」彼は持ち馴れぬ拳銃を強く握りしめ、目を見張った。

灰色の服を着た男が、くらやみから姿をあらわし、街燈の光のなかを通りぬけて、ふたたび、闇のなかへ消えた。

マイルズ・カーティアは、ふうっと溜息をついた。拳銃の構えをとき、目をとじて壁に寄りかかった。

遠くで泣き声がきこえる。

「ジミーが」と、妻が言った。「おとうちゃまにおやすみのキスをしたいんですって」

サリーは彼を見つめている。こわくはないらしい。だが、その顔は何か独特の表情をたたえている。

「ピートを呼んで、お前とジミーを引き取ってもらう」

サリー・カーティアはかぶりをふった。

「あなたも一緒でなければ、いや」

「おれも一緒に来いというのか」

マイルズは、兄から借りた拳銃を、そっと窓枠に置いた。そして妻の肩に手をかけた。

「どうしても一緒に来いというのか」

「だって」

泣き声はもう家じゅうにひろがっていた。マイルズは窓の外を見た。

「ちょっと行って来る。お前、拳銃を持っていてくれ。危なくなったら、撃つんだよ」

妻は椅子から立ちあがろうとしない。

マイルズは肩をすくめ、廊下に出て、もう一つの部屋のドアをあけた。そして、明かりのなかに、ぬっと入って行った。

「あ、おとうちゃま」

泣き声がやんだ。ジミー・カーティアは寝返りをうった。

「おやすみのキスを忘れたよ」と、男の子は言った。

「まだそんなことを言ってるのかい。もうおとなじゃないか」

「ぼくは五つだよ。もう、おとななの？」

「そうだな」と、マイルズは静かに言った。「おとなじゃないね」

彼は寝室に入り、息子の胸まで毛布をかけてやった。それから、かがみこんで、男の子の額にくちびるをつけた。

「おとうちゃま、ラスティにもキスを忘れないで。ラスティもまだおとなじゃないから」

マイルズの体から緊張がぬけた。ここはおれの家だ。これはおれの息子だ。おれには立派な仕事がある。何をびくびくしなきゃならんのだ。

彼はぬいぐるみの雄牛を持ちあげ、その角《つの》のはえた、柔らかい毛におおわれた額にキスした。

そして思った。『おれは何をこわがっている。今は五十年前とはちがうんだ。今は今だ。一九六〇年だ』

ジミー・カーティアは毛布をはねのけた。

「おとうちゃま、お話をしてくれるって、約束したでしょう」

マイルズは微笑した。

「もうおやすみなさい」

「だって約束じゃないの」

「よし、分かった。でも、みじかいので我慢するんだよ」

ジミーはにこっと笑い、上半身を枕に埋めた。

「ぼくのお話をして」

「そうだな……」マイルズは椅子を引き寄せた。恐怖はもうあらかた消え去り、彼はお伽噺《とぎばなし》をえらんだ。ピーター・パンがいい。ジミーをキャプテン・フックにして。それなら喜ぶだろう。でなければ——

とつぜん、思いもかけぬ悲鳴。瞬間、マイルズは茫然とした。そしてすぐ気がついた。

サリーの声だ！

マイルズは椅子から跳びあがり、拳をかためて、居間へ駆け戻った。サリーは両手で顔を覆い、部屋の片隅に立っていた。泣いてはいない。窓を見ている。

窓ガラスがわれていた。敷物の上にガラスの破片が散らばり、拳銃は窓枠からはじき飛ばされている。部屋の中央には、石が一つ。その石に紙片が結びつけてある。

マイルズ・カーティアは、息をはずませた。寝室からは、またジミーの泣き声がきこえてくる。

サリーは身動きもしない。

マイルズは石を拾い上げ、紙片をひろげた。紙片の文字を読んだ。

黒いいなかもの、きさまにけいこくしておいたが、もうかんにん袋のおがきれた。こんばんか、あしたか、かならず行くからな。おとなしく、ゆうことをきいて、さっさとひっこすんだ。このつぎは石じゃないぜ。ぱいなっぷる（手榴弾のこと）てえの知らないか、くろいの。

マイルズは、稚拙な文字を読み返し、紙片をくしゃくしゃにまるめて、ポケットに押しこんだ。それから拳銃を拾い上げ、電話に近寄った。

ゆっくり、注意ぶかく、ダイヤルをまわした。声がきこえた。

「はい」

「マイルズです。ピート、今夜のうちに、サリーとジムを引き取ってもらえませんか」

電話の相手は沈黙した。やがてまた声がきこえた。

「よし。何時頃行けばいい？」

「今すぐ」

「マイルズ、もし何かトラブルになりそうなら、いっそのこと、お前も——」

「ぼくは残ります。なるべく早く来て下さい」

受話器をがちゃんと叩きつけ、マイルズはまた窓ぎわに戻った。もうおしまいだ。とうとう兄貴に電話をかけてしまった。マイルズの心は、恥ずかしさにうずいていた。なぜなら、ピート・カーティアは、このことは必ず起こると言い張ったのである。マイルズはそれに逆らったのだった。そして、兄弟は大喧嘩をした！

そのときのやりとりが、心によみがえってきた。黒イチゴのようにつらなる、ことば、またことば。

「……駄目だよ、マイルズ。まあ、すこし冷静に考えてみなさい、おれの言うことが分かるから」

「ぼくは冷静ですよ。会社まで五十四マイルという距離を出勤しなきゃならない。朝は一時間半、帰りはラッシュだから二時間以上もかかるんだ。家に着くと、くたくただよ。あんまり疲れて、サリーと話もできない。ジミーと遊んでやる気にもなれない……レイクサイド・ハイツからだと、会社まで十五分だ。わりと家賃の安い家があいてるんだよ。不動産業者もすすめてる。だから――さからうようでわるいけど、ピート、ぼくらはそうする」

するとピートはタバコの火をつけ、じっと考えこんだのだった。

「その近所の人たちは、黒人を受け入れてくれるのか。どうしてだろう」

「兄さんは、どうして受け入れてくれないと思うんだ」

「なにせ、百年の伝統だからな」

「時代は変わってるよ、ピート。兄さんにそれが分からないだけの話だ。あと十年も経てば――」

「オーケー、オーケー。金は貸そう。ただし、これだけは言っておく。マイルズ、いいかい、そこへ引っ越せば――お前は、いずれは殺されるか、ひどい怪我をするか、どっちかだ。サリーも、ジミーも、お前とおなじ運命をたどるんだ。おまけに、お前は失業するよ。なぜ？　お前が突然マイルズ・カーティアじゃなくなるからだ。お前は、まじめな勤め人、マイルズ・カーティアじゃなくなって、殉教者マイルズ・カーティアになる。白人のクラブがお前のことを、みんなに知らせる。顔写真が新聞雑誌に出る――その結果、会社はクビだ。靴みがきのおやじだってお前を雇っちゃくれない。いいか、冗談を言ってるんじゃないんだぜ。お前は、トラブルのみなもとになる。『レイクサイド・ハイツで黒人一家襲わる！』ああ、可哀相に、マイルズ・カーティア、とみんなが言うだろう。お前は孤軍奮闘――」

「やめてくれ、ピート」

「やめるよ、お前が不愉快なら。しかし、これが現実なんだ。わるいことは言わないから、あきらめろ。どこかほかへ越せ。現実を変えようとしても、無駄なことだった……」

　ここでマイルズは、兄弟の情とか、社会の進歩とか、口角泡をとばして論じたのだった。ピートは、あたまを振り振り、帰って行った。もちろん、サリーはマイルズの意見に賛成だった。いつものとおり。しかし彼女のほんとうの気持ちは、どうなのだろう。心ひそかに、ピートの考えが正しいと思っていたのではなかろうか。

　ともあれ、事態はピートの予言どおりになった。まさにピートの言ったとおりに。このままでいれば、事態はますます進展するだけだろう。

　事の始まりは、引っ越して来て二日も経たぬ頃だった。初めは、ゆっくりと。些細なことから。

　隣り近所の冷たい態度。くるりと背を向けたり、ついとソッポを向いたりする。

　最初の脅迫状が来た。その文面を、マイルズはよくおぼえている。『ここは白人の住むばしょだ。黒人はおことわり』

　次に、暴力をほのめかした第二の脅迫状。

　牛乳罎が割られ、ゴミ箱がひっくりかえされ、車のタイヤが切られた。ペンキを塗った風船が飛んできて、まるで爆弾のような音を立て、マイルズの家の窓にぶつかって割れた。

　次には、火のついた十字架。たいへん上手に作ってあった。紙袋におが屑をつめ、ガソリンをかけてある。マイルズはすぐ庭に飛び出して行って、その炎を見つめたのだった。そのときの恐怖。生まれて初めての、心底からの恐怖。

　そして遂に、きのう、第三の脅迫状。おなじ稚拙な筆蹟だ。署名は「レイクサイド・ハイツ住民一同より」それには、今すぐ家を売って引っ越さないと、家族の身に災難がふりかかると書いてあった……

「おとうちゃま、だれがガラスを割ったの」

　マイルズは息子を抱きあげた。

「白人だよ」と、父親は言った。「白人が窓ガラスを割ったんだよ、ジミー」

「どうして」

「それはね――」

父親は息子の胸に顔を埋め、やがて顔をおこした。硬い冷たい表情になった。

「どうしてだろうね」と、マイルズは言った。

ジミーは、わけが分からないといわんばかりの顔になった。白人の子供たちは、遊び仲間だ。いつも仲良く遊んでいる。だから、父親の言うことは、全然わからない。

「きっと隣のミッキーだよ。あいつ、しょっちゅう、いろんなものを放るから」

サリーはさっきからすこしも動いていなかった。ただ夫と子供を見守っていた。

マイルズは言った。

「ジミーに服を着せて、荷物をまとめなさい。ピートはもうじき迎えに来る。しばらくエヴァの家へ行っているんだ」

「あなたは？」

「おれは、あした行く。たぶん」

サリーは進み出て、夫の肩に手をかけた。この人がわたしの夫だろうか。わたしの夫はおとなしい、優しい、知的な人だった。目の前のこの人は、憎しみに燃えている。

「マイルズ！」

「ジミーに服を着せろ。さあ、早く！」

声まで変わってしまった。しわがれた、締めつけられるような声。生まれたときから信じていたものを、全身全霊をあげて信じきっていたものを、ふいに奪われてしまった人間の声。

マイルズは、廊下に出て、妻にむかって言った。

「ピートは怒っていなかったよ」

サリー・カーティアはうなだれた。なにも言わなかった。

だが、戸外では、なにかの物音がきこえた。マイルズは全身を硬くして、耳をすまし、それから窓に駆け寄った。

見える。ゆっくり迫ってくる。大勢だ。懐中電灯や、ステッキを持って、芝生を乗りこえ、やって来る。

「電灯を消せ。寝室に入って、鍵をかけろ。早く！」

マイルズは思った。女房やジミーが怪我をしたら責任はおれにある。そうだ。逃げ出す時間はたっぷりあったのだから。もうおそい。

まっくらになった。マイルズは拳銃の安全装置をはずした。目をほそくして、くらがりをのぞきこんだ。

近づいてくる連中の顔が見え始めた。白人ばかりだ。まじめくさった顔。眉をひそめた顔。近づいてくる。

二、三人の顔に見おぼえがあった。チェックのコートを着た大男、あれは角の茶色の家に住むジェンセンだ。あそこには、食糧品店のシャーンがいる。その細君もいる。それから、いつか新車を乗りまわしていた青年……

たいていの顔は、すくなくとも一度見たことのある顔だった。してみれば、ふつうの人たちだ、とマイルズは思った。ふつうのアメリカ市民だ。

こんな場合でも、街灯の光に照らし出されたかれらは、決して人殺しには見えない。

でも、人殺しなのだ。

おれを殺しに来るのだ。

マイルズは待っていた。脅迫状を書いたのは、どいつだろう。それとも、みんなが、一字ずつ書いたのだろうか。

四人の男が先頭に出て、注意ぶかい足どりで家に近づいて来た。玄関のステップに足音がひびいた。

それから、ノックの音。おずおずと。しずかなノック。

マイルズ・カーティアは、くちびるに溜った汗を拭った。なぜおれは警察に電話をかけない？　なぜ？

またノック。今度はすこし強いノック。

マイルズは窓のカーテンをおろした。廊下に目をやった。寝室のドアはしまっている。猫のように足音を忍ばせて、マイルズはくらやみのなかを、玄関のドアへ向かった。

「カーティアさん！」

カーティアさんだと！　途端に恐怖が消え失せた。マイルズは姿勢を正し、なぜか拳銃を長椅子に置いた。身内には憎しみが煮えたぎっている。

ドアをあけた。いっぱいに。

「何の御用ですか」

四人のうち一番背の高いジェンセンが、咳払いした。ニレの樹のあたりにかたまっているほかの連中を、ちらと見た。

恐ろしい静寂。

だれかが言った。

「早く言えよ、デイブ」

男は一歩踏み出した。

「カーティアさん」と、低い声で男は喋り出した。「わたしはジェンセンと申します。この先に住んでいる者です。そこにいる連中も、みんな、この近所の者ばかりです」

マイルズは何も言わなかった。サリーとジミーのことを考えていた。

ジェンセンはまた咳払いした。

「お宅がここへ越していらしたとき、わたしらは、どうも、あまり歓迎したとはいえないようで、申しわけありません。どうしてだかわからないんですが、きっと、まあ、あまり珍しいことなんで、わたしらもどうしたらいいか迷ったというようなことなんでしょう。それで、なかなか打ち解けられなくて、さぞかし、お気をわるくなさったんじゃありませんか。でもね、わたしら夫婦がここへ越して来たときだって、一カ月ぐらい経ってからですよ、近所の方々と付き合いを始めたのは……」

男はうなじを掻いた。

「まあ、それはともかく、カーティアさん、お宅がだいぶ迷惑しておられる話が、わたしらの耳にはいったんです。なんかイタズラをされたというような——」

マイルズは相手のことばを理解しようと努めた。残りの三人の男を見つめ、その目になんらかの表情を読みとろうとした。

ジェンセンは咳をした。

「ミルク壜を割られたとか、脅迫状が来たとかいうことを聞きましたんでね、カーティアさん、わたしらみんなで、そんなことをやってると思われたんじゃありませんか？　いや、それが当たり前です。わたしだって、そんなことをされれば、そう思いますからねえ。でも、そうじゃないんです。わたしらは、確かに人づきあいがよくなかった。それは認めます。でも、いくらなんでも、そんなひどいことはしていません。だれかはやったかもしれないが、わたしら全部の仕業じゃありません」

マイルズはひどい喉の渇きを感じた。

顎の長い男が前に出た。

「わたしはディック・ファーガスです」と男は言った。「デイブは、つまり、こう言いたいんです。どんな場所に越しても、腐り卵の一コや二コはあるものだってことです。この近所にも腐った野郎がいたわけですよ、カーティアさん。で、脅迫状を書いたのは、あの野郎なんです」

「わたしとこの人と二人で考えましてね」と、ジェンセンが口をはさんだ。「あいつの家の前に張りこんだんです。で、今晩もあとをつけてきたら、お宅に石を投げたでしょう。それってんで、同志をまとめて、あいつの家へ押しかけたんです」

ジェンセンはふりむいた。

「あそこにいる、あいつです。アーノルド・マーチという男なんです」

庭の片隅に、赤ら顔の小男が、二、三人に腕をとられて立っていた。

ジェンセンは玄関のステップを下り、ニレの樹に近づいた。

「白状しなさい」と、ジェンセンは大声で言った。「白状しなさい、マーチ！」

赤ら顔の男は、身も世もない表情だった。

「早く白状しろってば！」

「わたしの仕業です」とアーノルド・マーチは言った。

「もっと大きな声で！」

「わたしの仕業です！」

「ほかには、マーチ？」

「だれもいません」

ジェンセンは小男をにらみつけ、ポーチへもどって来た。もう笑顔である。

「あいつをこれから警察へ連れて行きます」と、ジェンセンは言った。「大した罰は受けないでしょうが、こらしめになりますからね。二度とこういうことをしたら、どうされるか、よく分かったでしょう。分かったな、マーチ？」

赤ら顔の男はうなずいた。

「これだけのことなんです」と、ジェンセンは言った。

「こんなことで、お邪魔してすみません、カーティアさん。でも――わたしらの気持ちを分かっていただきたかったもんですから」

マイルズは、こみあげてくる涙を、懸命にこらえた。

そしてジェンセンを、ほかの三人の男を、ニレの樹のそばの人々を見た。

「どうも」と、マイルズは言った。

ジェンセンは手を差し出した。

「おやすみなさい、カーティアさん」と、ジェンセンは言い、ちょっとためらった。「また――そのうちお邪魔させて下さい」

マイルズは相手の手を握りしめた。

「おやすみなさい、ジェンセンさん」

ファーガスと呼ばれた男が、にやっと笑った。

「あんた、ポーカーやりますか」

「ええ、すこし」

「来週の火曜に、うちでポーカーをやるんですよ。よかったら、来ませんか」

マイルズは黙ってうなずいた。とつぜん口をきけなくなったのである。

「じゃあ、また！」

マイルズは玄関のドアをしめ、ドアの内側に寄りかかって、久しぶりで泣いた。だが恥ずかしくはなかった。

しばらくして、寝室に入った。

妻を抱き寄せてキスした。それから息子にキスした。

「ジミーにまたパジャマを着せてくれ」と、マイルズは言った。「荷物はつくらなくてもいい。おれたち、当分はここから引っ越さなくてもすみそうだ」

叫ぶ男

The Howling Man

　当時のドイツは、谷あり、山あり、早瀬ありという、緑ゆたかな国で、何もかも地面からまっすぐに、丈高く育つ土地だった。ほかにこんな国はなかった。雨帽子をかぶり、口髭を生やした兵士たちの笑顔に送られて、ベルギーとの国ざかいを越えると、きみは全くちがった世界に入る。草はビロードのように、ゆたかになり、すべすべになり、深い大きな森があらわれる。空気までが、フランス独特の葡萄酒とソースの匂いから解放されて、一変するのである。湖と、松と、丸岩の、清潔で新鮮なかおりが、きみの肺に吸いこまれる。きみは国ざかいで思わず立ちどまり、上空に舞う鷹を眺めながら、どうしてこんなことになったのだろうと、すこし不安にさえなる。一分も経たないうちに、かびくさい古い部屋から、目に見えぬドアをぬけて、風と光の王国へ入ったのだ。とても信じられない！　しかし、ベルギーは、きみの足の下に、はっきりと見えている。それはヨーロッパのほかの国々とおなじく、どこか人の住まぬ館から持ち出された、色褪せた綴れ織のように見えるのである。

　その当時、というのは、つまり、わたしが聖ウルフラン僧院を知り、小部屋の石壁を爪でひっかいて夜な夜な号泣する男を目撃し、間のぬけた修道士たちと、気のくるった僧院長に逢う以前のことであるが、わたしは強い足と強い好奇心をもち、孤独を好む青年だった。この話はあとにしよう。いずれ、この話のなかで、わたしは旅に出て、病気にかかり、倒れ、生死のさかいをさまようだろう。しかし、わたしは作家ではない。粗野な、飼い馴らされぬことばを好む男にすぎない。とにかく、初めから語ろう。

若い頃、わたしはパリにひかれていた。大学を出たての大部分の青年とおなじく、といってもかれらは決して白状しないだろうが、わたしの望みは神秘的な美人と寝ることだった。窮屈なボストンという廃墟で、固苦しい伝統的な教育を受けたせいか、その望みはすでに鋭い欲望にまで成長していた。毎晩のように、玉飾りのある女郎屋や、身をよじる女たちの夢を見ていれば、想像は徐々にその強度を増し、ついには、そこから先は狂気か偽善かという、ぎりぎりのところまで追いつめられてしまう。わたしは狂気も偽善もまっぴらだったので、おもむろに両親を説き伏せ、外国旅行をすればわたしの教養には一段と磨きがかかる。それはちょうど、味がないとはいえぬにせよ、どうも甘口ぎみのチャウダーのなかへ、ひとさじのカレー粉を投げこむようなものだということを、納得させたのだったた。父はわたしの飢えた目の光を読みとったらしいが、もともと親切な人物だったので、詳細にわたり、巧みな話術で、放蕩三昧の恐るべき結果を語ってくれた。そして、ヨーロッパへ渡るときは無垢だったのに、その後すっかり身をもちくずし、遂には杳《よう》として行方の知れなくなった人物の実例を話し、最後に、どんなときでも自分がエリントン家の一員であることを忘れるなよと言って、ようやくわたしを釈放してくれた。パリは、いうまでもなく、動物園生まれの猿にとってのジャングルのように、わたしにとっては魅力的でスリルのある町だった。父に敬意を表する意味で、わたしは一応チュイルリー宮殿や、ルーブル博物館や、シャンゼリゼ通りや、凱旋門を、駆け足で見てまわり、夜のとばりが下りると同時に、モンマルトルやピガル街にくりだし、遂には夢にまで見た放蕩にゴール・インしたというわけである。話をはしょってしまえば、それは夢に見たほどきらびやかなものではなかった。四週間も滞在したが、いっこうきらびやかにはならなかった。

さて、ボストンの伝統は、心理的な面以外では、放蕩生活に適する人間を生み出せぬもののようである。

とかくするうちに、わたしは健康を害し、繭のような小部屋にとじこもらねばならぬことになったが、肉体の渇きがすでに満たされていたせいか、それほど悲しくも思わなかった。そのときのわたしとしては、瞑想の生活がたまらなく魅力的に思われたものである。ひと月ほど、まったく何もせずに、わたしは寝て暮らした。やがて、それが最後の反抗というわけで、わたしは一つの計画を立てた。いや、立てたというより、傾いた塔から合図を受けとるように、わたしの蓄積された罪のかずかずが、自然に招いたことであったのかもしれない。とにかく、わたしは、はなはだエリントン家の一員らしからぬ、奇妙な決意をしたのである。ヨーロッパを探険してみよう。ただし、大型バスか何かに乗って、移り行く景色を安閑と眺め、英語の通じるホテルの豪華な一室におさまるような、そんな観光客としてではない。そう。わたしは一介の旅人として、いかなる保護をも受けぬ浮浪者として、巣をもたぬ渡り鳥として、これらの暗い不思議な国々を見てまわろう。自転車に乗って、貧しい、孤独な、一人の巡礼として――まあ、銀行に十万ドルの預金があり、エリントン・キャラザース・アンド・ブレイク社の共同経営者の椅子にもたれている人間としては、思いきり貧しく、孤独な巡礼として旅しよう。

というわけである。ニュー・イングランド育ちの血液と筋肉は、第一日の疲れでげんなりしてしまったが、ニュー・イングランド育ちの精神は、旅程がすすむにつれて、ますます潑溂としてきた。かつては美しかったが、今は衰えを見せ始めた病身の公爵未亡人の肌を這いまわるアリのように、わたしはヨーロッパの肉体の表面を、旅しつづけた。牙をむきだして瞑目《めいもく》するイノシシの首が掛かったレストランで食事をした。田舎の旅籠屋に泊まり、カビくさい時代の匂いをかいだ。時には、娘がドアを叩いて、ほかに御用はありませんかと訊ねたが、(「そうだなあ、まあ、ちょっとお入りなさい……」)そういう娘たちは、どうしたわけか、パリの女たちよりもずっとすばらしいのだった。しかし、そんなことはどうでもよろしい。わたしは自転車に乗って、フランスからベルギーへ入り、そして遂に、乳牛と森と山と小川と笑う人間たちの国、ドイツへ入ったのである。（こんなふうに狂詩《ラプソディ》ふうの言いまわしをするのは、当時のドイツがいかばかりの楽園であったか、それを理解していただくことが、この際肝心なことだからである）

わたしは国ざかいに突っ立って、ぽかんとしていた。国境守備兵が、どうかしましたかと訊ねた。わたしは、いや別に、と答えて、暗い小道を進みはじめた。その道は、森を、町を、村をぬけて、うねうねとつづき、わたしはまるで運命の女神に手を引かれてでもいるように、やみくもに進んだ。そして、エメラルド色にかがやくモーゼル河畔に出た。

渡し舟が営業を停止していたので、わたしは曲がりくねった小道に導かれて、まもなく、こんもりと茂った森に入った。すぐに樹々があたりに迫って来た。わたしは、香り高い空気を吸いこみ、自転車のペダルを踏みつづけたが、わたしの体内で、熱が次第に高まるのに気がついた。あたまがしきりに痛み、体の力が抜けていくようである。さらに二マイルばかり進むと、全身が汗でぐっしょり濡れてしまったので、やむなく休憩した。肺結核の症状を、きみは御存知でしょう。まず急に全身の力が抜け、ふるえがきて、高熱と悪寒におそわれ、さまざまな幻影を見る。わたしはしばらく湿った木の葉のベッドに横たわっていたが、これではいけないと、無理に起きあがり、自転車にまたがって、無限に長い道を進みはじめた。そのうちに、ようやく村落が見えた。せまい街路に小石を敷きつめた十三世紀ふうの灰色の村落である。農民らしい服装の年老いた人々が大勢で、わたしの自転車を見守っていた。そのなかに一人、ローソクのように蒼ざめた顔色の老人がいた——それが最後の記憶である。酸のようにするどい衰弱が、とつぜんわたしの神経と筋肉を焼き切った。くらやみが襲いかかり、わたしは倒れた。

尿と乾草の匂いに目がさめた。熱は下がっているが、手足は材木のように重く、あたまはズキズキ痛み、胃のあたりにポッカリと空洞があいたようである。永いあいだ、わたしは身動きもせず、目もあけなかった。けれども、すこしずつ、意識が戻って来た。

そこはごくちいさな部屋である。壁と天井は粗けずりの石材で、たった一つのアーチ形の窓にはガラスがはまっていないし、床はひどく汚れている。わたしのベッドは、実はベッドではなく、麦藁を乱雑に積みかさねた上に毛布をかけただけのものだった。わたしのすぐ脇には粗末なテーブルがある。その上に水差し。テーブルの下にはバケツ。テーブルの隣に椅子。それに腰掛けて、うつらうつらしている人物がいる。僧服のてっぺんに剃髪した頭が見える。修道士だ。

その頭がぐらりと動いたところを見ると、わたしが呻き声をあげたにちがいない。修道士は口をゆがめて、あくびした。眠そうな目をしばたたいた。

「神のかぎりなき御慈悲です」と、小男の修道士は言った。「あなたは治った」

「まだです」と、わたしは言い、前後の事情を思い出そうとした。どうしても思い出せないので修道士に質問した。

「わたしは修道士クリストフォラスです。ここは聖ウルフラン僧院です。九日前に、あなたをここへ運んで来たのは、シュバルツホフの市長、バルトンさんです。ジェローム僧院長が、あなたはまもなく死ぬだろうと申されて、わたしに看護をおいいつけになったのです。わたしは人が死ぬのをまだ見たことがない。僧院長が申されるには、修道士は人が死ぬのを見ると、大いに為になるそうです。しかし、もう、あなたは死にませんな」

修道士は残念そうに頭をふった。

「そうがっかりなさると」と、わたしは言った。「わたしは身も世もありません。でも、まだ絶望したものでもないでしょう。今のわたしの気分だと、もうじき死ぬかもしれませんよ」

「いや」と、クリストフォラス修道士は悲しそうに言った。「あなたはよくなります。時間はかかる。しかし、よくなります」

「わたしは恩知らずですね、せっかくお骨折り下さったのに。なんとお詫びしたらいいでしょう」

修道士は目をぱちくりさせ、子供のように無邪気に訊ねた。

「なんですって?」

「いや、なんでもありません」わたしは、もうすこし部屋をあたためて欲しい、それに何かたべものを下さいと言って、たちまち眠りに落ちた。夢のなかで、頭が二つあるけだものがうようよしている森を見た。それから叫び声がきこえた。

わたしは目をさました。叫び声がきこえる。自動車の警笛のようにかしましい、耳をつんざく音。助けを求める声のようだ。

「あの音はなんです?」と、わたしは訊ねた。

修道士はにっこり笑った。

「音? 音などきこえませんよ」

そうだ。きこえない。わたしはうなずいた。

「夢でした。体がよくなるまでには、もっといろんな音がきこえるでしょう。こんな体でパリを出発しなければよかった」

「そうです」と、修道士は言った。「パリを発たなければよろしかった」

クリストフォラス修道士は、わたしの回復についてはすでにあきらめたのか、親切な口調だった。そして、看護婦のように濃いスープを匙ですくって、わたしに飲ませ、湿布をとりかえ、低い声でお祈りの文句をとなえ、バケツの中身を窓の外へ捨てた。時間はのろのろと過ぎて行った。わたしが病気に打ち勝つにつれて、夢はすこしずつ生々しさを失っていったが——夜な夜なの叫び声はいっこうにおさまらなかった。依然として恐怖と孤独に満ちみちた叫びが、わたしの耳にひびきつづけるのである。わたしはそれを聞くまいとしたが、どうしても聞いてしまう。それにしても、熱はどんどん下がってゆくのに、どうしてこの叫び声だけが、いつまでも強く、明瞭にきこえるのだろう。クリストフォラス修道士は、そんな声はきこえないと言う。昼間の光がうすらぎ、叫び声がふたたび始まったとき、わたしは修道士の顔をじっと観察していた。修道士はまるで耳が全く聞こえないかのように反応しなかった。あれは実在の叫び声なのか。

「落ち着きなさい。そんな音がきこえるのは、熱のせいです。よくあることだ。よくあることではありませんか。お眠りなさい」

「でも、もう熱はないのです！　もう体を起こしても平気です。ほら、また始まった！　ほんとうにあれがきこえないのですか」

「あなたの声がきこえるだけです」

十四日間、叫び声は夕方から始まり、夜明けとともに鎮まるのだった。わたしは、いまだかつてこんな声を聞いたことがない。とても人間の発する声だとは思われないが、さりとて動物の声であるとも思えない。わたしは薄暗い部屋のなか、拳を握りしめて、その叫び声を聞きつづけるうちに、ふと思った。二つに一つだ。つまり、だれかが、何かが、あの恐ろしい声を実際に発しているか、さもなくば、クリストフォラス修道士がウソをついているか、どちらかだ。それとも、わたしは気が狂いかけているのだろうか。人にきこえない音を聞く狂人もいれば、泡を吹いて七転八倒する狂人もいる。わたしは、どうしても真相を確かめねばならぬと思った。わたし一人の力で。

わたしは、あらためて叫び声に耳をかたむけた。ドアの隙間から入ってくるその声は、歌劇《オペラ》ふうの高さにまでピッチをあげ、やがて静まり、ふたたび高まる。それはヒステリーをおこした子供の泣き声にも似ている。現実の音であるか否かを試そうと、わたしはあたまから毛布をかぶり、寝藁を握りしめ、わざと咳をした。いっこうに変化はない。その声は現実の音だ。そこで、わたしは声の源はどこだろうかと考えた。そして十五日目の夜、廊下の先、あまり遠くない距離から発せられる声であると、確信を得た。

『狂人は、おのれの聞く音を、現実音であると確信している』

分かっている。そんなことは知っている！

かたわらの修道士は、一刻もその場所から動かなかった。朝の勤行のときも、わたしのベッドにつきっきりなのである。ふるえる高音《ソプラノ》で、遠くの讃美歌に和して歌うけれども、決してこの部屋から出ようとはしない。食物や、ほかの必要物は、ちゃんと部屋まで運ばれてくる。わたしは、体が回復したら、ジェローム僧院長に逢おうと決心した。しかし、その前に……

「クリストフォラスさん、だいぶ気分がよくなりました。この建物を案内して下さいませんか。聖ウルフラン僧院は、まだ見たことがないのです。この小部屋のほかはね」

「ほかのところも、この小部屋と似たり寄ったりです。この僧院の戒律はきびしいのです。たとえば、フランシスコ派の修道士たちは、芸術のよろこびにふけったりしますが、わたしたちには、それもぜいたくなのです。ですから、この建物にも、見物するほどのものはありません」

「僧院長さんは、かなりのお年寄りなのでしょう？」

「はい、そうです」

「わたしは古いものを見るのが好きなので――」

「エリントンさん――」

「なぜ見物させて下さらないのです。何をこわがっていらっしゃるのです」

「エリントンさん、わたしには、あなたの願いを許可する権限がありません。あなたがすっかり回復されたら、ジェローム僧院長がきっと便宜をはかって下さいますでしょう」

「僧院長は、わたしがここに来てからというもの毎晩耳にする、あの叫び声のことも、説明して下さるでしょうか」

「おやすみなさい。気をしずめて」

髪の毛も逆立つような、恐ろしい叫び声がまたもや始まり、硬い石の壁にこだましました。クリストフォラス修道士は、なにげなく十字を切り、印度人の行者のように黙って坐りこんだ。この人はわたしを好いているらしい。ほかの話ならば、かなりうまがあうのである。しかし、この話だけは厳禁《フェルボーテン》なのだ。

わたしは目をとじ、三百まで数えて、目をあけた。人のいい修道士は眠っていた。わたしは、わざと神をけがすようなことばを吐いたが、修道士はピクリとも動かない。そこで、ベッドから両足を出し、汚れた床を横切って、重そうな木のドアにたどりついた。もう部屋のローソクは消えている。わたしはドアの前にしばらく立って、耳をすました。それから、ボストン仕込みの慎重さをこめて、そっとドアの掛け金を上げた。錆《さ》びついた蝶番が軋んだが、クリストフォラス修道士は、安らかな眠りをさまたげられなかったらしい、うなだれて、すやすや居眠りしている。

陸に上がった魚のようにあえぎながら、わたしは廊下へ出た。途端に、叫び声が仰天するほど大きくきこえる。わたしは本能的に耳をふさぎ、こんな大きな声がきこえるのに、みんなよく眠れるものだと思った。大きな声どころではない。まるで絶叫である。わたしの心のなかの声？　とんでもない。これは現実の声だ。僧院ぜんたいが、するどい叫び声にふるえている。歯にまで震動が伝わってくる。これが現実音でなくて何だろう。

わたしは、いくつもの小部屋の前を通りすぎ、やがて立ちどまった。樫か松らしい厚い木のドアに、錠が下りている。叫び声の源はここだ。

その筆舌につくしがたい絶望的な叫び声を聞いているうちに、わたしの背筋を冷たいものが走った。このまま引き返そうか。あの部屋、藁のベッドがあるあの部屋へではなく、外の世界へ。だが、義務感のようなものが、わたしを引きとめた。大きく息を吸いこんでから、わたしは鉄棒をはめこんだ小さな窓に近寄り、中をのぞきこんだ。

ちいさな部屋のなかには、一人の男がいた。頭をのけぞらせて、動物のように四つの壁のなかを歩きまわっている一人の男。月光がその顔を照らし出した。その顔は——わたしにはとても描写できない。死の苦しみを経た人間は、こんなふうに見えるのではなかろうか。宗教裁判のかずかずの拷問に痛めつけられた哀れな犠牲者。すくなくとも、二十世紀も三十年代に入った現在の人間とは思われない。これほどの苦しみと、絶望と、狂気の表情を見たのは生まれて初めてである。男は素裸だった。両手両足を地べたについて這いまわり、号泣し、とつぜん跳びあがっては、石の壁をひっかく。

ふと、男がわたしを見た。

叫び声が静まった。男はまばたきしながら、部屋の隅にちいさくなった。それから、おのれの目を疑うように、つかつかと窓に寄って来た。

ドイツ語でささやいた。

「お前は誰だ」

「デイビッド・エリントン」とわたしは言った。「とじこめられているのですか。なぜとじこめられたのです」

男はあたまをふった。

「静かに、静かに。お前、ドイツ人じゃないな」

「ええ」わたしは聖ウルフラン僧院へやって来たいきさつを話した。

「ああ！」指を窓の鉄棒にからませ、ふるえながら、裸の男は言った。「よく聴いてくれ。あまり時間がない。奴らは気がくるってるんだ。分かるかい？　みんな、くるってるんだよ。おれは村の家で、女といっしょに寝ていただけだ。すると、あの頭のおかしい僧院長が、いきなり入って来て、大きな十字架でおれをなぐりつけた。気がついたら、ここに入れられている。それから鞭で打たれた。たべものもくれない。服は剝ぎとられた。ドアに錠を下ろされた」

「なぜです」

「なぜ」男はうめいた。「おれもそれを知りたいよ。そこが一番の悩みのたねだ。五年間も、とじこめられて、なぐられて、拷問されて、食うものもロクにもらえないでその理由が分からない。奴らは何も言わない。エリントン君！　おれはそりゃ罪を犯したさ。しかし、罪を全然犯していない奴がいるか。おれは、おれの愛《お》人《な》といっしょに、うちのなかで、おとなしく寝ていただけだ。あの狂人ジェロームは、それに腹を立てたのかもしれん。とにかく、助けてくれ！」

男の息が、わたしの顔にかかった。わたしは一歩しりぞいて、考えた。現代の世の中で、そんな恐ろしいことが起こるとは信じられない。しかし、この僧院は世間から隔絶している。どんな恐ろしいことでも、やろうと思えばできぬことはない。

「僧院長に話してみます」

「いけない！　あいつが一番くるってるんだ。あいつに話しちゃいけない」

「じゃあ、どうすればいいんです」

男は鉄棒の隙間に口を突き出した。

「一つだけ方法がある。ジェローム僧院長は、首に鍵をぶらさげている。それがこのドアの合鍵なんだ。もし――」

「エリントンさん！」

ふりむくと、エル・グレコが描いたような、きびしい一つの顔が見えた。白い髭、とがった鼻。灰色の僧服を身につけたその男は、威風堂々と、くらがりから出て来た。

「エリントンさん、あなたが歩けるほど御回復なさったとは知りませんでした。どうぞ、こちらへいらして下さい」

裸の男はヒステリックに泣きはじめた。鋼のような手が、わたしの腕をつかんだ。わたしたちは長い廊下を歩き、いびきのきこえるたくさんの小部屋を通りすぎ、あの叫び声のこだまも遠ざかり、やがて一つの部屋に着いた。

「御回復なさったうえは」と、僧院長は言った。「聖ウルフラン僧院から御出発願えませんか。ここでは医療品の類も非常に不足しております。シュバルツホフの町には、こちらから連絡をとって――」

「ちょっとお待ち下さい」と、わたしは言った。「わたしの回復は、ひとえにクリストフォラスさんの看護のおかげですし、僧院長さんにもお礼を申し上げなければなりませんが――ただ、あそこに監禁されていた男のことを御説明いただけないでしょうか」

「どの男のことです」と、僧院長は静かに訊ねた。

「たった今いた男です。夜な夜な、明け方まで叫びつづける男のことです」

「だれも叫んではおりませんよ、エリントンさん」

わたしは急にぐったりして、椅子に腰をおろし、息をついた。それから言った。

「ジェローム僧院長――あなたが僧院長さんですね？　わたしはそれほど不信心な人間ではありませんし、かといってあまり信心ぶかいほうでもないのです。僧院のことは何一つ知りません。何が許され、何が禁じられているかも存じません。しかし、いくら僧院長さんだからといって、一人の男を不法監禁する権限はあるのでしょうか。わたしには、そうは思えないのですが」

「そのとおりです。わたくしには、そのような権限はございません」

「それなら、なぜあの男を監禁なさったのですか」

僧院長はわたしをまじまじと見つめ、しっかりした声で言った。

「ウルフラン僧院には、だれも監禁されてはおりません」

「あの男はとじこめられたと言っていますよ」

「だれが、とじこめられたと言ったのです」

「あの廊下の奥の小部屋にいた男です」

「廊下の奥の小部屋には、だれもおりません」

「わたしはたった今、その男と話していたのです！」

「あなたはだれとも話しておられなかった」

僧院長の声があまり確信に満ちみちているので、わたしは思わず沈黙し、椅子の腕を握りしめた。

「あなたは御病気なのです、エリントンさん」と、白い髭を生やした聖職者は言った。「きっと夢にうなされたのでしょう。ありもしない形や音に苦しめられたのでしょう」

「夢にうなされはしました」と、わたしは言った。「しかし、あの小部屋にいた男は――声がまだきこえる！ ――夢なんかじゃありません」

僧院長は肩をすくめた。

「夢はしばしばたいそう現実的に見えるものです」

僧院長の七面鳥に似た皺だらけの首に、革紐が巻きつけてあった。紐の先に何がぶらさげてあるのかは、白い髭に隠れて見えない。わたしは勇をふるって言った。

「正直な人は、ウソをつきにくいものです。クリストフォラスさんは、あの叫び声がきこえないと言うたびに、妙な目つきで床を眺めていました。あなたは目をそらしたりなさいませんが、しかし声は思いなしか、ふるえているようです。どういう理由なのかはわかりませんが、あなた方は懸命になって、わたしに真相を明かすまいとしておられる。それはキリスト教の精神に反するばかりか、心理学的にもまずいやり方ではないでしょうか。なぜといって、わたしはもう好奇心ではちきれそうです。お教え下さいませんか、真相を。お話しくださらなくとも、いずれは分かることですが」

「いずれ分かるとは、どういう意味ですか」

「ことばどおりの意味です。僧院に男が監禁されているといえば、警察は黙ってはいないでしょうから」

「今申し上げたように、だれもいないのです！」

「そうですか。じゃ、もうこの話はいたしますまい」

「エリントンさん――」僧院長は、両手をうしろで組んだ。「あの小部屋にいる男は、ああ、修道士の一人なのです。そうです。あの男は――熱病にかかっていまして、しばしば発作を起こします。発作というものを御存知ですか。手に負えなくなる。手あたりしだいに乱暴を働きます。危険です！ したがって、やむなくあの部屋にとじこめたのです。お分かりになっていただけましたか」

「分かりました」と、わたしは言った。「あなたはまだウソをついていらっしゃる。もしそんな単純な事情なのでしたら、なぜ先刻は懸命になって、それはわたしが夢にうなされているのだと主張なさったのです？そんなことをなさる必要はちっともなかったはずではありませんか。ほかに何か事情がある。しかし、待ちましょう。さあ、わたしは、シュバルツホフの町へ出発いたしますか？」

まるで翼をもつ悪魔が誘惑に来たとでもいうように、ジェローム僧院長はいらいらと白い髭をしごいた。

「あなたは、ほんとうに、警察に知らせるおつもりですか」

「あなたなら、どうなさいます」と、わたしは言った。

「わたしの立場に立たされたら？」

髭をしごきながら、僧院長は永いこと考えた。叫び声は相変わらず遠くから伝わってくる。鉄棒にすがりついてきた裸の男の姿が、わたしの眼前にちらついた。

「どうなさいます、僧院長さん」

「エリントンさん、分かりました。あなたには正直に申し上げましょう――非常に遺憾なことですが」と、僧院長は言った。「初めから予感がしたのです。あなたをこの僧院にお引き取りしたのが、そもそもの過ちです……しかし、あのときは止むを得なかった。あなたは瀕死の状態でした。お引き取りしなければ、永いことはないと思いました。しかし、今となってみれば、そのほうがよかったかもしれないとも思います」

「わたしが回復したので、いろんな方ががっかりなさったようですね」と、わたしはことばをはさんだ。

「ほんとうに失望させて申しわけありません」

老人はわたしの皮肉にとりあわず、両手を中国服のような幅の広い袖口に差しこんで、おもむろに話をつづけた。「廊下の奥の小部屋にだれもいないと申し上げたのは、決してウソではありません。いや、お立ちにならずに！　どうぞ、そのまま！」

僧院長は目をとじた。

「これは途方もない物語です。あなたは、たぶん信じられないとおっしゃるでしょう。あなたは現代的なお方です。あるいは、すくなくとも、そうありたいと思っておられる。ここでの、わたしどもの生活は、さぞかし原始的に見えるでしょうが──」

「いや、わたしは──」

「そう、あなたにはそう見えるでしょう。最近の考え方を、わたしは知っております。修道僧というのは、適応不能者であり、神経症的であり、性的欲求不満であり、常軌を逸している。一般社会に適応できないから、こんなところに逃避した人間である、というような考え方でしょう？　びっくりなさいましたか。わたしは、こういう学説をひろめたそもそもの人間から、教えてもらったのですよ」

僧院長は自慢そうに頭を上げた。首にかけた革紐があらわれた。

「エリントンさん、五年前に、聖ウルフラン僧院では、あのような叫び声はきこえなかったのです。ここは平平凡々たる、静かな僧院でした。わたしどもは、ひたすら神に仕えることに没頭し、絶えまない祈りに毎日を送っておりました。当時、といえば世界大戦の直後ですが、外部の世界は混沌としておりました。シュバルツホフも、今あなたがごらんになるような、幸せな村ではありませんでした。あそこは罪と悪徳と腐敗の渦巻く所であり、不注意な者にしつらえられた落とし穴でした。注意深い者であっても、力をもたぬ限り、みなその落とし穴にとらえられたのです。一言にしていうならば、神を知らぬ土地でした！　見捨てられた者や、姦通した者どもが、ぞろぞろ歩いていました。賭事がなされていました。強盗、殺人、泥酔、その他、口にするも汚らわしい悪徳のかずかず。エリントンさん、恐らく世界中探しても、あれほど不潔な場所は他になかったと思いますよ！　聖ウルフラン僧院の僧院長も修道士たちも、残念ながら、あのシュバルツホフには永いこと手をつかねていたのです。神を愛する善き人々、清潔な人々が、幾度となくここを訪れ、幾度となく戦いましたが、黒い誘惑の力には勝てなかった。

で、とうとう僧院は閉鎖ということに決定したのです。その話を聞いて、わたくしは異議を申し立てました。『それでは悪の力に屈服したようなものではありませんか。わたくしにやらせて下さい、お願いします、わたくしは神のみことばを伝えましょう。シュバルツホフのすべての者に、それを伝え、おのが罪を悔いあらためさせましょう！』」

老人は窓辺に寄った。その後ろ姿はわなないていた。その両手は、思い出を握りしめるように、固く組み合わされていた。

「わたくしはたずねられました。前任者たちがすべて失敗したにもかかわらず、あなたが成功を確信しているのは、御自身が前任者たちよりも優れているとお考えのためか。いいえ、とわたくしは答えました、ただ、わたくしには一つだけ強味がある。わたくしはもともと改宗者なのです。かつて、わたくしは悪とともに歩み、悪の顔を知りつくしている。その事情を申し上げると、わたくしの願いは叶えられました、ただし、一年間という条件つきです。エリントンさん、わたくしは勇躍この地へ赴きました。そして、ある夜のこと、こっそりと、シュバルツホフの街路を歩いておりました。強い悪の臭いが満ちていました。これはひどいと、わたくしは思った。かつてモロッコの裏通りを歩き、香港やパリやスペインの私娼窟を訪れたこともあります。ところが、シュバルツホフの乱飲乱舞や、酒池肉林、瀆神《とくしん》行為は、一段と物凄い。まるで世界中の悪がここに集まり、異教徒どもがその同類をすべてここに呼び寄せたのかと思われるほどで……」

僧院長はひとりうなずいた。

「わたくしは、ローマ最期の日を連想しました。してまた、ビザンチン帝国の最期を。また、エデンの園の終わりの日を。わたくしは僧院に帰り、僧服を身にまとって、ふたたびシュバルツホフへ戻りました。今度は、いやでも人目に立ちます。ある者は、あざけりの声をあげ、ある者は身をひるがえして逃げ、『神など糞くらえ！』という声すらきこえます。そのとき、くらやみから一本の手がぬっと出て、わたくしの肩に触れました。『どうしました、神父さん、道に迷いましたか』と声がきこえました」

僧院長は、固く握りしめた拳で、おのれの額をたたいた。

「エリントンさん。そこに粗末な葡萄酒ですが、すこしあります。どうぞ、おあがり下さい」

わたしは有難くいただいた。すると、聖職者は話をつづけた。

「現われたのは、平凡な顔だちの男です。その平凡さに、かえって、わたくしははっと気がついた。『いや』と、わたくしは言いました。『道に迷っているのは、あなたです！』すると男は不潔な笑い声をあげた。『神父さん、おれたちはみんな迷ってるのじゃないのかね』それから突然、男は妙なことを言いました。つまり男の妻が死にかけているので、終油の秘蹟を執り行なってくれないかというのです。『頼みます、おがみますよ！』と男は言う。わたくしはとまどいましたが、結局その男の家へ行った。ベッドの上には、素裸の女が寝ていました。男は笑って言います。『おれが考えていたのは、ちょっとモダンな塗油式なんだ。ふつうのやり方じゃ、この女にゃ効きめがありません。さあ、頼みますよ。あなたの笏《しゃく》でこの女を清めてやっておくんなさい！』すると、女の腕が蛇のようにくねって、熱く、肉感的に、わたくしにからみつこうとします……」

ジェローム僧院長は身ぶるいして、口をつぐんだ。

廊下から伝わってくる叫び声は、一段と高くなったようである。

「そのとき、わたくしははっきりとそやつの正体を見破ったのです。わたくしは十字架を高く上げ祈りのことばをとなえました。それで万事は解決です。男はギャアと叫び――そう、ちょうど今きこえているあの声だ――ひざまずきました。まさか見破られるとは思っていなかったのですね。ふつうならば、見破られるはずはない場合です。しかし、わたくしはかつて、そやつの変装した姿を幾度となく見ていましたからね。で、わたくしは男を僧院へ連れ帰り、あの小部屋に監禁したのです。もうお分かりでしょうね。あなたがあの小部屋で見聞きしたことは、決して世間に伝えてはなりません」

わたしは、夢がとつぜん醒めるのを恐れるように、こわごわ頭をふった。

「ジェローム僧院長、お話の意味がさっぱりわかりません。その男は、つまり何者なのでしょう」

「あなたは、それほどの愚か者なのですか、エリントンさん。そこまでお話ししないと分からないのですか」

「分かりませんね！」

「よろしい」と、僧院長は言った。「あの男はサタンです。黒天使、アスモデウス、ピーリアル、アーリマン、ディアボルスなどと、さまざまに呼ばれるが——要するに悪魔なのです」

わたしはポカンと口をあけた。

「お疑いですね。それはよくありません、エリントンさん。ここ五年間の世界の平和を考えてごらんなさい。世界の繁栄と幸福を。現在のドイツのことを考えてごらんなさい。ほかにこのような国がありますか。わたしどもが悪魔を捕え、監禁したればこそ、世界には大戦争もなかったし、恐ろしい疫病も蔓延しなかったのです。人間がどうしても耐え忍ばねばならぬ、小さな苦しみがあっただけです。わたくしのことばを信じなさい。信じて下さい。さっきの話相手は悪魔《サタン》そのものであると、お信じなさい。あなたの懐疑と戦いなさい。それはあの男ゆえに生まれたものなのですよ。あの男は懐疑の父です、エリントンさん！　神の御子なるわれらに疑いの種子をまき、それによって神を打ちひしがんとする——それがあの男の企てなのです！」

僧院長は咳払いをした。

「むろん、万が一にも悪魔の種子を植えつけられた者があるとすれば、その者を聖ウルフラン僧院から一歩たりとも外へ出すわけにはいかないのです」

わたしは僧院長をつくづく眺めた。この人がシュバルツホフの通りを歩き、罪をさがし求める姿を思い浮かべた。偶然、姦通の現場を目撃して、驚愕したこの人が、男を僧院へ連れこみ、あの小部屋に監禁したのだ。そして世界が、戦後のかりそめの平和に酔っているからといって、自分の考えを、かたくなに信じ切っているのである。それにしても、聖職者にとって、悪魔を生け捕りにしたという夢は、恐らく最高のよろこびであるに相違ない！

「分かりました。あなたのお話を信じます」と、わたしは言った。

「ほんとうに？」

「ええ。わたしがすこしばかりためらったのは、悪魔がこんな一寒村を住居にえらんだということが、すこし妙に思われたものですから」

「悪魔は方々うごきまわります」と、僧院長は言った。「女たらしの男が美しい処女にひかれるように、このシュバルツホフにひかれたのです」

「よくわかりました」

「ほんとうですか。ほんとうにわかっていただけましたか」

「はい。誓います。実をいいますと、わたしも、どうもどこかで見たことがあるとは思いましたが、まさか悪魔だとは気がつかなかったのです」

「ウソではありますまいね」

「僧院長さん、わたしはボストンで教育を受けた人間です」

「では、このことをだれにも口外しないと約束して下さいますね」

「約束します」

「結構」老人は、溜息をついた。「あなたは、この僧院で修道士として生活するつもりは、おありになりませんか」

「僧院長さん、わたしはこのような信仰生活を人一倍、尊敬しております。しかし、わたし自身は、それに入るだけの価値をもたぬ人間です。ええ、修道士になるつもりはありません。しかし、この秘密を断じて口外しないことだけは、信じて下さい」

僧院長は非常に疲れていた。この五年間のおかげで、僧院長にとっては、あの叫び声は一種の静寂であり、それが急にやむと、かえって騒々しく感じられるもののようである。してみれば、わたしがあの囚人とひそひそ話をしたせいで、深い眠りを妨げられたのだろう。話が一段落つくと、僧院長はうとうとし始めた。わたしは思った。仕事は大してむずかしくないぞ。

わたしは、自分の小部屋へ帰った。クリストフォラス修道士は、まだ眠っていた。わたしは横になり、二時間経ってから、起きあがって、ふたたび僧院長の部屋へ行った。

ドアはしまっていたが、鍵はかかっていない。

わたしは、ドアの蝶番の軋む音を、囚人の叫び声とタイミングを合わせ、うまくドアをあけた。そして忍び足で中に入った。ジェローム僧院長は、いびきをかいて眠っている。

ゆっくりと、用心ぶかく、わたしは僧院長の首の革紐を持ちあげ、自分の手つきのすばらしさに自分でびっくりした。エリントン家には、泥棒の経験のある者はいないはずである。しかし、経験に似た力がわたしの指を導いた。紐の結び目はすぐ見つかった。それをほどいた。

ぬくもりのある鍵が、わたしのてのひらにすべりこんだ。

僧院長は寝返りを打ち、静かになった。わたしは廊下へ出た。

囚人はわたしを見ると、窓の鉄棒にしがみついた。「でたらめを喋っただろう、あいつは！　きっと、そうだ！」と、男は嗄《しゃが》れ声でささやいた。「あんな汚らわしい狂人の言うことを本気にするな！」

「叫び声をつづけて下さい！」と、わたしは言った。

「え？」男は鍵を見ると、黙ってうなずき、すぐに恐ろしい叫び声をあげた。初め錠は錆びついて動かなかったが、ゆっくり鍵をまわすと、案外たやすく外れた。

男は叫びつづけながら、廊下に出た。そのけだものじみた手がわたしの肩に触れたとき、わたしはぞっとしたが、その感覚はすぐに消えた。

「行きましょう！」

わたしたち二人は、狂ったように僧院の入口から、霜の下りた地面へ跳び出し、村へむかって走り出した。まっくらな夜である。

わたしの足はすぐ痛み出した。喉がカラカラに渇いた。心臓は胸から飛び出すかと思われた。だが、わたしは走りつづけた。

「待ってくれ」

わたしの体は新たな発熱に燃えそうだった。

「待ってくれ」

村の商店が並んでいるところまで来て、わたしは倒れた。胸は痛みで、心は恐怖でいっぱいだった。あの僧院の狂人たちはまもなく目をさまし、あとを追ってくるだろう。わたしは、毛むくじゃらの裸の男に呼びかけた。

「待て！　助けてくれ！

助けてくれ？」

男は初めて笑った。今までの叫び声よりもずっと恐ろしい、甲高い笑い声である。それから男は身をひるがえして、闇のなかへ消えた。

わたしは、やっとのことで、一軒の家の戸口にたどりついた。

ドアを叩くと、猟銃をかまえた家人が出て来た。やがて警官が駆けつけ、わたしの話を聴いてくれた。だが、もちろん、ジェローム僧院長と修道士たちは、わたしの話を否定したのだった。

「このお気の毒な旅の方は、肺炎の熱にうなされておりました。聖ウルフラン僧院には、夜な夜な叫ぶ男などおりません。ええ、もちろんおりませんとも。ばかげた話です！　それはそうと、よろしかったら、エリントンさんは今しばらく、わたしたちの僧院に御滞在――おいやですか？　結構。だが、あなたは、まだ当分は悪夢に悩まされましょう。悪夢はたいそう現実的に見えるものです。あなたは、悪魔を世界に野放しにして、遂には戦争をすら招く夢を見るでしょう。戦争？ そう、世界にはつねに戦争の絶え間がなかった。むろんのことです！ それはあなた御自身のせいだと、あなたは考えつづけるでしょう」

　老人の目は呪いに燃えていた！ とがった鼻も、白い髭もぶるぶるふるえ、その一語一語には、怒りがこもっていた！

「世界の悲惨も、苦しみも、殺戮も、すべては御自身の責任だとお考えになるでしょう。毎夜のように、不安と恐怖におびやかされるでしょう。何と愚かなことか！」

　クリストフォラス修道士は、おびえた、悲しそうな顔をしていた。ジェローム僧院長が憤然と出て行くと、こう言った。

「エリントンさん、御自分の責任を感じる必要はありません。あなたの弱さが問題のすべてです。疑いが、あのドアをあけたのです。安心なさい。われわれはあの男のあとを追って、いつの日か……」

　いつの日か、どうするのだろう？

　わたしは夜明けの光にふちどられた聖ウルフラン僧院を見上げ、その後一万回も考えつづけたことを考えた。これは夢ではなかったのか。肺炎は悪夢を生み出し、悪夢は幻影を生み出す。すべてはわたしの想像力が生み出した幻影なのではあるまいか。

　いや。わたしはボストンに帰り、わたしの喉に、腹に肉がダブつき始め、顔の皺がふえ、エリントン・キャラザース・アンド・ブレイク社の財産が急速に増えていっても、その疑問にたいする答えは見つからなかった。

　修道僧たちは狂人だったのだ、とわたしは思った。でなければ、あの叫ぶ男が狂人だったのだ。でなければ、あの事件ぜんたいが愚にもつかぬお笑い草なのだ。

　わたしは日常の仕事に戻っていた。たとえ死人が立ちあがるのを目撃したとしても、悪魔を世界に解き放ったとしても、ドラゴンと一騎打ちしたとしても——

どのような昔話があるにせよ、だれしも日常の仕事をつづけないわけにはいかないではないか。

　しかし、わたしは忘れられなかった。ブラウナウ・アム・イン出身の男（ヒトラーのこと）の写真が新聞にたびたび載るようになると、わたしは不安になった。その男は確かにどこかで見たことがある。そして、その男がポーランドに侵入したとき、わたしはわかったと思った。そして世界が戦争に突入し、いくつもの都会がその内臓をさらけ出し、かつての楽しいドイツの国が憎しみと死の場所となったとき、わたしは毎夜のように夢を見た。

　今週に入ってからである、夢を見なくなったのは。一枚の絵葉書が届いたのだ。ドイツから。片面はモーゼル峡谷の写真で、葡萄畑と、モーゼル河と、葡萄酒の樽が見えている。

　ひっくりかえすと、通信欄があった。署名は「修道士クリストフォラス」で、文面は、（おお、その文面！）『安心して下さい。われわれはあの男を取りもどしました』

夜 の 旅

Night Ride

やせた白人の青年だった。麻薬常用者みたいな目をして、なんとなく手持ち無沙汰なふうだが、態度は悠悠としていた。テーブルのあいだを、のんびり歩いて行って、椅子をぐいと引き、つくねんと坐っている。あれを見れば、すぐ分かる。音楽を追っかけようという心がまえじゃない。音楽のほうが、自然にやって来るのだ。それを待っているという恰好。

マックスが言った。

「薬をやったのかな」

ぼくはかぶりをふった。麻薬を注射すると、ちょうどあんなふうになるが、だとすれば、まもなく眠っちまうはずだ。あたりがバラ色に見えてきて。

「変わり者なんだろう」と、ぼくは言った。ほんとはそうは思わなかったが。

「チップをやって来な、ディーク」と、マックスが小声で言った。「お手並み拝聴といこう」

その必要はなかった。青年の手がゆっくりのびて、キーに触れた。そして、のんびりと弾き始めたのだ。イントロもない。コードもない。ただ、途端に音楽がはじまった。ああ、やっぱり。こりゃ掘り出しものじゃないか。

ナイトクラブの中は騒々しいので、音はちょっぴりしか聴けなかったが、ちょっぴりでたくさんだ。それは本物の音だった。危なっ気がない。ディーコン様は、ほんとに好運だ。まずはブルースだった。メロディがちょっとつづき、それからすぐ即興演奏になった。それから最後にまたメロディに戻って、ちゃんとした締めくくり。たいして洗練されてはいないが、あたまのいい演奏だった。照れていないところがいい。

していた。マックスは何も言わなかった。目をとじ、耳をすましている。うっとりしている。しかし、またゴタゴタしなきゃいいな、とぼくは思った。ここ一年ばかりのあいだに、われわれのピアニストは六人も変わったんだ。

でも、これくらい上手な奴は一人もいなかったが。

青年は、『セント・ジェイムズ・インファーマリ』とか、『ビル・ベイリー』とか、古くさい曲を弾き出したが、その演奏の仕方は意地がわるかった。セント・ジェイムズは、蜘蛛や蛇がうじゃうじゃしている裏長屋から出てくるみたいだし、ビル・ベイリーときたら、あっさり女を捨てちまう与太者みたいだ。つぎの『スターダスト』は、身障者が道を横切るのに手を貸してやるボーイスカウトの少年といったところ。つぎの『スイート・ジョージア・ブラウン』となると、どうだったと思う？　病みあがりの泥棒が、もう稼ぐ気力もなくなったという図さ。

もちろん、この演奏の分かる奴はだれもいなかった。ナイトクラブの客には、スミアも、グリッサンドも、マイナー・ノートも、弾きちがえにしかきこえないだろう。あるいは、全然それすら分からないだろう。

「あいつの名前は？」と、マックスが言った。

「デイビッド・グリーン」

「すんだら、こっちへ来いと言ってくれ」

ぼくは人ごみをかきわけて行って、青年の肩を叩き、名を名乗った。青年の目がちょっと光った。ほんのちょっとだ。

「マックス・デイリーが来てるんだ」とぼくは言った。

「話したいとさ」

青年は軽いタッチで『ローラ』を弾き出しながら、

「オーケー」と言った。

ぼくは席に戻った。青年はしばらくのあいだ毒々しい演奏をやめて、ストレートに、かなりストレートに『フー』を弾いた。それはゆうべとおなじ感じだった。ゆうべ、あまり蒸暑くて眠れないので、ぼくは、ふらっとこのクラブへ遊びに来たのだ。ピアノというのは妙なもんで、弾ける奴はわんさといる。テンポを上げて、ミス・タッチなしに、ばりばり弾きまくる奴は百万といるが、その百万人のなかで、ほんとうに弾けるのは、まあ、一人か二人だ。デイビッド・グリーンは、いわゆる名人芸《ヴァーチュオソー》というやつじゃない。すべての音符を弾かない。肝心なところだけ弾くんだ。

しばらくしてから、青年はぼくらの席にやって来た。

マックスが手を差し出した。

「グリーン君、なかなかうまいね」

青年はぴょこりと頭をさげた。それは、ありがとうと言うつもりらしい。

「完璧とはいえないが、相当なもんだ。ディーコンは気に入ってるよ。おれも気に入ってる」

マックスはサングラスを外し、ゆっくりと畳んだ。

「おれはお世辞をめったに言わん男でね、グリーン君。つまらんことをお喋りしてれば、時間はどんどん経つばかりだ。率直に言うと、きみに相談があるんだよ」

緑色の服を着た女の子が、タバコの煙のなかから、ぴょこりと現われた。

「御注文は何になさいますか」

「ブッシュミルのハイボール」とマックスは言った。「ソーダがなかったらストレートでいい。グリーン君は？」

「同じものでいいです。どんなものだか知らないけど」と、青年は言った。

これがきっかけだ。ぼくは立ちあがり、マーティニの残りを飲み干した。マックスは契約の話となると、いつでも一人でするのだ。

「ちょっと電話をかけなきゃならない」と、ぼくは言った。「外で逢おうぜ」

「承知した」

ぼくは青年に、また逢えるかもしれないねと言った。青年は、そうですねと言った。ぼくは外に出た。

外は、ニューオーリンズ独特の蒸暑さだ。ぼくはバーボン街の片側を歩き、次に反対側を歩き、若い女どもをひやかした。それから安酒場に入ったが、酒は水っぽいし、ダンサーは話にもならない。小さくて、ほっぺたを真っ赤に塗ったくった、鉛筆削りから出てきたみたいな女だ。ぼくは店を出た。

ジャズの発生地はニューオーリンズかも知らんが、とっくの昔に、この町からジャズはおさらばしちまっている。

マックスは、ゴッチャ・クラブの前で待っていた。笑ってもいないし、顔をしかめてもいない。ぼくらは何ブロックか歩いた。すると、いつもの低いささやくような声で、マックスは言った。

「ディーク、ひとつ新しい曲をレパートリーに入れないか。あのピアニストは使えるよ」

ぼくは、当たり前さ、と思った。

「そりゃよかったな」

「ただ、すこし大事にしてやったほうがいい。あの子には悩みがあるらしいよ。どえらい悩みがあるらしい」

マックスは、にやっと笑った。死刑執行人が死刑囚を手に入れたときの笑い方だが、ぼくは大して気にしなかった。悩みがあるといったって、まさか犯罪が裏にあるわけじゃなかろう。ぼくはただ、やれやれ、やっとピアニストが獲得できたな、と思っただけだった。

ホテルに着いて、ぼくらは右と左に別れたが、汽車はあしたの夜八時だ。ぼくは一人で酒を飲んだ。でも、よく眠れなかった。一晩中、あの女の子を車で轢いて、血が流れるのを見物している夢を見た。

ふしぎなことに、車に乗っているのは、ぼくじゃなくて、マックスだった。女の子はデイビッド・グリーンだった……

青年はメンフィスで、ぼくらの一行に加わった。スーツケースなし、服はおなじ服、目もおなじとろんとした目。ぼくらはピーコック・ルームに五日間契約で出ていた。ギャラはわるくはないが、まあ張り切るほどの金高じゃない。姿を現わしたデイビーは、マックスのベースを軽く叩いて言った。

「来ましたよ。入っていいですか」

マックスは、駄目だと言った。

「聴いていてくれ。あとで話がある」

青年は肩をすくめた。よほど神経がふといのか、それともぼんやりしてるのか。ぼくを見つけると、青年は言った。

「こんにちは、ジョーンズさん」

「やあ、グリーン君」と、ぼくは言った。わりと物分かりのいい青年だ。椅子にどしんとすわり、両手で顎をささえて、デイビーはそれっきり黙りこくった。

気の乗らない演奏だった。まずスタンダードのダンス・ミュージック。それから、いんちきのジャム・セッションをやり、あと細かいものをチョビチョビやって、午前二時までお茶をにごした。それから楽器をかかえて、ホテルに引きあげた。

「これがわれわれの仲間だ」と、ホテルでみんなの顔が揃ったとき、マックスは言った。「ディーコン・ジョーンズは、もう知ってるな。彼はトランペットとコルネット。カリフォルニアへ行くときは、フルートも吹く。おれはベース。もう知ってるね。そこに控えた、のっぽの、ぶおとこは、バッド・パーカー、ギターだ。ロロ・バイゴンとパーネリ・モスは、サックスとバルブ・トロンボーン。ヒューイ・ウィルスン、クラリネット。おれの右にいる、おとなしい、哲学的な野郎は、ドラマーのシグ・シュルマン。これで全員だ。世界一のバンド――ただし気が向いたときだけのな。諸君、こちらはわれわれの新しいピアニスト。デイビッド・グリーン」

青年はあがっていた。穴があったら入りたいというふうに、手をもじもじ動かした。そしてマックスにおきまりの質問をされて、跳びあがらんばかりにおどろいた。もっとも、だれだって初めはそうだったんだ。

「これはジャズ・バンドだ、グリーン。きみは知ってるかな。ジャズとは何だね」

デイビーは、ぼくをちらっと見てから、あたまを掻いた。

「教えて下さい」

「教えられないね。おればかりじゃない、だれにも教えられない。こんな馬鹿げた質問はないからな」

マックスは満足していた。もし青年がなんとか返答しようとしたら、まずいことになったところだ。

「しかし、一つだけ言っておこう。ボキャブラリーだ。喋り方だ。ボキャブラリーの多い奴もいれば、すくない奴もいる。おれたちは精神の中身が豊富だから、ボキャブラリーは多い。おれたちと付き合う以上、それだけはおぼえておいてくれよ」

シグがじれったそうに、何かのリズムでテーブルを叩き始めた。

「もう一つ。分類なんぞ忘れちまえということ。あるバンドはストーリービルをやり、ほかのバンドはライトハウスをやる。頭の音楽だとか、腹の音楽だとか――いろいろとうるさいこった。おれたちはそんなことは考えない。ジャズはジャズだ。おれたちは時には伝統的な演奏を一週間もつづけるかと思うと、とつぜん、チコ・ハミルトンより新しい演奏をやったりする。ただし、いついかなる場合にも、ベストをつくす。それがおれたちのやり方だ。分かった？」

デイビーは、分かりましたと言った。マックスがこういう話をはじめると、さからっても無駄なことだ。なぜって、マックスは大まじめだし、この話には一理ある。ぼくらがこの話を聞くのは、おそらく二十ぺん目ぐらいだが、そう飽きもしない。実際、みんなジャズを段階に分けて考えたがるが、ジャズには段階なんてありゃしないんだ。たとえば、そう、ストラヴィンスキーとモーツァルトと、どっちが段階が上だ？

デイビーは何か適当な返事をしようとチャンスを狙っていたらしいが、ここでうまいことを言った。

「ぼくはそういうふうに考えたことは一度もありませんでした。すてきな考え方ですね」

「忘れないでくれよ、グリーン。ようく考えてくれよ。きみは確かに優秀だが、一方向だけなんだな。そうじゃなくて、きみはいろんな方向へのびる男だと思う。

きみはそれだけ期待のもてるプレイヤーだ」

マックスはデイビーの肩をぽんと叩いた。それは、昔からおれたちの肩を何度も叩いたのとおんなじ調子だった。恐らくおんなじ痛さだったろう。

「一生懸命やってみます、デイリーさん」と、青年は言った。

「マックスと言えよ。てっとりばやいし、親しみがあっていいや」

これでおしまいだった。マックスはお説教をやめて、虎の子のカットーのスコッチを出して来た。これは普段はあまり他人に飲ませたがらない珍品だ。それから、青年を部屋の隅へ呼んで、二人きりで喋り出した。

ぼくは、ほっとしていいはずなのに、どうも何か落ち着かなかった。で、窓から首を出して新鮮な空気を吸った。歩道にちょうど水をまいているところだ。いい匂いがする。夏の雨の次ぐらいにいい気分だ。

「いい坊やだな」

ぼくはふりむいた。パーネリ・モスだった。こいつは酒浸りだが、今は一時ほどひどくはない。パーネリほどの大酒飲みが、ラッパを吹けるとは、ウソみたいな話だ。だいたい、生きていることからして、ウソみたいなのだから。

何か曰くありげな顔つきだ。ぼくはかかりあいたくなかった。

「そうだね」

「かわいい子だ」

アイス・ウォーターをおでこにくっつけている。こうすれば酔いがさめるとでもいうのか。

「マックスの見つけた新しいおもちゃか」

ぼくはそのことばを無視した。黙っていれば話題は変わるだろう。

ところが変わらなかった。

「なあ?」と、パーネリは言った。

「そうだな」

「可哀相に、あのグリーンって子は。ディーク、おれは賭けてもいいがね——あいつピアノはうまく弾いても、今にだんだん愛想はわるくなるぜ。おおい、マックス。あの撒水車を見てみな！」

「パーネリ」と、ぼくはできるだけ冷たい声で言った。

「きみは立派なプレイヤーだが、きみについて言えるのはそれだけだ」

「それだけ言ってもらえばたくさんだよ」と、パーネリは言い、にやっと笑った。ぼくは出しぬけに、この男を窓から投げだしたくなった。でなきゃ、自分が飛び下りたくなった。なぜだか分からない。

パーネリはまたグラスをおでこに押しつけた。

「われらに今日も与えたまえ」と、節をつけて言った。

「われらの日々《デイリー》の糧を（主の祈りをマックスの名にかけてもじった）——」

「黙れ」ぼくの声は小さかったから、だれにもきこえなかった。パーネリ・モスはもう酔っぱらっているのだ。

「パーネリ、いいか、きみはマックスに文句をつけたいんだろう。そりゃそれでいい。どんどん文句をつけてくれ。ただし、おれを巻き添えにしようと思うな。おれはそんなことに興味ない」

「どうした、ディーク——こわいのか」

「ちがう。じゃ言ってやろうか。マックスはだね、きみが実のおふくろにも見放されたような場合に、きみを救ってくれたのだ。きみはゼロだったんだぜ、パーネリ。ゼロだ。ところが今のきみは一人前に食っている。ちっとはマックスに感謝してもいいはずだろう！」

「こりゃたまげた」と、パーネリはほんとにたまげたような顔で言った。「おれは感謝してるぜ。もちろん感謝してるとも！」

「マックスはきみの乳母《ばあや》みたいなもんだ」と、言いながら、ぼくは、なぜこんなに腹が立つのだろう、なぜこの男の気にさわることを言わなきゃならんのだろうと思った。「ほかにきみを相手にしてくれた人間がいるか」

「まったくだ、ディーク」

「ベルヴュー病院に放りこまれても仕方がないきみだ

ったんだぜ」

「まったくだ」

ぼくはパーネリをひっぱたこうとしたが、ひっぱたけなかった。こいつはマックス・デイリーを憎んでいる。ぼくにはわけが分からなかった。だって、無二の親友を憎むようなものじゃないか。

「ディーク、きみはあいつが好きだろ？　グリーンがさ」

「好きだよ」と、ぼくは言った。それはほんとうだ。ぼくは、何といったらいいか、親身な気持ちになっていた。

「じゃあ、逃げろと言ってやってくれよ。頼むから、グリーンにそう言ってくれよ」

「うるせえな！」ぼくは隣の部屋へさっさと歩いて行った。蛇の巣からやっとのがれたような気分だ。ディビー・グリーンは、そこに一人ぼっちで腰掛けていた。ただ、なんとなく様子が変わっていた。あの強情そうな、にがにがしげな表情が消えている。今の表情は──悲しそうなだけだ。

「どうしたい」

青年は目を上げた。

「考えていました。いまデイリーさんと話していたんです。あの人は──立派な人ですね」

ぼくは椅子を引き寄せた。背中に汗が吹き出てきた。冷たい汗だ。

「立派とは、どういうことだい」

「よくは分かりません。ああいう人に逢ったのは初めてです。あの人は、なんていったらいいか、何がまちがっているか、どうまちがっているかということを、ぼくの中から引き出して──」

「きみ、悩みがあるのか？」汗はますます冷たくなった。

青年はにこっと笑った。ずいぶん若い。まだ二十五になっていないだろう。ドラマーのジーン・クルーパ風の美男子だ。麻薬常用者じゃない。酒飲みでもない。

「このディーコンに話してみないか」

「悩みってほどのことじゃないんです」と、青年は言った。「女房に死なれただけです」

ぼくの不安はますますつのってきた。なぜだろう。

「それはいつごろのこと？」

「一年前です」と、青年はまだ信じられないように言った。「それが妙なんです。ぼくはこの話はとても他人には話せなかったのに、デイリーさんにそう言われると、何もかも話してしまったんです。サリーとぼくが初めて逢ったときのことや、結婚して、一緒に生活をはじめて――」

青年は顔をそむけた。

「話しちまったんなら、すこしは気がらくになっただろう」と、ぼくは言った。

「デイリーさんもそう言いました」

「そうか」

そうなのだ。六年前、ぼくがあの女の子を轢いたときも、マックス・デイリーは、ぼくにおんなしことを言った。

ただ、ぼくは今でもあの女の子の夢を見る。まるできのうの事故みたいに……

「ディーク、ぼく、このバンドでやっていけるでしょうか」と、青年が訊ねた。

ぼくは青年の顔を見た。途端に、パーネリの言ったことを思い出した。それからマックスの、あの、いつも低い声を思い出した。ああ、もうたくさんだ。

「心配無用」とぼくは言い、二階の自分の部屋へ行った。

ぼくは神経質なほうじゃない。でも、どこかにムズムズするものがいて、そいつがいっこう失くなってくれないのだ。こういうのを、前兆とか、予感とかいうんだろうか。

「……逃げろと言ってやってくれよ。頼むから、グリーンにそう言ってくれよ……」

翌日の晩、青年はロロの背広を借りて、舞台に出た。元気はよさそうだが、ちょっと面《おも》やつれがしていた。

どうやら、ゆうべは眠れなかったらしい。

マックスが青年を客に紹介した。それから青年はピアノの椅子にすわった。

一瞬の緊張。一、二。それ！

ぼくらは、ぼくらのトレードマークの『夜の旅』を演奏した。青年はそつのない弾き方だった。みごとなバッキングで、しかもでしゃばらない。それでいいんだ。やがて、ぼくらは休み、マックスの合図を受けた青年は、『ジャダ』を悲しげなワルツ風に演奏し始めた。この曲を悲しげに弾くのはむずかしい。それをちゃんとやってのけた。

客にも受けたように見える。

次には『レディ・ビー・グッド』をマイナーで弾き、それから俄然、景気よく『A列車で行こう』をやり出した。ピーコック・ルームじゅうが一時に沸いた。ぼくらは、いつだって客を沸かしたり、足踏みをさせたりすることぐらいできたんだが、これはなんとも凄い。デイビー・グリーンは、うまいなんてもんじゃなかった。偉大だ。次の『センチメンタル・レディ』で、デイビーは、マックスの編曲の枠のなかで、実にきれいな即興演奏をやった。それから調子を一変して、ちょっとジェリー・ロール風に、それでも独特なカラーで、『ウォルバリン』に切り変わった。

次に、デイビーの即興演奏の番になった。客はしいんと静まり返って、聴き耳を立てた。悲しげな音だ。ブルース風の。ぼくには、デイビーが何を考えているか分かった。夏の朝、日がさしこむベッドのなかで、うつらうつらしているデイビーと死んだ細君だ。明るい光と、新鮮な空気。あたたかいブルース。

マックスは目をかたくとじて聴いていた。ぼくにはマックスの言いたいこともよく分かった。音を立てるなよ、みんな。体を動かすなよ。この音をブチこわしにするなよ。デイビーを一人にしておいてやれよ。

デイビーは急に弾く手をとめた。十拍《テンビート》の休止。もう終わったのかと思うと、そうじゃなかった。デイビーは何か別のメロディを思い出したらしい。

それが始まった。いやに素っ気なく、フィーリングを抜いた音符だけ。『きみがただ一人の娘なら』だ。と、ディビーは拳で鍵盤を叩きつけるようにして、即興演奏を始めた。それは悪魔的だった。すばらしかった。客はみんな息をのんだ。

だが、ぼくはディビーのことば《メッセージ》を受け止めていた。それは秘密の手紙のように、ぼくの心に突き刺さった。

箱のなかにはひとりの娘、
ディーコン・ジョーンズ、
箱のなかにはひとりの娘、
　娘といっても骨ばかり……

きみは、どこの娘のことを言ってるんだ、とぼくは思った。しかし、それを考えるひまもないうちに演奏は終わった。ピーコック・ルーム全体が爆発的に沸き、ディビー・グリーンは、自分の手を見つめて、ぼんやりと坐っていた。

「一、二」と、マックスが低い声で拍子をとった。

ぼくらは『セント・ルイス・ブルース』を演奏し始めた。めいめいが順番にソロをやった。ぼくもペットを吹いた。そして休憩時間になった。青年に寄って行った。マックスは目を輝かして、青年に寄って行った。マックスのことばがきこえた。

「よくやった、グリーン」

けれども、青年はまださっきの気分から抜け切れないように見えた。マックスのことばもロクに耳に入らぬらしい。マックスは一言二言しゃべってから、ぼくのほうにやって来た。十フィートの巨体がぬっと近づいた。

「うまくいったな、ディーク」と、額に汗を光らせて、マックスは言った。「もうしめたもんだ」

ぼくはラッパから唾《つばき》を振りおとして、にやっと笑って見せた。作り笑いだ。

マックスはぼくの肩に手をかけた。

「ディーク、さっきのきみのソロはよかったけど、おれはハラハラしたぜ。また例の自動車事故のことを思い出してたな。そうだろう？」

「いや、別に」

「責めるわけじゃない。しかし、おれたちは今や完璧なんだからな。下らんことは早く忘れてくれ。あとで相談に乗ってもいいぜ。おれはひまだから」マックスはにっこり笑った。「分かってるだろう、ディーク」

その話が出ませんようにと、ぼくは祈っていたのだった。とうとう出てしまった。

「分かってるさ、マックス」と、ぼくは言った。「ありがとう」

「なあに」と、マックスは言い、バッド・パーカーのほうへ歩いて行った。バッドは麻薬中毒で、マックスから薬をもらっているのだ。薬が切れると、盗みをするか、殺しをするか分からない男だ。

ぼくの不安は、まだ消えていなかった。パーネリが寄って来て、バルブ・トロンボーンを一声鳴らした。

「いい坊やだ。マックスはきっと大事にするぜ」

そのとおりだった。優秀な十本の指を手に入れたぼくらは、もりもり売り出して行った。なぜだか分からない。たとえば、ウッディ・ハーマンは、シカゴではさっぱり芽が出なくて、ちょっと場所を移ったら、たちまち物凄くヒットした。あれはなぜだ。なぜでも、とにかく、そういうことが起きる世界なんだ。

ぼくらは中西部《コーン・ベルト》に見切りをつけ、ロサンゼルスの「ヘイグ」と契約をして、堂々と乗りこんで行った。ちょうど四重奏《クワルテツト》や三重奏《トリオ》が流行《はや》っていた頃で、ぼくらは旧態依然たるビッグ・バンドというわけだが、それでも人気は落ちなかった。一カ月も経たないうちに、フリスコからオーディションの口がかかって来たくらいである。

ぼくはマックスとも、デイビーとも、深い付き合いはしていなかった。マックスとデイビーは、もう切っても切れぬ仲になっていた。マックスは青年を片時も傍から離そうとしない——といって、ぼくらをなおざりにしていたわけではない。午後はいつでもあいている。いつだって相談に乗るよ、という調子だ。しかし、なんといっても、ぼくらのスターはデイビーで、そのことだけはだれも否定できなかった。ところで、デイビーのピアノはますます磨きがかかっていったが、デイビーそのものはだんだん元気がなくなってきた。毎晩のように、ピアノの即興演奏で、サリーとの恋物語をぼくらに喋る。初めのうちは、女房を奪い、冷たい土に埋めた相手に腹を立てているようなところがあったのに、このごろは、ただ悲しくて、さびしくて、元気がないだけなのだ。

一方、ぼくら全体としては、ますます景気がよくなった。以前のぼくらは、ただ器用なだけのバンドで、デキシーもやれば、モダンもやる。ホットでも、クールでも、何でもござれで、演奏スタイルなんてものは持ちあわせていなかった。デイビーが一枚加わってからだ、ぼくらに一定のスタイルができたのは。もちろん、今でもいろんな傾向のものをやることはやるが、主としてレパートリーはブルースときまった。ぼくらのお得意は、たとえばバーのカウンターの端っこにすわっている孤独な女だ。化粧のけばけばしい、ふとりすぎた女だ。でなければ、ダンスができないので、おれは女がきらいだと思いこんでいる、ちんちくりんの男だ。ほんとは女が好きでしょうがないのに、おっかなくて女に近寄れない臆病な男だ。でなければ、大きな眼鏡をかけたちっちゃな娘か、おっぱいのちっちゃな、大きな娘だ。でなければ、人生を見限ったつもりの酔いどれどもだ。

ブルース・バンド。

広告の文句を借りれば、「心の傷がまだ癒えぬ人のためのマックス・デイリー・バンド」だ。

ブルース・バンド。

「ヘイグ」はさらに半年もぼくらをとっておくつもりらしい。ひょっとしたら未来永劫にかもしれない。でも、ぼくらはゴスペルを持って、ほかの土地にも行きたい。マックスのゴスペルだ。でなきゃバードランドとの契約はどうだい。

よかろう。マックスは、大当たりの日は、まるで爪立ちするみたいに歩いた。いっそう低い声でデイビーに話しかけた。

デイビーは、どんどん元気を失くしていった。ある日舞台がすんでから、ぼくは一緒にビールでも飲まないかと、青年を誘ったことがある。青年はオーケーと言ったが、マックスがやって来て、この計画はたちまちおじゃんになった。

ざっと、こんな次第である。「ダウンビート」誌は、ぼくらのことを、「最前線に立つ、最も個性的なグループ」と書き立てた。ぼくらは、『ブルー・マンデイズ』と『モーニン・ロウ』と『ディープ・ショアーズ』をレコードに吹きこんだ。それはまた飛ぶように売れた。

いつの晩だったか、おぼえていない。マックスが、ぼくの部屋にやって来た。あまりすぐれない顔色だ。

「ディーク、デイビーを見かけなかったか」

何かがぼくの喉のあたりで跳びあがった。

「だいぶ前から見かけないよ」と、ぼくは言った。

マックスは肩をすくめた。

「心配してるのかい」と、ぼくは訊ねた。

「心配することは何もないさ。彼だって年頃だからな」

マックスは大きな声で言った。

翌日の晩、似たようなことが起こった。その日は土曜日で、ぼくらは午後のマチネーをやっていた。ぼくがソロを終えると、パーネリがぼくの肩を叩いて言った。

「あそこを見ろ」

別段おもしろいものは見あたらない。

「ようく見てみろ」

若い娘がいた。デイビーを見つめている。

「さぞかしマックスの気に入るこったろうよ」と、パーネリは言った。「きっと妨害するぜ。きまってら」

演奏がすむと、デイビーは舞台を下りて行ってその娘に笑顔をみせた。娘もにっこり笑った。それから二人は暗い隅へ行って、腰をおろした。

「見ろよ。やっぱしグリーンの奴、ひっかかったぜ。ちょっと、見なよ、マックス先生の面《つら》を」

マックスは、もちろん、デイビーと娘を眺めていた。表情はちっとも変わらないので、何を考えているのかは分からない。絃をゆるめながら、じっと二人を見ているだけだ。

すこし経ってから、デイビーと娘は立ちあがり、楽団席のほうへやって来た。

「マックス、御紹介します。ミス・シュミットです。名前はロレイン」

ヒューイ・ウィルスンは目玉をむきだし、バッド・パーカーは「ほほう」と言い、ロロまでがそわそわした。ロロは普段なら女の子には関心がない奴なのだ。その女の子は派手な身なりをしていた。ピンクのドレスに、頬には紅《べに》をさし、身なり全体が、わたしここにいるのよ、ね、みんな見てちょうだい、とでも言っているようだ。

「毎晩、聴きに来てくれるんです」と、デイビーが言った。

「分かってる」と、マックスが言った。「毎晩お姿が見えてますのでね、ミス・シュミット」

女の子はきらきらする笑顔を見せた。

「すてきなバンドね、デイリーさん」

「どうもありがとうございます」

「今晩は特に『ディープ・ショアーズ』がよかったわ。あれは――」

「そうですか。あれはデイビーの作曲です、ミス・シュミット。もう御存知でしょうね」

女の子はデイビーの顔を見た。

「いいえ、知りませんでした。デイビーが――グリーンさんが教えてくださらないんですもの」

われらのピアニストはにっこり笑った。その笑いは本物だった。まるで人が変わったようだ。ぼくは、デイビーがこんなふうに笑うのは初めて見た。

これで会見は終わった。もう自明の理だ。デイビーはこの娘に言い寄るだろう。娘はそれを受け入れるだろう。だれにもこの二人を引き離すことはできはしまい。

女の子は、毎日のように、いつも一人でやって来た。演奏が終わるまで待っていて、デイビーを連れ出し、消えてしまう。翌朝になると、デイビーはくたびれたような顔をしているが、これはもういわば公認だった。デイビッド・グリーンは、失われた青春をとり戻しつつある、といったところだ。

マックスは、そのことについて、何も言わなかった。そんなことは、どうでもいいような顔をしていた。しかし、パーネリは、相変わらずおなじようなことを言っていた。

「作戦を練ってるんだよ。マックスは利口だからね、ディーク。ほかのバンドマスターなら、すっかり考えこんじまって、『ヨーロッパへ演奏旅行に出よう』とかなんとか、言い出すところだろう。どっこい、うちの親玉《ボス》はそんなこたあ言わない。もっと、あたまのいいやり方でもって……」

デイビーと女の子の仲は、いっそう熱くなった。まもなく、耳をすませば、結婚式の鐘の音がきこえてくるようだ。しかし、ほかの音もきこえた。バンドの音だ。ぼくらのバンドは、トップ・レベルじゃなくなった。なぜだかわからないし、どこがちがったのかも分からない。ただ、確かに調子が落ちたのだ。何かが欠けてしまった。

それでも、マックスは怒らなかった。マックスは二股の音叉《おんさ》みたいなもんだから、影響はかならずこっちへ来る、とぼくは思った。また夢を見るだろう。どんなに告白を重ねたところで、夢は毎夜のように襲ってくるだろう……

だが、ぼくは影響を受けなかった。ぼくらのバンドは調子がガタ落ちになり、一晩ごとにそれがひどくなった。やがて、その原因の判明するときが来た。

デイビーが、ロレインとの婚約を発表してから三日目に、ダムは遂に決壊した。その模様はこうだ。

ぼくらは楽団席に入り、マックスが、一、二と、拍子をとって、『タイガー・ラグ』の演奏が始まった。

出しぬけに、調子が戻って来たのだ。ぼくらのバンドは、いまだかつてなかったほど、すばらしい音をとりもどした。デイビーのピアノは、ふたたびその猛烈な力を発揮し、ぼくら全員に鉄のフレームをかぶせるようだった。ぼくらのレベルは大いに高まった。

パーネリに肩を叩かれて、ぼくはぞっとした。デイビーの姿が見えない。ぼくは客席を見た。娘の姿も見えない。はじめから来ていなかったのだ。マックスはと見れば、豚みたいに満足そうに目をほそめて、絃をはじいている最中だ。

ぼくらは『ディープ・ショアーズ』を始めた。ぼくは思った。これで六年ぶりに、何もかもはっきりするぞ。

それでも、曲の最後まで、ぼくは演奏した。それからデイビーを探しに行こうとすると、マックスにとめられた。

「彼のことはかまうな。辛い経験をしたばっかりだ」

「それはどういうことです」

「あの娘はNG《ノーグッド》だったんだ、ディーク」

「まさか」

「NG《ノーグッド》だった。最初からそうじゃないかと思ったが、おれは何も言うまいと決心していた。しかし——おれは確かめてみたのさ。あの子はデイビーを捨てるよ」

「あんた、何をしたんだ」と、ぼくは訊ねた。

「ためしてみたんだ」と、低い声でマックスは言った。「女なんてみんなおんなしだよ、ディーク。悲しいことだがね」

肩をすくめた。

「だから、彼を放っといてやれ。詳しい話は、いずれデイビーから聞けよ。きみは、このごろ夢に悩まされてるんだろう。今晩あたり、ひとつ、おれが相談に乗って——」

「何をしたんだ、マックス」

「あの娘と寝たよ、ディーク。簡単だったよ」

ぼくは言った。

「娘はどこに住んでるんだ」

マックスは手を振った。

「ああ、もういいじゃないか。すんだことだ。デイビーはおれに感謝していたぜ！」

「キュー・ガーデンズ・ロード四五番地」と、声がきこえた。「アパートの五号室だ」

それはパーネリだった。

「ディーク、きみもお相伴したいのか」と、マックスは笑った。その笑い声は、ぼくが聞いたこともない不潔な音だった。

「ほう」と、パーネリが言った。「ボスともなると、ひでえことを言うもんだ」

ぼくは、七年間愛してきた男の顔を、よくよくながめた。

「あの子はデイビーに喋ったよ」とマックスは言った。それはデイビーの眉間に斧の一撃を与えたようなものではないか。デイビーは、もう二度と起きあがれないだろう。二度と。

ぼくはマックスの腕を掴んだ。マックスはにやりと笑った。

「きみが彼を好いていたのは分かる。おれだってデイビーが好きだった。しかしな、おそかれ早かれ分かることだ。早いほうがよかったじゃないか。分からんのか。おれはデイビーのためを思って、こうしたんだ」

何の騒ぎかと人だかりがしてきた。ぼくは構わずに言った。

「デイリー、よく聴け。おれは一つだけ分かったことがある。それがそのとおりだったら、おれの考えたとおりだったら、戻って来てお前を殺すぞ。分かったか？」

マックスは大男だが、ぼくは力まかせに押しのけて、外に走り出た。タクシーをつかまえた。

タクシーのなかで、娘が自宅にいますようにと、ぼくは神に祈った。こんなとき、楽器があればいい。何か吹きたい！

エレベーターを待つ間ももどかしく、三段おきに階段を駆けのぼった。

ぼくは五号室をノックした。返事がない。ぞっとしながら、また叩いた。

娘がドアをあけた。赤い目をしている。

「あら、ディーコンさん」

ぼくは蹴とばしてドアをしめ、突っ立ったまま、出だしのことばを探した。何もかも差し迫っている。急がなきゃいけない。

「真相を知りたい」とぼくは言った。「ほんとのことを言ってくれ。ウソをついたら、すぐ分かるぞ」

ぼくは一息ついた。

「きみはマックス・デイリーと寝たか」

娘は、ええ、とうなずいた。ぼくは娘の腕をつかまえ、体をゆすぶってやった。

「馬鹿、ほんとうのことを言え！」

ぼくは自分で自分の声におどろいた。まるで男対男の喧嘩だ。

「デイビーのことを考えろ。ようく考えろ。それから返事をしろ。きみはマックスとほんとに寝たのか。その服をぜんぶ脱いで、マックス・デイリーの言うままになったのか！　返事をしろ！」

娘はぼくの手を振り払おうとした。それから泣き出した。

「寝なかったわ」

ぼくは娘の体を放した。

「寝なかったわ……」

「きみはデイビーを愛しているか」

「ええ」

「結婚したいか」

「ええ。でも、あなたは御存知ないのよ。デイリーさんが――」

「もうじき分かる。もう時間がない」

ぼくの目に涙がこみあげてきた。

「さあ、おいで」

娘はためらったが、ぼくの剣幕に押されて、コートを着た。ぼくらは待たせてあったタクシーに乗った。二人とも、バードランドに着くまで、一言も喋らなかった。

もう閉店時刻に近かった。店のなかは、がらんとして、ほの暗かった。楽団席からは、ゆったりとブルースが流れていた。

まっさきに目に入ったのは、パーネリの姿だった。トロンボーンを吹いている。ほかの連中は――二人をのぞいて全員が――それの伴奏をしている。

パーネリは演奏をやめて、近寄って来た。その体がふるえている。

「デイビーはどこだ」と、ぼくは訊ねた。

パーネリはぼくを見つめ、ロレインを見つめた。

「どこにいるんだ」

「おそかった」と、パーネリは言った。「マックス先生も、今回は少々やりすぎだったよ。ほんの少々な」

ロレインはふるえ出した。ぼくの手にそのふるえが伝わって来る。ぼくの心のなかに何かが飛びこんで来た。『ディープ・ショアーズ』だ。デイビーの曲だ。

パーネリはあたまを振った。

「きみが出て行ってから、すぐ、おれも探しに行ったんだ。でも、手おくれだった」

「デイビーはどこ」と、ロレインは、今にも悲鳴を上げそうな声で訊ねた。

「自分の部屋にいるよ。ひょっとすると、もう運び出されたかもしれない――」パーネリはぼくを独特の目つきで見つめた。「拳銃がなかったから、カミソリを使ったんだ。きれいなもんだよ。みごとなもんだよ。おれも、ああみごとにゃ、やれねえだろうな……」

ロレインは何も言わなかった。ゆっくり回れ右して、出て行った。ヒールが短剣のようにダンス・フロアを刺した。

「もう分かっただろう」と、パーネリが言った。

ぼくはうなずいた。一瞬、心の中がからっぽになり、それから憎しみがどっと流れこんできた。

「奴はどこだ」

「部屋だろう」

「一緒に来てくれるか」

「そうしよう」

パーネリは、トロンボーンを一声吹いた。楽団が演奏をやめ、バッド・パーカーを先頭に、ヒューイも、ロロも、シグも、下りて来た。

「みんな知ってるんだな」と、ぼくは訊ねた。

「うん。でも、ディーク、知ってるだけじゃどうにもならん。きみの帰りを待ってたんだ」

「よし、行こう」

ぼくらは二階に上がった。マックスの部屋のドアはあいていた。マックスは、カラーをゆるめ、酒壜を抱いて、椅子に腰をおろしていた。

「ディーク、お前もか（「ブルータス、お前もか」をもじって）」

ぼくはマックスのシャツを摑んだ。

「デイビーは死んだぞ」

「聞いた」

マックスは酒壜からラッパ飲みしようとした。ぼくはマックスの左頬を張り飛ばした。相手がつかみかかってくればいいと、ぼくは思った。マックスは身動きもしない。

「お前のせいだ」と、ぼくは言った。

「そうだ」

ぼくは、マックスの首に両手をあてがって、目の玉が飛び出るまで締めあげてやりたかった。デイビーの苦痛を味わわせてやりたかった。だが、とつぜん、ぼくは訊ねた。

「なぜだ」

マックスは酒壜を傾けて、ラッパ飲みした。それから相変わらずの低い声で、恐ろしくゆっくり喋った。

「おれは、いい音楽を、やりたかった。いまだかつて、なかったような、いい演奏を、したかった」

「だからデイビーにウソをついたのか。女の子のことを？」

「だからだ」と、マックスは言った。

パーネリは酒壜を取りあげて、一息に飲み干した。

その体はひどくふるえていた。

「なあ、ディーク、これはバンドじゃねえ。バンドじゃねえよ。巡業する死体置場《モルグ》だ」

「教えてくれ、パーネリ。たのむから教えてくれ。そのことと、デイビーとロレインのことと、どうつながるんだ」

「何から何までつながってるさ。デイリーは娘のアパートへ押しかけて行って、お得意の口八丁で、うまいこと説き伏せたんだ。娘にウソをつかせて、グリーンから遠ざけたんだ」

ぼくはすこし分かりかけたような気がした。いや、分からない。頭がズキズキする。

「なぜだ」

「簡単なこった。娘は、デイビーの才能を駄目にしちまう。そしたら世界から偉大な天才が消えてなくなる。というふうに、娘に思いこませたのさ」

パーネリは、残りの一、二滴をすすり、酒壜を部屋の隅へ放り投げた。

「いいかい、ディーク——うちらのボスはだな、ジャズというものについて、非常に独特な考え方をしてる。つまりだね、人生の敗残者にならなけりゃ、ジャズは演奏できないと、こういうわけだ。実生活が駄目になればなるほど、音楽のほうはますますよくなる。そうだろ、マックス？」

マックスは両手で顔を覆っている。返事をしない。

「まあ、ぐるりと見まわしてみなよ。まず、きみだ。十年前——十年前だったな、ディーク？——きみはある晩、酔っぱらい運転をやって、ちいさな女の子を轢き殺した。そこにいるロロは、変人だ。しかも自分で自分の変人ぶりに嫌気がさしている。ヒューイ、きみの弱点は何だっけ」

ヒューイは黙っている。

「ああ、そうだ。癌《がん》だ。ヒューイはもう永いことない。バッド・パーカーとシグは、哀れな麻薬常用者さ。こりゃ本格派だ。それから、おれは——酒浸りだ。病院にいたのを、マックスが拾ってくれた。もっと喋ってもらいたいか？」

「喋ってくれ」と、ぼくは言った。ぼくはとことんまで事の決着をつけたかった。

「ところが、人生の敗残者で、しかもピアノの弾ける奴てのを、マックスはなかなか見つけられなかった。どうしてかね。ピアニストってのは、ちょっと惨めったらしいふりをしても、たいていは胃がわるいとか、そんな程度なのさ。ところが、ここでデイビッド・グリーンが見つかった。というか、きみが見つけ出した、ディーク。そこで、とうとう、おれたちは完璧さ。八人の敗残者が揃ったわけだ。な？」

パーネリは、マックスの頭を撫で、しゃっくりをした。

「デイリー小父さんは利口な人さ。きみらはもうとっくに昔の悩みから抜け出てはいるんだが、マックスはちゃんとナイフを用意している。そいつで、ときどき傷を突っつくんだ。おれたちは、忘れかかった頃になると、マックスに催促されて、もいちどわが身の不幸を嘆くってわけだ」

ヒューイ・ウィルスンが言った。

「でたらめだ。何もかもでたらめだ。おれは自分の病気は棚に上げて、結構楽しく演奏して――」

マックスが、顔をあげた。マックスが力強く見えたのは、あとにも先にもこのときだけだった。

「ちがう」と、体をふるわせ、真っ赤になって、マックスは言った。「過去のことを考えてみろ、ディーコン・ジョーンズ。偉大なピアニストを思い出してみろ。偉大なピアニストだぞ。教えてやろう。売春宿に入りびたりだったジェリー・ロールだ。世捨て人のリングルだ。盲目のテイタムだ。聴衆の肌や、骨にまで浸みこんで、聴衆を捉えて絶対離さないトランペット吹きは、だれだった。これも教えてやろう。大酒のみの酔っぱらいビーダーベックだ。孤独な爺さん、ジョンスンだ。バディ・ボールデンは、演奏中に発狂した。どうだ、過去の歴史をふり返って、偉大なジャズ・プレイヤーを探してみろ。どいつもこいつも、恐ろしく孤独で、惨めったらしくて、打ちひしがれて、手のほどこしようもない敗残者ばかりなんだ。それでも、そいつらはみんなの記憶に残っているんだぞ、ディーコン・ジョーンズ。みんなの記憶に残っているんだぞ」

　マックスはぼくらをにらみつけた。

「デイビー・グリーンは、いい青年だった。しかし、世の中には、いい青年なんて、掃いて捨てるほどいる。おれはデイビーを優秀なピアニストにしてやった。優秀なピアニストは、掃いて捨てるほどいるか？　あいつは、みんなを感動させる音楽をつくった。神様の耳にしか届かないような音楽をつくった。その音楽に耳かたむける人の悩みを救った――」

　マックスは拳を握りしめていた。汗がだらだら流れていた。

「偉大なバンドなんて、いままでにありゃしなかった。おれたちがはじめての偉大なバンドだ。ほんとうの音楽を、ほんとうに演奏するプレイヤーは、どこにもいなかった。もう二度と出ないだろう。偉大だったのは、きみたち全部だ。きみたち全部を偉大にしたのは、おれだ」

　マックスはふらふらと立ちあがった。

「オーケー、もう御破算だ。もうおしまいだ。おれは、きみたち全部の生活を締め上げて、きみたちを囚人にして、だまして、ウソをついた――そう、そのとおりだ。だれが一番先になぐってくれるんだい？」

　だれも動かない。

「さあ」とマックスは言った。その声はもう低くもやさしくもなかった。「さあ、早くなぐれよ、臆病者、馬鹿野郎！　早くやってくれよ！　おれはたった今、あんな立派な青年を殺したんだぜ。どうした、パーネリ？　お前はずっと前からおれに含むところがあったんだろう？　早くやったらどうだい」

　パーネリは、しばらくのあいだ、マックスの目を見つめていた。それから、くるりと背を向け、楽器を持って出て行った。

　シグ・シュルマンが、それにつづいた。一人ずつ、振り返りもせずに、出て行った。

　みんな行ってしまって、マックス・デイリーと、ぼくだけが残った。

「きみは、さっき言ったっけ」と、マックスが言った。

「戻って来て、おれを殺すと言ったっけ。それなら早く殺してくれよ」

　デスクの引出しをあけて、旧式の三八口径の拳銃を取り出し、ぼくに手渡した。

「さあ、殺してくれよ」

「あれはただの捨てゼリフだった」と、ぼくは言い、マックスの手の届く所に拳銃を置いた。

　マックスはぼくの顔を見た。

「出てってくれ、ディーク」とマックスはささやいた。

「自由になってくれ」

　ぼくは外に出た。外は寒かった。ぼくは歩き出した。しかし、どこへ行くあてもなかった。

生き急いだ作家――チャールズ・ボーモントの生涯

評論家
中村融

本書はアメリカの作家チャールズ・ボーモントの第三短篇集 *Night Ride and Other Journeys* (1960, Bantam) の全訳である。

はじめにお断りしておくと、本書が世に出るのはこれが三度め。最初は一九六一年、鳴りもの入りの新企画《異色作家短篇集》の第四回配本分として刊行され、つぎは一九七四年、全十八巻を全十二巻に編みなおした新装版の一冊として生まれ変わった。そして二〇〇六年、全二十巻に増補された新シリーズの一冊としてよみがえったわけだ。まずは稀代の異色作家の代表作が、三たび陽の目を見たことを喜びたい。

とはいえ、わが国で出たボーモントの著書はこれ一冊きり。雑誌やアンソロジーにたびたび作品が載るとはいえ、この作家になじみのない読者も多いだろう。ボーモントの経歴をすこしくわしく書いてみよう。

チャールズ・ボーモントは、一九二九年一月二日、シカゴでチャールズ・リロイ・ナット（Charles Leroy Nutt）として生まれた。幼いころは、この名前のためにさんざんからかわれたらしい。というのも、「t」のひとつ足りない「nut」には「気ちがい」という意味があるからだ。これを苦にしたチャールズは、のちに姓をマクナット（McNutt）に変え、ついには法的にもボーモント（Beaumont）に変えたのである。

母親は相当にエキセントリックな人だったらしく、チャールズ少年に女の子の服装をさせたりしていたという。この母親から遠ざけるためもあって、少年は十二歳のとき、五人の未亡人のおばが下宿屋を営むワシントン州エヴェレットへ送られた。

この時期にチャールズは、熱心なSFファンとなり、ファンジンを発行するほか、雑誌のお便り欄の常連となった。そのうち興味はイラストを描くことに移り、一九四三年からE・T・ボーモントの名前でSF雑誌にひとこま漫画《カートゥーン》を載せるようになった。短期間兵役に就いたり、俳優を志したりといった紆余曲折のあと、四六年にはMGMのアニメーション部門で働き、四八年にはチャールズ・マクナットの名前で挿画を担当した本が出た。しかし、画家としての才能に見切りをつけ、小説家への転身を図るようになる。

きっかけは四六年にロサンゼルスで新進作家レイ・ブラッドベリと出会ったこと。ふたりとも新聞連載漫画《コミック・ストリップ》のコレクターだったので意気投合し、ブラッドベリが創作の指南をするようになったのだ。

ブラッドベリ二十六歳、ボーモント十七歳の夏だった。

四八年、ボーモントはアラバマ州モービルへ移住する。そこで出会ったのが、一年後に妻となるヘレン・ブルーン。結婚したふたりは、カリフォルニアに転居し、五〇年には現在シナリオ・ライターとして活躍する長男クリストファーが生まれた（夫妻のあいだには、さらに一男二女が生まれる）。ボーモントは職を転々としながら小説を書きつづけ、ついに作家デビューを果たす。SF誌《アメージング・ストリーズ》五一年一月号に中篇「悪魔が来たりて――？」が掲載されたのだ。とはいえ、筆一本で食べていくというわけにはいかず、謄写版技師として働きながら執筆にはげむ日々がつづく。

この修業時代にボーモントは、何人もの作家の卵と出会い、生涯つづく友情を結んだ。そのひとりがリチャード・マシスン。同じような作風で、同じようなキャリアを持つふたりは、たちまち親友となり、たがいに切磋琢磨するようになった。とはいえ、マシスンがもの静かで沈着なのに対し、ボーモントは騒々しくて衝動的と、性格は好対照だった。家庭人のマシスンは、やがてボーモントたちの夜遊びにはつきあわなくなる。では、いっしょに遊び歩いたのはだれかというと、ジョン・トマーリン、ウィリアム・F・ノーラン、チャド・オリヴァーの三人だ。彼らの緊密な結びつきから、のちに〈グループ〉とだけ呼ばれる作家集団が生まれるのだが、くわしくはべつの機会にゆずりたい。

五三年、失職したのを機に、ボーモントはフルタイムで書きはじめる。しばらくは極貧がつづき、タイプライターを質に入れたり、ガスを止められたりといった状態だった。背に腹はかえられず、五四年二月にコミックスの仕事をはじめる。バッグズ・バニーやミッキー・マウスが出てくる漫画の原作を書いたのだという。

しかし、ついに成功の日が訪れる。ジャズ小説*Black Country*が、創刊まもない《プレイボーイ》五四年九月号の誌面を飾ったのだ。これを皮切りに、ボーモントの小説は《エスクワイア》、《コリアーズ》、《サタデイ・イヴニング・ポスト》といった高級雑誌につぎつぎと売れるようになる。同じ五四年にはTV界にも進出し、多数の脚本を（多くはマシスンとの共作）で書きまくった。こうしてボーモントは長年の貧乏生活からぬけだしたのだった。

経済的に余裕ができたボーモントは、新しい趣味に熱中するようになる。それが自動車レースだ。みずからもポルシェを駆ってレースに出るほか、全米各地はおろか、遠くヨーロッパまで観戦に出かけるようになったのだ。五五年にはフロリダで若き映画スター、ジェイムズ・ディーンが走るのを見たという。ボーモントに感化されて、ノーランとトマーリンもレースにのめりこみ、この三人はモーター・スポーツ雑誌の常連寄稿家となった。

五七年四月には、最初の著書である短篇集*The Hunger and Other Stoies*が上梓された。同じ年の九月には、トマーリンと共作した長篇*Run from the Hunter*が、キース・グラントランド名義で刊行された。こちらは、アラバマ州モービルを舞台にしたクライム・サスペンスであるらしい。

あとは順風満帆。五八年には第二短篇集*Yonder : Stories of Fantasy and Science Fiction*と、自動車レースにまつわる記事や小説を選りすぐったノーランと共編のアンソロジー*Omnibus of Speed: An Introduction to the World of Motor Sport*が、五九年には長篇*The Intruder*が出た。後者は人種問題をテーマにした社会派の作品であり、六二年にロジャー・コーマン監督の同題映画となった（脚色はもちろんボーモント自身）。

この時期、ボーモントはTV脚本家としての地位を確立しており、映画界にも進出。四本の脚本を書き、うち一本はじっさいに製作されたが、満足のいく出来ではなかった。しかし、TV界ではさらなる成功が待っていた。ロッド・サーリングが指揮をとった伝説のSFドラマ・シリーズ《トワイライト・ゾーン（ミステリー・ゾーン）》（五九～六四）の製作に参加したのだ。ここでボーモントはきわだった活躍を見せた。みずから二十二本の脚本を書くだけでなく、仲間の作家を巻きこんで、シリーズ全体の質を高めるのに貢献したのだ。たとえば、ジョージ・クレイトン・ジョンスンは、ボーモントが見いだした才能だった。ノーランの言葉を借りれば、ボーモントは「車輪の中心《ハブ》」であり、そのまわりをノーラン、マシスン、トマーリン、ジョンスン、オリヴァー、レイ・ラッセル、オーシー・リッチ、フランク・M・ロビンスン、チャールズ・フリッチといったスポークがとり巻いていたのである。

ボーモントの八面六臂の活躍はなおもつづく。六〇年には第三短篇集である本書を上梓、六二年にはボーモント選《異色作家短篇集》の趣があるアンソロジー *The Fiend in You* を編み、六三年にはエッセイ集 *Remember? Remember?* を出し、六四年にはふたたびノーランと共編で自動車レースをテーマにしたアンソロジー *When Engines Roar* を世に問うている。いっぽう映画脚本家としては、ジョージ・パル監督作品「ラオ博士の七つの顔」（六四）をはじめとして、八本の映画の脚色にたずさわっている。TV脚本家としては、前記《トワイライト・ゾーン》のほか、《ヒッチコック劇場》などにも参加した。

もっとも、さすがのボーモントもすべての注文をさばききれず、〈グループ〉の面々に代作を頼んだこともあったらしい。六三年になると、実入りもいいかわりに制約も多いTVや映画の脚本書きにうんざりし、中断していた長篇小説の執筆再開を口にするようになる。だが、ボーモントにその時間は残されていなかった。

六三年なかばから、集中力が途切れるようになり、絶えず頭痛に悩まされるようになった。友人たちによれば、三十四歳という実年齢よりはるかに年老いて見えたという。そして六四年の夏、アルツハイマー病と診断されたのだ。病状は徐々に進行し、六七年二月二十一日、チャールズ・ボーモントは息を引きとった。享年三十八。ジャーナリストのヒュー・ラムが伝えるところによれば、百歳の老人とみまがうほどであったという。

こうしてボーモントの生涯をふりかえると、「生き急いだ作家」という言葉が頭に浮かんでくる。わずか十六年のうちに、共作をふくめて十一冊の単行本、七十四篇の短篇小説、十二本の映画脚本、二十四篇のエッセイ、四十本の漫画原作、十四のコラム、七十本以上のTV脚本を世に出し、さらに未発表の小説を数多く遺したのだ（付言すると、死後もさまざまな形で五冊の単行本が出ている）。その作風については、師匠格のブラッドベリがつぎのようにいっている——

「彼は、ごく短いあいだ、わたしの自慢の息子であったばかりか、ジョン・コリア、ロアルド・ダール、ナイジェル・ニール、その他わたしたちが称賛する多くの語り部《ストーリー・テラー》のいとことなった。やがて、ついには、唯一無二のチャールズ・ボーモントとなり、そうでありつづけた」

最後に収録作品の初出を記しておく。

「黄色い金管楽器の調べ」《プレイボーイ》一九五九年一月号
「古典的な事件」《プレイボーイ》一九五五年十二月号
「越して来た夫婦」《ローグ》一九五八年八月号（マイクル・フィリップス名義）
「鹿狩り」書き下ろし
「魔術師」書き下ろし
「お父さん、なつかしいお父さん」《ヴェンチャー・サイエンス・フィクション》一九五七年一月号（初出時の題名は 'On Father of mine'）
「夢と偶然と」《プレイボーイ》一九五八年十月号
「淑女のための唄」書き下ろし
「引き金」《ミステリー・ダイジェスト》一九五九年一月
「かりそめの客」《インフィニティ・サイエンス・フィクション》一九五六年六月号（チャド・オリヴァーと共作）
「性愛教授」《ローグ》一九五七年二月号（S・M・テネンショウ名義）
「人里離れた死」《プレイボーイ》一九五七年十一月号（初出時の題名は 'The Deadly Will to

Win')
「隣人たち」書き下ろし
「叫ぶ男」《ローグ》一九五九年十一月号（C・B・ラヴヒル名義）
「夜の旅」《プレイボーイ》一九五七年三月号

二〇〇六年六月

本書は、一九六一年四月に〈異色作家短篇集〉として、
一九七四年九月に同・改訂新版として刊行された。

夜《よる》の旅《たび》その他《た》の旅《たび》
異色作家短篇集12

2006年7月10日　　初版印刷
2006年7月15日　　初版発行

著　者　チャールズ・ボーモント
訳　者　小《お》笠《がさ》原《わら》豊《とよ》樹《き》
発行者　早　川　　浩

発行所　株式会社　早川書房
東京都千代田区神田多町2－2
電話　03-3252-3111（大代表）
振替　00160-3-47799
http://www.hayakawa-online.co.jp

印刷所　株式会社亨有堂印刷所
製本所　大口製本印刷株式会社

定価はカバーに表示してあります
ISBN 4-15-208742-0 C0097
Printed and bound in Japan
乱丁・落丁本は小社制作部宛お送り下さい。
送料小社負担にてお取りかえいたします。